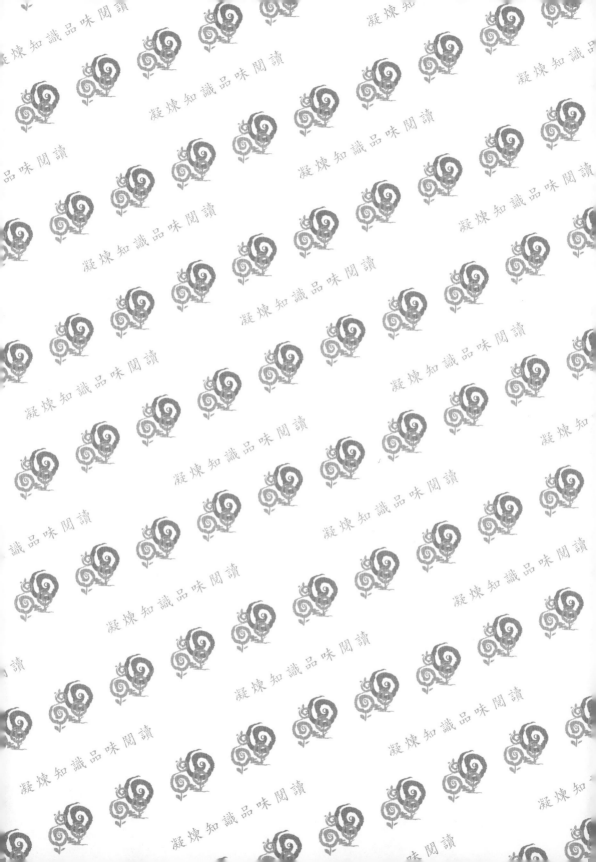

第二版

華語文閱讀策略之教程發展

信世昌 著

五南圖書出版公司 印行

PREFACE

Depending on a foreign language learner's linguistic and cultural background, Chinese can be considered one of the world's most difficult languages. This is true especially as concerns the skills of reading and writing, due to the nature and number of Chinese characters, differences between spoken and written Chinese, lack of cognates with other languages, complexity of discourse structure, lack of space between words, etc.

In view of the above, those taking up the study of Chinese must without question be willing to work hard. But it is not enough to work hard; one must also work smart. One must always ask: What are the most effective and efficient ways to learn Chinese reading? This has to do with the acquisition of the appropriate learning strategies, which are important in learning any language but especially important in the case of written Chinese. And it is precisely these that are the focus of this important and valuable book.

I completely agree with the author's viewpoints, for example, in addition to paying attention to the individual characters, one must also focus on the other aspects of Chinese that are essential for attaining reading proficiency: the words written using characters, written-style vocabulary and grammar, punctuation, reading fluency, discourse structure, the ability to read between the lines, the skills of skimming and scanning, and so on. I also could not agree more with his belief that students should be taught strategies so that they may develop the ability to become autonomous self-learners. Finally, I agree that students should practice reading authentic Chinese texts, written the way Chinese is normally written by and for Chinese readers, without artificial gimmicks such as word division or special markings put in especially for foreign readers.

Actually, in my own view, the single most important "strategy" for becoming a proficient reader of Chinese is first having a good foundation in spoken Chinese. This is, of course, what native readers have and is of immeasurable help with a variety of reading tasks including parsing characters into words and phrases. There are many other important strategies involved in Chinese reading, which the author of this book delves into in considerable detail and with great erudition.

This revised and updated edition of the original edition, first published in 2001, has much to offer to the field of Teaching Chinese as a Second/Foreign Language. It contains a great deal of theoretically sound and eminently practical advice for present and future teachers, materials writers, curriculum developers, and researchers, and also points out promising avenues for future research. It is essential reading for classroom teachers and will also prove most useful as a textbook for graduate programs in Chinese language pedagogy as well as short-term teacher training programs. It is an honor and pleasure for me to recommend it to all those active in our field.

Cornelius C. Kubler

Stanfield Professor of Asian Studies

Department of Asian Studies

Williams College, Massachusetts, USA

推薦序

　　根據第二語言學習者的母語和文化背景，中文可能是全世界最難學的語言之一，尤其是在閱讀和寫作方面。原因包括：漢字的性質和數量、口頭語與書面語之不同、缺乏與其它語言共通的同源詞、單詞之間缺乏斷詞之空格、語篇結構的複雜性等等。

　　當然，鑑於上述情況，學習華語的學生必須非常努力。但是，僅僅努力學習是不夠的，也得用有效的方法，即英文的 "work hard and work smart"，這就牽涉到學習策略問題。而學習策略雖對於學習任何一種語言都很重要，但對於學習中文的閱讀而言則尤為重要。

　　本人十分同意這本書的作者信世昌教授的許多觀點，例如，除了單字外還需要關注漢語中其它對於提高閱讀能力至關重要的方面，如詞、書面語、標點符號、篇章結構、行句之間閱讀的能力、略讀和掃描等功能。我也完全同意作者的想法，即應該教給學生一些策略，以便他們可以培養其獨立自學華語的能力。最後，我也同意學生應該練習閱讀真實性的中文文章，像母語者為其他母語者寫的文章，而不宜僅只閱讀一些有分詞或特殊標記等專門為外籍學生編寫的文章。

　　事實上，以我個人的觀點，要成為熟練的讀者最重要之策略是首先是要具備華語的口語基礎。而採用母語者也擁有的策略諸如漢字分解及斷句分詞等，也都非常有幫助，作者在本書裡就以非常廣博的方法深入而細緻鑽研了許多重要的中文閱讀策略。

　　我們華語教學領域長時間一直缺乏優良且符合語言教學要求之閱讀策略相關的研究著作。很幸運地，《華語閱讀策略教程發展》一書的出版，在很大程度上彌補了這一缺點。相信這本修訂版能夠為華語二語這個領域提供眾多幫助。它為在職的和正在受訓的教師、編纂教材的老師、課程設計師和研究人員提供了大量有理論基礎且非常實用的建議，並指出了許多未來可研究的新方向。它是課堂教師不可或缺的寶貴參考書，也適合作為大學和短期教師培訓課程的教科書。能向各位華語教學界人士推薦此書，本人深感榮幸！

顧百里（Cornelius C. Kubler）
美國威廉大學史丹費爾德講座教授

第二版作者序

　　本書是基於筆者在1998年起進行了一項為期三年與華語閱讀策略相關的國科會研究計畫成果：教導華語文學習策略之教材設計與教學規劃（NSC 89-2411-H-003-014）、華語文學習方法與教材內容相互整合之教學課程設計（NSC 88-2411-H-003-015；NSC 87-2411-H-003-010），原書在2001年2月首次出版（原出版社為「師大書苑」）（ISBN 957-496-220-2），之後承蒙國內外許多華語教學專家對其內容與筆者進行了許多討論及切磋。隨著本世紀起華語教學急遽發展，學習華語的人數大增，華語學習策略教學愈為重要，又有許多新的研究問世，於是在百忙之中開始進行增修，一方面引入較新的文獻，每章內容均加以增補調整，並增加一章共計十章。

　　本書旨在針對外籍人士的華語文（以中文為第二語言）學習，基於發展式研究法，經由一系列的階段步驟，探討如何教導外國人的華語文學習方法及策略，而以閱讀為研究探討的範圍。本書所謂的閱讀，並非僅指漢字的閱讀，而是指從字詞到篇章的整體範圍，閱讀的目標是對於各種真實文本的理解。

　　對於母語非華語的外籍人士而言，華語教學不僅是傳授聽說讀寫的語文能力及知識內容，更應培養其獨立自學華語的能力，就如同古諺云：「授人以魚不如授人以漁」的道理一樣，與其送給別人一些魚，還不如教對方漁捕的技巧。理想的華語文教學課程，應將學習策略的習得與擴展一併視為教學目標，將學習策略和原本待學的語文內容加以整合，教導外國學生一些有效的華語學習方法與策略，以培養學生的後續獨立自學能力，使學習者在面臨不同的華語內容、華語層級與學習環境時，能從自身具備的豐富學習策略中，選取最適合的方法進行高效率的學習。

　　以英語為第二語的閱讀策略方面的研究已有逾四十年的累積，在1980年代末期已產生系統化的理論及優良的教材，然而在華語閱讀策略訓練的研

究起步較晚，仍處於基礎研究的階段，尚未發展為成熟的應用體系。近二十多年來雖已有研究致力於採集與分析外籍人士學習中文所運用的策略，另也有研究從心理認知為出發點來探究中文閱讀的認知過程，雖已有豐碩的成果，但尚少有從語文教育與教學實務為出發點的教學實踐，並且研究的重點仍多止於字詞的層級，在段落與篇章之層級尚亟待建立。至於以中文為第二語言的閱讀策略教學方面，雖然已有頗多的論述，並已有數本策略訓練的書面教材誕生，但在理論與實踐的結合方面，尚待進一步的探索。換言之，如何將所採集的華語文閱讀策略，經由教學設計而轉化成具體可行的教學訓練課程並實際傳授給外國學生，仍亟待繼續探索與驗證。

　　本書是筆者經由一系列相關研究計畫之呈現，試圖聯結策略教學之學理與真實的教學實踐過程，全書分為十章，在第一章的緒論中先解釋策略教學的需求及涵義，於第二章開始探討一般的語言學習策略的教授與學習的學理。在第三章則進一步探討與「華語文」有關的閱讀策略教學。接著再按照策略教學發展的階段，從策略採集、教材分析、概念形成、教材編撰、到實施與檢討，分別加以闡述，先於第四章對於現有之漢語閱讀策略訓練之教程加以評析介紹，再於第五章探討閱讀策略的分類與採集，並在隨即於第六章陳述一項教學試驗的經過與結果，並在第七章及第八章分別提出的閱讀策略的教學設計，以「斷詞」策略及「斷句」策略作為範例，再基於各章的探究而於第九章提出總體性的策略教學設計原則，並於第十章提出總結與建議。

　　本書的章節順序也彰顯出教程發展的順序，其中每一階段除了探究其學理之外，均提出具體實施的研究實例，包括策略採集、策略教學規劃、策略教材編訂、與真實的教學實驗，各章可分別視為獨立的小型研究，也可將全書視為一個完整的策略教學發展過程的真實記錄。

　　本世紀以來，華語文學習的熱潮正在世界各地興起，亟須更多的研究來支持其發展，目前在諸多學者的努力之下，對於華語文聽說讀寫的技能研究已逐漸累積與深化，華語文教材也年年增加，但在語言學習策略的教學訓練的發展方面尚有大片有待開發之處，筆者至盼「華語策略教學」（Strategy-based Instruction for Chinese as a Second Language）能逐步發展成一個矚目的領域，而本書的出版盼為華語文教學發展的長遠路途上，鋪下一小方基石。

　　本書的完成也要感謝國科會過去之研究支助，以及曾參與本研究計畫的助理許淑良、姚瑜雯、蕭斐文、蔡智敏等人之貢獻，還有宋怡南、張佩茹、楊弦陵、羅悠理、吳默等研究生歷年來協助資料蒐集。更要感謝五南出版社慨允出版此第二版，書中難免有疏漏之處，尚祈方家指正。

信世昌 謹識
2020年2月

CONTENTS
目　錄

CONTENTS
英文目錄

CONTENTS
表目錄

CONTENTS
圖目錄

第一章
緒論：語言策略教學之背景與概念

前言

　　本章緒論旨在陳述研究的背景與思考觀念，探討教學內容與學習策略的關係，並對於策略教學一詞提出具體的定義，做為之後各章的基礎概念。

　　本研究針對外籍人士學習華語文，探討如何發展華語文的學習策略的教學訓練課程，而以「閱讀」為研究探討的範圍。所謂的「華語文」是指以中文為第二語或外國語（Chinese as a Second/Foreign Language）。這裡所指的「策略」是一個泛稱，是指學習者所自主運用的各種學習方式與手段，它包含了學習觀（Approach）、學習方法（Method）、學習策略（Strategy）、或技能與技巧（Skill/Technique），涵括了從抽象到具體的方式。

　　首先必須先釐清語言「策略教學」（Strategy-based Language Instruction）及語言「教學策略」（Language Teaching Strategy）的區別，教學策略是教授語言內容或語言技能的方法手段，例如在課堂上教課的技巧方式；而策略教學也稱策略訓練，是訓練某些可以用來學習語言的策略或方法。本書是探討面向外國人士的中文閱讀策略之訓練，亦及訓練外國人士掌握閱讀中文的策略技巧。

　　本書所謂的閱讀，並非僅指漢字的識讀，也不僅指孤立的詞彙或文句的閱讀，而是指從字詞到篇章的整體範圍，閱讀的最終目標是對於各種中文真實文本的理解。

　　中文是人類現存最古老的語言之一，將中文做為第二語的學習亦是由來已久，在先秦時期語文尚未統一之前，夏商周三代各民族或部族的交流

會盟，不可能沒有雙語人士居中參與，應早有各國各族人士相互學習彼此
的語言，即使在春秋戰國時期，各國的文字各異而口音亦殊，往來各國的
商人及縱橫家策士當應具備第二語甚至多國語文的能力。

　　在漢唐之時，國際人士與外國留學生群集長安，人人都得學習華語
文，在宋元之時，中國各沿海口岸所居住之外國人士為數眾多，也必須
學習華語文以與漢人溝通，至於北方與西部邊境與外族接壤之處，更是語
言夾雜之區，將華語文做為第二語的學習情形當千年不絕，即使在明末清
初，西方耶穌會傳教士來華後，亦多擅華語文。這延續數千年的華語文學
習史上必然出現過華語文的教師、教材、與教學法，然而這些外國人士學
習華文的學習經過卻少有文獻記載，或多已散佚，較早之記載雖有元朝時
期的《老乞大》與《補通事》（徐忠明，2012）及一些明末清初的西方
傳教士之記錄（葉德明，1996），但未留下完整的資料，因此僅管外籍
人士學習中文為第二語的情形，自秦漢以降有近兩千年的歷史，但現代的
華語文教學卻無所參照，可說是一個幾乎無根的領域，將華語文教學作為
研究的課題也僅有數十年的歷史，尤其在學習策略方面的研究更晚，多為
近二十餘年的研究。

　　華語文的閱讀教學是一門極廣泛複雜的領域，相對於其它的語文技
能，中文閱讀更具有複雜的本質，以閱讀的範圍而論，應包含了各種文體
與體裁的篇章；以真實材料而論，舉凡報章雜誌、書籍課本、廣告啟事、
乃至於中國餐廳的菜單都屬之，即使針對外籍人士的實際閱讀需求而言，
除了一般的現代中文之外，欲從事漢學研究的外籍人士必須閱讀古代文言
文，欲從事商業經貿的人士就需要閱讀商業文書，並且其華文程度愈高，
其閱讀範圍也愈廣，不見得窄於中文為母語人士的閱讀範圍。

第一節　華語文閱讀的基本概念

　　在聽說讀寫四項語文技能中，閱讀與聆聽是吸收外在訊息的方式，儘

管人類的經驗與思想可以藉著口語交際而靠聽力去吸收，但是大量而有系統的知識卻保存於書面文本之中，這些書面文本可超越時間與空間的限制，可依靠閱讀的手段來吸取，因此閱讀是吸收系統化知識的最主要方法。

閱讀既與語言文字有關，凡是漢字所組成的文本皆是可能的閱讀材料，因此必須先探討與漢字篇章的產生來源有關之觀念，方能進一步探究閱讀策略的教學。本節主要在於釐清與閱讀相關的幾個概念，包括華語文、中文、漢語、文言、白話等。筆者認為這些概念並非獨自成立的，也不是恆定的，往往是因彼此的互動而產生相對的關連性，其概念經常因主體不同而有所浮動遊移，也常因時空的轉移而有所變化。

一、「中文」與「漢語」

「中文」與「漢語」是在華語文教學領域最常用的基本概念，其一是指「文」，一是指「語」，在理論上應定義分明，但兩者卻常有互用相通而意義模糊的情形。例如，所謂「對外漢語教學」不只是教授口語會話與聽力，卻也包括了漢字篇章的閱讀與寫作的教學；而有時所謂「教中文」，也不僅是教授文字，亦意指教授漢語口語會話在內，因此兩者的涵義雖不盡相同，但卻有相似的重疊面。

「中文」與「漢語」是一種客觀的稱謂，適用於華語區與海外，若以主觀的立場而言，在國內即可稱為「國文」或「國語」，但是在對外的情形，例如對外籍人士或在海外而言，則應採客觀的語言名稱，稱呼為中文或漢語，而不適於稱為國文或國語，因為各國有他們自己的國語。

語言的產生與存在有其長期的歷史因素，並非突變而成的，因此語文包括了現今的橫向廣度，也包括了時間的縱向長度（信世昌，1997）。「漢語」顧名思義即漢族之語言，以歷史的縱向而論，應包含中國歷代漢族所曾產生的各種語言，若以當代的橫向廣度而論，除了現今的國語之外，亦應包含了目前漢族所使用的各種方言。

在中文字體方面亦牽涉到縱向與橫向，漢字經歷數千年的演變，在字形、字義、字音等方面也有不同的面貌，以漢字的字體而論，在歷史上曾經發展出的各種字體系統繁多，類如隸篆行草等字體，又如近代在湖南江永縣所發現的「女書」，其雖取形於楷書之部件，但卻自成一套與傳統漢字不同的構字系統，其作品亦不能不稱之爲中文。這些各時期所產生的字體也同時並存與現代社會，並未全然消失，儘管現今以楷書爲主流，但其它字體卻仍然用於某些場合，例如印章的篆刻與各種題跋招牌的書法用字就是明證。在書面的字體方面，固然以楷書爲基礎，但亦可擴充至其它字體的教學。

然而，在華語文教學或「對外漢語」教學方面卻受到現實的侷限，往往是指外籍人士所欲學習的現代用途最廣的語言，就是以國語（普通話）爲學習的主要目標。但是也不應限制外籍人士之漢語學習範圍，因此舉凡閩南語、客語、廣東話、潮州話、上海話等，也應是外籍人士可以自由學習並且值得推廣的方言，但其發展如何卻必須基於市場的決定。換言之，中文口語或是漢語有狹義和廣義的區別，狹義者是指國語（普通話），在海外稱爲Mandarin或Mandarin Chinese，廣義者則是指包括各種方言在內之漢族口語及書面語，泛稱Chinese Language。

二、「華語文」、「對外漢語」與「中文」

華語文即指中文與漢語，但特別含有「第二語言」及「海外」兩個概念。並且華語文一詞基於地域、種族、使用者與學習者等因素，而另有複雜而模糊的意涵。

由於華語文的「華」字本身常有「海外的漢族」之概念，例如「華僑」、「華人」、「華裔」等等，因此若基於「海外」的概念，華語文是指在海外所使用的中文與漢語。但是因爲使用者的身份，華語產生了廣義與狹義的定義，就廣義而言，只要是華人所講的各種方言皆可稱爲華語。但亦有採狹義的情形，例如新加坡則把以北京話爲基礎的共同語（國語或

普通話）稱為華語或華文，有別於潮州話、閩南話與客家話。此外亦有人士將基於北京話為基礎的國語稱為華語，以對應閩南語與客語的概念（鄭良偉，1997）。

若基於「第二語言」的概念，則華語文是指將中文（漢語）視為外國語或第二語言，因此華語文教學就是指針對非以中文（漢語）為母語者（外籍人士）把中文當做外國語或第二語言的教學。

華語文一詞較類似中國大陸所謂的「對外漢語」，但「對外」一詞有主體與客體之相對意涵，當主體不同時，其意義就模糊而不適用，例如若將美國視為主體，在美國境內教授中文就不算是對「外」漢語，而是對「內」漢語了。這也因此近年中國大陸將對外漢語教學改稱為「漢語國際教育」。

學習者的身份亦產生了華語文作為第一語（L1）和第二語（L2）學習的兩種定義，第一，華語文學習可指身居海外的華裔學生之中文學習。第二，可指外籍人士學習中文為第二語。但是當海外華人的第一語言（母語）已經不是中文時，此兩種意涵又互相混淆。若海外學習者在血統上是華人，但是其母語並不是華語，則華語反而是他們的外語。

又有一種混淆的情形是華裔學生的母語若是其它的漢語方言，則華語文意指學習我們的國語（普通話），但若採華語就等於漢語的廣義概念，則在海外的各類漢語方言人士學習自己的方言，例如在東南亞的福建籍人士學習福建話，也可都算是華語文。

本書主要是採「第二語言」的意涵，指外籍人士或海外華人將中文作為第二語的情形，華語文教學則是指針對外籍人士將中文做為第二語言的教學。

三、「華語文教學」、「對外漢語教學」與「華文教育」

華語文教學（Teaching Chinese as a Second/Foreign Language）是指面向外國人士把中文作為第二語言的聽說讀寫之語言教學，其中「語」是

指和口語有關的聽和說，而「文」是指和書面語有關的閱讀和寫作（並不是文學或文化的簡稱）。中國大陸的同義詞則是「對外漢語教學」或「漢語國際教育」，而日本及韓國則稱爲「中國語教育」。

但這個專有名詞常和「華文教育」一詞有所混淆，由於東南亞的華人眾多且社群集中，華校教育以往偏重於中文書面語的讀寫教育而非華語口語訓練，因此自然強調「文」，而把中文的教育稱爲「華文教育」而非華語教學。中國大陸則將漢語教學和華文教育劃分，把面向海外華裔（華僑或華人子弟）的中文教育稱爲華文教育，而把面對外國人士（非華裔）者稱爲漢語教學。但在臺灣則有混淆的情形，有時把兩者都混稱爲華語文教學，也因此產生了觀念甚至做法都混淆的情形。

筆者認爲：兩者應明確區分，把面對外國人士（非華裔）的教學稱爲「華語教學」（Teaching Chinese as a Second/Foreign Language），而把面向海外華裔子弟的中文教育稱爲「華文教育」（Teaching Chinese as a Heritage Language）或「中文傳承教育」或「中文祖語教學」。在觀念做法及教材教法方面都應有所不同。

本書所偏重的則是以面對外國人士以中文爲第二語言的華語教學。

四、「文言」與「白話」

文言文是中文極其特殊的現象，一般認爲是一種脫離白話口語而純根基於語義邏輯所形成的書寫文體。實際上，文言文與白話文是相對概念而非絕對概念，兩者之間並無一條固定的鴻溝，從完全脫離口語且極純粹的文言文，到「我手寫我口」的極端白話文，其實是一條光譜的兩端，大部份的文章都落於其間的某個位置，也或多或少具有某種程度的文白夾雜情形。

以報紙上的文本爲例，常因版面主題不同而有不同的文章風貌，影劇休閒版的文章通常就比國內外新聞更趨於口語；報紙社論的語法修辭則比一般的新聞更爲嚴謹，有略偏向於文言的現象。此外，文章的體裁也會造

成影響，現代的論說文通常就比記敘文偏於文言，而抒情文則比議論文趨於白話。文章的用途與內容也影響其在光譜上的位置，小說散文就比學術性的文章更趨近於口語。

　　事實上，即使是文言文本身也有程度的差別，例如韓愈的古文就嚴峻緊密，較偏屬於純文言，相對而言，蘇東坡的散文就較為淺白而稍遠於純文言。此外，白話文中也常雜有古文與成語（中國成語的構詞多偏向於文言），甚至即使是日常的口頭語中也會有文白夾雜的現象，常受到古文閱讀的影響而說出文言的語句。

　　就現實而言，學習華語文的外籍學生因為受到口語會話教學的影響，多習於口語會話式的書面文章，對於嚴謹精煉的文本自然感到困難，因此外籍人士的閱讀訓練應注意其課文選材的寬度，從口語式的文章到修辭嚴謹精煉的文章都應納入閱讀的訓練範圍。

五、「書面語」、「口頭語」和「有聲文」

　　「書面語」和「口頭語」是語言學界普遍的用語，但「有聲文」一詞則是筆者新創，借「有聲書」之義，是指將書面作品用口頭發聲，用以表達與書面語相對的概念。

　　「書面語」一詞也常被指為所有以文字呈現的材料都可泛稱為書面語，實際上，「書面語」和「口頭語」是相對的概念，兩者都可以用文字記錄來表示，「書面語」是直接寫作而成，具有較嚴謹的文句修辭，但一般以書面表示的會話課文，則是直接基於「口語」而成的口頭語文體，兩者居於語言光譜的不同位置。因此有學者建議在中文閱讀課程要注意教導這兩種不同的文體，並且要依據中文程度而有不同的取捨（Walker, 1996）。

　　「口語」和「書寫」的來源為何一直是爭議點，若將「口語」視為根源，則認為書寫的文章乃源於口語的語法，將所有以文字呈現的材料都視為一種以書面方式記載的口語，泛稱為書面語。但是若採用相反的觀念，

認為所有的口語都是源於寫作的思維而來的，那麼所有的口語語音是否也可稱為「有聲文」？

　　然而，語文的來源起於腦海中的思維，腦中的思維可經由不同的方式表現於外在，如口語、文字、手語、肢體語言等。這些思維固然可以直接以口語表達，也可直趨於文，而不必非得繞經於口說，否則脫離口語的文言文無從產生。換言之，寫作與口語兩者雖同屬於輸出式的語文技能，但其認知應有其不同的形態。

　　事實上，即使是許多發聲的語言材料，也未必是直接產生於口頭語，例如電視廣播的新聞報導，經常是先寫出新聞稿，再由主播照稿宣科，不見得是口頭語。另有將文學作品用唸稿方式錄製成錄音帶，稱為「有聲書」，作家余秋雨先生於其專書「余秋雨臺灣演講」（爾雅出版社）提到連自己流暢的口語演講錄音轉為文字稿時，都文句不通而需要重新大加潤飾。這其實是顯示「我手寫我口」的口頭語與流暢的書面語之間的距離。

　　對於「書面語」、「口頭語」或「有聲文」的觀念也受到語言教學的現實影響，由於現階段的華語文教學為因應外國人士的實際需求，以口語溝通為優先，故較偏重「聽」和「說」，對於「閱讀」和「寫作」的教學相對著力較少，即使是「讀」也僅偏重於認讀漢字，辭彙或句子的基礎層面，而非整體文章之內容架構與義理的學習。由於「聽與說」是以聲音的溝通為主，其本質偏向即時的、效率的、迅速的、現代的、短期的；而「讀與寫」，是以文字為基礎，其本質偏向記錄的、精緻的、傳承的、沈澱的、思慮的、長期的，兩種趨向產生了不同的價值觀。以聽說為主的語言觀，易將文字材料僅視為口語的表達，其語言的價值偏重於現實短程的實用工具性。而以讀寫為重的語言觀，則將文字材料視為長程並精確的記錄工具，因此對於閱讀教學而言，必須先注意兩者的價值差異，在基於書面語與口頭語的文章材料的光譜中而有多元化的選材。

六、「白話文」、「方言」與「國語」

　　閱讀與寫作都牽涉到中文的文體，在以往文言文時代，書寫體與口語大致分離，眾多的方言尚不致於影響文體的一致性與共通性，然而白話文卻面臨了不同的狀況。

　　白話文大致是根據口語的語法與詞序，必然受到口語牽制，然而，漢語的口語方言極多，到底白話文要根據哪一種口語來寫呢？現今一般習慣總將中文的白話文認定為必須以國語為基礎，所謂的中文寫作就是以國語為基礎所寫成的白話文，而中文白話文閱讀就是閱覽以國語為基礎所寫出的文章。

　　自民國初年白話文運動以降，根據口語而成的書面語，仍多以國語的書面語為主，主因之一是國語（普通話）是經人工整理過的語言，因此有音必有字，有字必有音，容易將國語的口語用漢字寫出無誤。而其它方言的書面語則多面臨著有音無字的問題，因為許多的方言（包括北京土話在內）中的詞語往往有其音卻無其字，或是原有其字但漢字線索已斷，不易用全篇漢字來書寫，即使寫出也必然包括大量的表音字〔例如，「唔係」廣東人〕。這些表音字造成閱讀的困難，對於不諳此種方言的閱讀者更是無法猜測其意。至於各種方言的書面語當然有其發展和保存的價值，其改善解決之道則不在此討論。

　　換言之，雖然現今大部份的白話文是基於國語而來，但是白話文的本質並不是只限於國語，各方言都可以產生出以漢字表達的白話文，只是由於現今絕大部份的白話文都是基於以北京話為基礎的國語（普通話）所寫成的，因此往往產生了白話文必然是以國語為本的誤解，這種以國語為準的白話文之情形，只能說是一種當今普遍的語文「現象」，而非白話文的必然本質。

　　就華語文閱讀教學而言，白話文的閱讀材料應否包括帶有方言色彩的白話文呢？是一個值得探討的問題。早在民國三十年代，朱自清曾引黎錦

熙先生的文章說：「訓練白話文的基本技術應有統一的語言，……所以大原則就是訓練白話文就等於訓練國語」。但朱自清卻直言：「我雖然贊成定北平話爲標準語，卻也欣賞純方言或夾方言的寫作。」（引自《誦讀教學》，朱自清全集。臺北：大孚書局，頁243-244）。

　　回到歷史來看，各朝代都各有其官話（可稱爲官府的共同語），但文言文並不被官話所侷限，否則當政權改變而造成官話改變時，所有的文書就無法爲以後朝代人士所瞭解了。實際上，文言文僅管有派別章法的不同，卻可以爲各朝代與各語區之讀書人或官府所理解，主因就是文言文與口語的分離。但是，即使是文言文，也可能包含許多方言的詞彙用語在內，許多文言文之作者也會將方言用語寫入文章之中，例如蘇東坡的詩文中即包含有其家鄉四川之語詞（劉曉南，2008）。即使是各時期的白話文或語體文，如明清小說或現代白話文，將方言寫入文章的例子更是比比皆是。

　　閱讀教學的選材固然要顧及現實，但也應有其廣度，帶有方言色彩的白話文也不應被排斥，只要是具有溝通、表意、與傳承文化的意義，都可做爲學習的材料。

第二節　華語文學習策略教學的需求背景

一、學習華語文的人數增加

　　自1990年代開始，華語文學習在世界各地日益受到重視，一方面由於海外華人移民的人數急遽增加，再則由於亞洲華人地區的經濟日趨興盛，對於華語文的學習需求自然呈現快速成長之勢（陳曼麗，2000；葉德明，1996），除了各地爲了教育華人移民子弟而設的中文學校數量急速增長外，許多國家亦有將華語文列入其中小學正式課程的趨勢，在高等教育方面，各國設置中文學系的機構快速增多，以美國爲例，開設有中文課程之大學在三十年來不斷增加，從1980年的195所增至1995年的565所

（李振清，1995），根據美國中文教師學會在1998年的問卷調查，在大學修習華文課程的學生人數更達到二萬二千人以上（CLTA, 1999）；到了2016年美國現代語言學會的外語學習人數調查，該年在大學修習中文的人數已從1990年的19,427人成長到2016年的53,069人（Looney & Lusin, 2019）。前來華語區學習中文的人數亦不斷增加，自2000年起每年來臺灣各大學學習華語文之外籍學生一直保持以10%之比例增加，已達二萬八千人以上（教育部，2019）。這些資料可證實華語文學習已確實在海外蔚為熱潮，以歷史變遷的角度觀之，從近百年來的外國語文單向強勢輸入，到如今得以將華語文反向輸出，這種語言態勢的轉變不僅可看出語言潮流變化的軌跡，亦可視之為語言勢力的指標（信世昌，1997）。而這股新的情勢和需求也正顯示一個最好的時機來臨：即是藉著華語文教學而順勢將華人的歷史文化、風俗習慣和價值觀念在海外延續與推廣，並造成持續性的影響。

二、學習的問題

隨著海外華語學習者的增加，卻也突顯出華語文學習方面的問題。由於一般的語文教學，多注重教導教材中的語言知識內容，和聽、說、讀、寫的技能，而未在教學的同時，有系統地專注訓練其學習這些內容和技能所需要的方法和策略，因此，儘管學習者學完一本教材，或修完一門華語課程，可能仍然只具備了少數片斷的學習方法。換言之，學習者是憑著少數幾種學習策略來學遍全本教材，儘管其語文程度或有提升，但其學習能力未必隨之增長，而其用以學習語文的工具（方法、策略）亦未隨之而擴充（信世昌，1998）。

當學生的學習策略不足時，就會無形中限制了學習內容的空間，並且影響語文學習的效率。當遇上某些的知識內容恰巧符合學生所擁有的策略，則可以順利學習，若換了一種內容或情境，則可能處處是障礙而無法自我克服。此外，該類學生必須依賴良好的環境或指導，例如要有完善

的課程，良好的老師，良好的教材，才能有所進步；若一旦學習者失去了華語教學的環境，則無法獨立自主繼續學習，例如當中文課程結束或畢業後，其中文程度就開始走下坡，其聽說讀寫的語文能力就再也無法靠自修而自我提昇。

　　對於母語不是中文的外籍人士而言，學習華語文不僅是學習聽說讀寫的知識內容及語文能力，更應培養獨立自學的能力，理想的對外華語教學課程，應將學習方法和原本的內容加以整合，藉由學習者在學習內容之時，同時訓練一些有效的學習方法與策略，從學習閱讀的開始，就以訓練學生閱讀策略為目標（Young, 1993）。將學習策略的習得與擴展一併視為教學目標，以培養學習者的後續獨立自學能力，使學習者在面臨不同的中文內容、層級與學習環境時，能從自身具備的豐富學習工具中，選取運用適當的學習方法以有效地學習。

三、教學研究的方向

　　儘管在對外華語閱讀策略方面的研究，已有學者致力於蒐集分析外籍人士所運用的學習策略，但這些研究多以辭彙和單字的認知策略為主，雖然研究已有具體成果，但尚未進一步探究如何去教授這些策略並將其轉化為教學內容。並且，閱讀的最終目標是真實篇章的閱讀，因此應該瞭解如何在真實的情況下，閱讀整個段落或篇章的策略（Chen, 1995）。

　　課程與教材是教學內容的具體展現，發展出具體的策略教學課程將對於華語教師傳授學習中文的策略極有助益。目前在英語教學領域已出現許多以英語學習策略為教學方式的教材（例：McGraw-Hill books in the Interactions and Mosaic program），其中已包括聽說讀寫等技能，並包括了數百項從初級直達高級的策略訓練。而現今全世界有數百套華語文教材，但多以知識內容為編選的考量，少有系統性地將學習策略也納入教材或教學課程中。之前雖已有少數的對外漢語策略教材，例如，《漢語閱讀技能訓練教程》（吳曉露，1992）、《中級漢語閱讀教程》（周小兵、

張世濤，1999）、《漢語閱讀教學理論與方法》（周小兵，2010）等，皆以單項技能爲主，但數量頗爲有限，值得華語文教學界繼續努力開發。

　　本研究即根據以上所陳述的概念，擬探究以策略爲主的教學方法（Strategies-based Instruction），並且探討相關的教學課程規劃，因此，整體的教學課程設計乃成爲本研究的核心。然而在設計之前，有那些學習的策略方法要被融入課程之中？這些有效的策略方法又是從何而來？而在設計完成後，其可行性及實用性如何？因此尚須進行實驗教學，瞭解眞實教學所產生的現象做爲並評估及修正的依據。這些工作形成一連串的步驟，其中以設計階段爲核心，之前要有策略的蒐集階段和分析階段，之後須有教學實驗階段及評估修正階段，形成一個系統化的發展過程。

第三節　策略教學的意涵與定義

一、學習策略的涵義

　　許多學者曾對於學習策略的定義提出具體的說明，一般認爲策略與學習者的思維有關，Olhavsky（1976-1977）認爲策略是目的性的手段用以理解作者的資訊。Brown（1980）定義策略是任何有助於理解的發源而經由愼思與計畫下的所掌控的活動。Pritchard（1990）對於閱讀策略所下的定義爲：一個經過深思熟慮而被閱讀者自願採取的行爲，用以促進對閱讀內容的理解（p. 275）。

　　此外，一般認爲策略是基於某些目的所施行的作爲，Kletzien（1991）認爲：當理解產生障礙時，策略是用以從原文來建構意義的一種愼思熟慮的手段；Dansereau（1985）則基於認知心理學的「訊息處理論」（Information processing theory）的觀點，對於學習策略所賦予的定義爲：「學習策略是學習者用來協助自身去習得、儲存、與取出訊息的作爲」。Oxford（1990）更加上對於效率的強調，定義爲：「學習策略是學習者所採取的特別行動，使學習更加容易、快速與愉悅，並且更直接，

更有效率，並且更能轉用在新的情況」（p.8）。

　　Wenden（1987）提供了六項用以定義策略的標準（p.7）：

1. 策略牽涉到特別的行動與技巧，並非指學習者所使用的一般方式。
2. 有些策略可被觀察，但有些則無法觀察。
3. 策略是源於困境。
4. 策略牽涉到直接或非直接有益於學習語言的行為。
5. 策略可能有意識的被採用，但在一些情況下，策略可能出於自發而處於下識或潛意識的層面。
6. 策略是一些具有改變的餘地之行為。

　　綜合各家的敘述，筆者認為策略至少包括了下列的意涵：

1. 主動自發：策略是學習者主動自發的作為。
2. 針對目的：策略的使用是為了針對某個具體目的而施行的手段。
3. 思維意識：策略是經由慎思明辨而有意識或下意識的行為。
4. 增加效率：策略是為了增進學習的效率所採用的方式。
5. 克服障礙：策略是為了克服學習的障礙所採取的技巧。

　　具體而言，策略是心理認知的活動，有隱於內在的心智活動，也有表現於外的行動技巧，針對不同的情況而有不同的施行方式，必須能解決困境或增加效率。各種策略的效用或許有高有低，但策略教學的目的是為了追求更有效率的學習方式。

二、策略的層次

　　本文所謂的「學習策略」是一個泛稱，是指學習者所自主運用的各種學習方式與手段，它涵括了從抽象到具體的方式，包含了學習觀（Approach）、學習方法（Method）、學習策略（Strategy）、與技能與技巧（Skill/Technique），但統稱為策略。筆者認為其中包括了三個層

次：理念層次、實施層次與行動層次：

1. 理念層次

　　學習策略是一種教學觀（Approach）與原則（Principles），是依據某些理念或思想所形成的行動準則與觀念，就好比「全語學習觀」（Whole Language Approach）或「建構主義教學觀」（Constructivism Approach）等，它不僅是一些表面的實行方法，而是其背後具有明確的思維理念。

2. 實施層次

　　學習策略是一些實踐的方式，指獲取知識技能的方法（Methods）與策略（Strategies），是具體可行的手段，不僅是一些小的技巧，而是一套執行的準則與技術。

3. 行動層次

　　學習策略也是許多具體的技能（Skills），指小範圍的具體行動能力，並且須具有一定程度的熟練度。它也是技巧（Techniques），指針對某一工作項目所採取的細小有效的方法，例如記憶術（mnemonics）的使用。

三、學習與教學

　　學習與教學是兩個相對的概念，但常混淆不清，一般是以使用者的身份來區分，學習策略是指學生所使用的學習方式，用來獲得知識內容；而教學策略是指教師所使用的方式，用來傳遞知識內容。現今由於認知心理學的發展，對於個人如何處理語言的資訊，包括記憶、儲存、與抽取資訊的方式愈形瞭解，在加上人本主義的興起，強調以學習為主，教學的活動處處要以學生為主體，因此以學習者為中心的教學方式成為最主流的思潮。

　　但是，單純只強調「學習」未免失之過簡，所謂以學習者為中心，並不是指教學課程要處處遷就學習者，將教師退居於被動的地位，而是指教

學的規劃與實施要將學習者的學習效率做為考量核心，在課程安排及教學方法上做最佳的規畫，而課程設計與教學輔導權仍在於教師的專業展現。

　　比喻而言，教育的過程有如醫療治病，分為診斷及治療，學習與教學是互相依存，只強調學習，往往會注重對於學習者狀況的各種分析檢測，類似病人就醫時的診斷階段（例如驗血及照超音波等），診斷完後即使對於病人及病況有很精密的了解，但病況也不會自動就有進步，而還須進入醫療階段，要有療程（即課程）及治療手段（即教學法）以及吃藥進食（即教材）。換言之，教學及教學策略就好比治療，才是改善病情的方式，才是促進有效學習的核心。

第四節　教學內容與學習策略之關聯

　　傳統的語言教學之主要教學目的和教學活動往往著重於教授「語言的內容」，強調如何將知識內容（通常轉化為「教材」）傳遞給學習者，至於學習者用什麼方法來有效學習這些知識內容，則少予關注，學習者多半是自行摸索發展各自的策略。（參見圖1-1）

圖1-1　傳統的「內容教學」示意圖

　　另一種相反的教學型態是在教「方法」，主要的教學目的並不在於直接教授某些知識內容，而在於教導內容學習的方法、策略或技巧，當學生學會了這些方法後，即可自行去學習更多不同的內容。（參見圖1-2）

圖1-2　「策略教學」示意圖

　　實際上，這兩類型的教學在實際的教學情境中，偶有參差運用的現象，第一種是以「內容為主、策略為輔」（參見圖1-3），例如當華語文教師在講授教材內容時，可能會零星地順便提示一些學習方法，或者在安排活動時，會間接訓練一些良好的策略，然而這些策略的傳授往往是附帶的、零散的、即興的，缺乏一貫完整的系統。

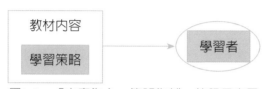

圖1-3　「內容為主、策略為輔」教學示意圖

　　第二種則反之，以「策略為主、內容為例」（參見圖1-4），例如，在社會科學領域經常開的課程「研究方法」，即是以教授方法策略為主，而非實際的研究內容，然而在教導各種做研究的方法時，往往必須舉出一些片斷的研究內容當作方法應用的實例。這類型的教學固然能學得方法，但只能零星學得一些知識內容。

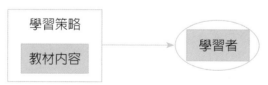

圖1-4　「策略為主、內容為輔」教學示意圖

　　就理想而言，豐富的學習技巧必然有助於內容的學習，但是一個學習者徒有技巧，並不保證就必然會去使用它來學習內容，就好像一個記憶力很好的學生，如果不努力用功，也不保證就能學到豐富的知識。因為語文學習的首要目的，仍是在於吸收語文的內容，語文的進步也必須靠聽說讀寫的熟悉與累積，如此語文程度方能有所提升。然而要如何才能既學習到技巧，又能夠學到內容呢？研究者認為對外華語的教學應同時強調「華語

文方法教學」與「華語文內容教學」，並將兩者整合，使學習者既能學到有系統的知識內容，也能從中得到學習漢語的方法與策略的訓練。（參見圖1-5）

圖1-5　「內容與策略並重」教學示意圖

　　將策略方法教學與內容教材相互整合的結果，將在教學課程的規劃和執行上產生巨大的變化，所影響的不只是教材的編定，尚包括教學活動以及學習評量的方式。而教師的角色也會隨之改變，不只是扮演傳統的內容教導者，而更須扮演類似教練的角色。

　　在學習評量方面，也會有革命性的改變。由於以往的學習評量，主要是在測知學生對於教材內容的獲得，以及語文的使用能力，然而若將學習策略也視爲一項教學目標時，將要如何去測知學習者是否學會並能應用這些策略和方法呢？這時，傳統式的評鑑或測驗方式就不足應付新的需求，必須使用不同的評量方式。這也是在設計教學課程時，所必須同時顧慮的問題。

　　實際上，規劃教學法的相關因素很多，除了教師與評量之外，尚須考慮教學活動、內容安排、課堂技巧、教學資源與教學環境，欲發展一套基於不同教學觀的教學課程，所須考量設計的相關因素十分複雜。

結語

　　本章概述了本研究的背景與思考觀念，並對於策略一詞提出具體的定義，作爲之後各章的基礎概念。首先闡述了與華語文閱讀教學相關的一些

基本概念，表達出筆者對於這些概念所持的認知，包括華語文的涵義、中文與漢語、文言與白話、書面語和方言的關係，筆者對於這些概念的認知與定義自不可免必有其價值偏向，但也反應出筆者對語言的態度，認為語文是眾所共有的資產，每個個人都可為其定義與發展提出貢獻。

　　必須強調的觀念是：雖然許多爭論認為學習策略與學習者的個別差異有關，不同的學習者各有其不同的學習方法與策略，並非每一種學習方法都適合於每一個人，但是本研究之目的並不在於探討學習者與學習方法之間的適合關係，而是將學習策略視為教學的內容，這些策略可比喻為工具箱，每一種策略就是其中的一個工具，策略教學並不在於探討那一個學生要使用那一種工具（例學生甲只適合用釘鎚，學生乙則適合用老虎鉗），而在於如何先充實學生自己的工具箱，再讓學生熟悉其中各種工具的使用方式和時機，使得學習者日後面對各種情況，而能夠獨立自主來選用適當的工具，例如當要敲釘子時，有釘鎚可用；當要截斷木頭時，則有鋸子可用，並且善於使用這些不同的工具。換言之，將許多種類的學習策略傳授給學習者，由學習者在不同的情境當中，自行選擇並且靈活運用這些策略。

第二章
語文學習策略的教與學

前言

　　在前一章緒論中陳述了華語文學習策略教學的思考概念，本章則開始探討語言學習與學習策略之間的關連。首先將討論語言的本質與學習策略，其次將探索西方的研究對於語言學習策略在觀念上的發展，最後將概覽語言學習策略的分類，從策略的分類上來瞭解策略的架構。

　　雖然漢語的學習策略教學必然與西方語言的策略教學有其本質的不同，但是西方的策略教學研究可以提供原則性的啓示，也更有助於發展漢語策略教學的架構。

第一節　語言的本質與學習策略

　　語言學習是人類發展的必然現象，藉助有意義的聲音、符號、與肢體動作相互溝通是人類社會的自然現象，早在文明發生之前即已存在，當人類進一步發展成完備且複雜的口語系統時，人們仍然可在其母語環境中靠著自然習得而掌握其母語。然而，當人類進入文明期開始發展出有系統的書面文字後，這些與書面文字相關的語言技能（如閱讀、寫作、翻譯）獲得方式就有所改變，成爲一種非自然而須特意學習的技能。換言之，當語言系統從口語系統發展至文字書寫系統時，語言的獲取方式也從「習得」（acquisition）轉變到「學習」（learning），若不經過特意的學習，即使生長於自己的母語環境，也不免成爲「文盲」。

　　人類的第二語的學習也發生甚早，即使在古代，只要是各族各部落之間的相互接觸，就少不了有人開始學習第二語。到了近代，隨著交通發

達，各語言區之間接觸頻繁，學習第二語已成為普遍的現象，尤其是現代化的教育體系往往將學習第二語或外國語納入必修的課程，學習某種第二語／外國語已成為強迫式的過程，人人均無法避免，換言之，第二語學習已發生在每個人的身上，是大眾必經的過程。這時，如何有效率的學習第二語或外國語就成為個人與社會大眾極為切身的重要課題。

　　在探討語言教學之前，必須先澄清對於語言以及語言教學所持的基本觀點。因為觀點各異，其語言學習之方向也就各不相同，其所衍生的學習策略自然就有所差異。然而對於語言本質的認定牽涉萬端，除語言本身外，尚涉及人類認知方面的思考，也涉及社會層面的思考，更不免涉及哲學層面的思考。一般而言，對於語言本質的認定可分為三類觀點：一是「結構性觀點」（Structural view）、二是「功能性觀點」（Functional view）、三是「互動觀點」（Interactive view）（Richards & Rodgers, 1986）。「結構性觀點」認為語言是由語素（語音、單字、詞彙）所構成，語言學習應知曉這些語素及其構成的法則（拼音、文法），並且遵照某些原則循序漸進；「功能性觀點」則強調語言是一種具有功能性質的工具，是表達意義的載具，語言教學應以語意理解與溝通能力為其根本；「互動觀點」視語言為人際關係及社交的工具，語言教學著重在維持人際關係與社會互動的實際應用。

　　這三種語言觀各有其切入點，也各有其論據及事實的基礎，各種不同的語言教學法都是根據某一語言觀而衍生的，例如「文法翻譯法」（Grammar Translation Method）是基於結構性觀點，「自然學習法」（Natural Way）是基於功能性觀點。由於這些語言教學法強調不同的學習重點，其學習的內容及學習方式也須迎合其基本的重點，例如基於結構性觀點的文法翻譯法，將教學重點置於語素的習得，則必然偏重於記憶策略及反覆練習策略；而基於社會互動觀點的教學法則必然偏重於溝通策略及補償策略。

　　從教育的觀點而言，任何的教學與學習不僅是學得與否的問題，而更

必須講求教學與學習的「效率」，要增進效率就必須掌握有效的學習方法與策略，以語言的學科而言，語言學習策略是依附於語言的本身，雖然許多知識

　　技能領域的學習策略是共通的，但在語言學習方面自有其特殊的策略，本書所欲探究的策略將集中於語言的特殊策略而非廣泛的一般策略。

第二節　西方第二語言學習策略之前期發展

　　語言學習的歷史如此古老，而學習語言的策略亦必然扮隨著語言學習的需求而早已出現，但是將語言學習策略做為專門的研究課題卻起始甚晚，現代語言學習策略的研究最早始於Aaron Carton於1966年提出的報告：外語學習之推論方法（The Method of Inference in Foreign Language Study）。他發現學習者做推論（make inferences）的傾向和能力皆有所不同。Carton（1971）更將推論當做第二語學習者所使用的策略來討論。到了1970年代晚期及1980年代早期，因各種教學法（methodologies）蓬勃發展，使得語言教學者有更多的教學法和教材可選擇。對於學習的看法，更是從以往的教師為中心的觀點轉移到以學習者為中心的觀點。因此學者們紛紛趨向探討學習者如何負責其學習，教師又應如何幫助學生自主地學習（Rubin, 1987）。Rubin和Stern（1975）首先提出「好的語言學習者」（good language learner）一詞，他們聲稱好的語言學習者會有些特徵值得我們學習。因此早期第二語的學習策略的研究都著重於學習策略的定義、描述和分類。研究的方法大多是用內省描敘、訪談、問卷、觀察等等的方式來辨識和描述各種被學習者使用來增進理解和學習成效的策略（O'Malley & Chamot, 1990）。

　　學習策略發展的一大助力是當學者們將學習者的角色看為教與學活動中的主動參與者時，許多學者認為教學效果須部分仰賴學習者先前既有的知識，和學習者在學習中的想法（Dansereau, 1985; Weinstein &

Underwood, 1985）。

　　而認知理論則對學習者知識的建構和學習過程有極多的探討，其中認知策略（cognitive strategies）主要在描述直接與個人的學習任務和學習內容處理的相關之事如推論、分類、演繹等，後認知策略（metacognitive strategies）則探討學習過程、學習計畫、檢視其理解或輸出的說與寫（Broun & Palincsar 1982）。認知理論基本上就把語言學習視爲一套複雜的認知技巧，O'Malley & Chamot（1990）指出認知理論很成功地描述了記憶的處理過程。McLaughlin, Rossman & McLeod（1983）認爲第二語獲得的認知，與其訊息處理方式有明顯關連，他們認爲學習者是訊息的處理者，在訊息儲存、尋找等處理過程中，會受個人的動機、記憶、能力等因素的限制。也有學者從認知心理學的角度研究學習中的社會行爲和情感因素之影響，以探討其中的學習策略（Dansereau et al. 1983; Slavin 1980）；Wong Fillmore（1985）即研究第二語學習的速度和程度之有所不同乃由於認知過程的差異。Spolsky（1985）則廣泛地涵蓋社會情境如學習環境和機會及學習者因素如個人能力、先前知識、動機等，發展了一個教學模式來研究第二語的習得。他的結論是第二語的習得有三種條件：

1. 必要條件（necessary conditions）：包括目標語之輸入、動機和練習機會等。
2. 相對條件（gradient conditions）：指條件發生的愈頻繁，學習愈可能發生，例如與第二語的母語人士互動的機會愈多，學習者愈能調整適當的學習策略。
3. 典型條件（typicality conditions）：指非必要但亦能輔助學習的條件，例如雖然重思考且安靜的人也可能將語言學好，但是外向的性格還是好的語言學習者特有的典型。

　　Spolsky並將學習策略看作學習者能力和經驗的一部分，學習者將帶著它們學習下一個新的任務。

　　O'Malley & Chamot（1990）曾整理文獻中共同的發現如下：

1. 在小組訪談中，學生若被詢及明確的學習任務，就能描敘出非常廣泛、不同的學習第二語的策略。

2. 文獻中最常將學習策略分成三類來進行討論：後認知（metacognitive）、認知（cognitive）和社會／情緒問題（social/affective）的策略。

3. 個人在學習第二語所使用的策略與他在學習母語所發展的策略沒有什麼不同。

第二節　學習策略的教學考量

一、學習策略是否可教？

　　有關第二語言的學習策略已被辨識得很多，繼之而起的問題則是：學習成效差的學生是否能學習別人的策略？能否運用那些成效好的學生之策略來增進他們的學習？什麼樣的策略可以教？什麼樣的教學法可以用來教授策略？由於一般的學習者都是從第一語言學習的經驗中自行摸索出各自的語言學習技巧，而這些技巧又因人而異，因此策略教學的實施效果易為人質疑。

　　Weinstein和Mayer（1985）提出學習策略是可以被學習且應涵蓋於教學中，他們認為好的教學應包含教導學生如何學，如何記憶，如何思考，及如何鼓勵自己。Norman（1980）認為應發展一般學習的原則、記憶的方法，解決問題的方法，設計可應用這些方法的課文內容，並且將教導學生學習的方法涵蓋於學校課程中。這個論點的說服力很強，因為終生學習的觀念不斷被鼓吹，而學習策略訓練則可幫助學生發展有效的方法處理從環境中而來的資訊，並有效掌控自己的思考過程，因此學習策略訓練是我們教育系統中日趨重要的課題。另外許多研究已證實學習策略訓練在改進學生的閱讀理解、記憶訓練和問題解決的任務上有很好的成效（Brown et al, 1983; Chipman, Segal and Glaser, 1985; Dansereau, 1985;

Segal, Chipman & Glaser, 1985; Jones et al, 1983; Weinstein, 1982；Person & Dole, 1987）。然而在其它方面如說和寫，及在不同發展階段或程度中，學習者會選擇什麼策略來學習的研究仍比較欠缺，這或許和測量工具有些相關，測量工具應包含不同的形式的測量法，因爲學習者在不同程度時有不同的認知架構，初學時應以大量訊息之獲得最爲重要，中級程度則最需要建構知識的策略，而新的研究方法扮演著很重要的角色（Messick, 1984; Perkins & Linnville, 1988; Rumelhart & Norman, 1978）。

許多華語教學界的學者贊成學習策略的使用及教導，江新（2008）認爲「策略訓練不是簡單容易的事情。訓練的時間長短、訓練過程、學生的責任心、策略遷移等都會影響訓練的後果。儘管有這些挑戰，第二語言策略訓練仍需要繼續進行」（頁231）。徐子亮（2010）認爲「歸納、提煉外國學生所採取的有效學習略，並加以適當地引導和推廣，有利於漢語學習效率的提高和良好效果的獲得」（頁252）。

錢玉蓮（2007）認爲從教學實踐的角度看，區分「漢字圈」以及「非漢字圈」留學生漢語第二語言學習策略研究及其所取得的成果，可以有助於設計更好的有針對性的教程，確定不同國別留學生在漢語學習策略使用上的長處和短處，使之互相取長補短，幫助學生有意識地使用學習策略，克服使用策略的隨意性和無計劃性，進而幫助學生更有效地學習漢語，增強學生學習漢語的信心和興趣，並給對外漢語教師提供策略訓練的指南。劉頌浩（2018）認爲語言水準是決定閱讀者使用何種策略的最重要因素，對策略的使用具有調節作用。對低水準學習者來說，策略的重要性不及高水準學習者。在策略教學方面，只有使用符合學習者語言水準的策略，策略培訓才有明顯效果。

有效的學習策略並非憑空認定，最可行的方式是從優秀的語言學習者直接採集有效的策略，再將之傳授給其他的學習者。但其效果則端賴良好的採集方法、愼密的傳授方式及教學對象的類型。

二、策略與內容的整合問題

　　主張學習策略可以被學習而且應該被教導的學者，對如何教導策略則有兩派的看法：學習策略教導應分離於課文內容來教，還是應與課文內容整合來教。贊成學習策略與教學內容分開教導的有Derry & Murphy（1986）、Jones et al.（1987）、Dansereau（1985）等人。他們認為學習策略可以運用到不同的課文內容，學生若專心學習發展策略會比同時學內容又學策略來得更有效。

　　另一派如Wenden（1987）、Campione & Armbruster（1985）、Chamot & O'Malley（1987）則認為將策略與課文內容整合來教較為有效而實際。因此整合課文內容和與課文內容分開的學習策略訓練仍有待進一步的研究、評估（Dansereau, 1985）。

　　就理想而論，將策略與內容整合來教是一石兩鳥的方式。在實際的教學情況下，閱讀策略的教學必然已對內容做某種程度的整合，因為閱讀策略需要使用實際篇章段落來做練習，所以一般的策略教材必然收錄了許多文章做為訓練策略的工具，例如《中級漢語閱讀教程》一書中收錄了將近200篇文章；《漢語閱讀技能訓練教程》收錄了約24篇文章。學生則藉著閱讀這些文章來練習策略，當然也在過程中順便吸收了這些文章的內容，可是這種整合的方式若是用在精讀教學則有其缺陷。第一，以策略訓練編排的教學課程或教材是以策略為優先，因此所選錄的篇章材料在漢字詞彙及文法方面無法循序漸進。第二，策略教學的本質都強調以閱讀真實材料為主，而這些真實篇章材料並不控制字彙量及文法句型，對於講求循序漸進的精讀課程則不宜，因此將策略學習與內容學習兩者相融合的方式，應以「泛讀」教學的範圍較為可行。

第四節　語文學習策略的觀念

　　語文學習策略原本是指學習者所用的方法，而教學法則是傳授內

容所用的方法，兩者是相對的概念，然而若將學習策略視爲教學的內容，發展策略教學的教學法，則稱爲「策略教學法」（strategies-based instruction）。有關如何教導學習策略的討論已爲語言學者所重視，經由許多研究的成果可歸納出如下的理念：

一、向優秀的語言學習者取經

　　語言學習所產生的必然現象是某些語言學習者比其他的語言學習者學得更成功。許多教師和研究者皆發現即使在相同的學習情境下，如母語或第二語相同，某些學習者在學習第二語的某項任務時，所使用的方法比別人的好。因此學習成功的原因可能是由於學習者的某些認知行爲之故。Stern（1975）的研究亦發現學習效果差的語言學習者沒有發展出良好的組織系統，並且還十分被動，以致所學習的語言知識始終是片斷、零散而難以記牢。語言學習成功的因素和方法很多，但仍與個人的學習方式大有關係。

　　成功的學習策略可以被學習效果差的學習者使用，並產生良好的效果。Hosenfeld（1979）認爲一旦好的語言學習者的策略被辨識出來，就可被較不成功的學習者使用，以增進他們第二語或外語的學習效果。Rubin & Wenden（1987）主張一旦學習策略被辨識出來，教師重要的角色之一就是提供有利學習策略發展的環境，或者提供有關組織、儲存訊息等不同的策略，並鼓勵學生發展對他們最有利的策略。

二、培養語文學習者的自學能力

　　訓練學生成爲自主的學習者是策略教學的重要目標。對某些學習者或某項學習任務而言，學習過程中訊息的獲得並不一定是在無意識中進行的，反而有意識地注意其學習過程是語言自主的第一步驟（Bialystok，1978；Smith，1981；和McLaughlin，1978）。

　　Smith（1981）聲稱：「意識培養並不浪費時間」（Consciousness-raising is not a time-wasting procedure）。他指出：訓練學生有意識地決定其策略能促使學習者更有效地使用學習策略。Rubin和Hewce（1981）的研究亦顯示：意識清楚地注意其學習策略能幫助學習者專注於她的學習，該學習者還以日記的方式評量自己的學習策略，這方法使得她在某些學習中，能使用策略得當，並獲得最大的幫助。

　　一旦學生受了學習策略之訓練，他們就成為如何達成某項學習任務的最佳決策者。只要學生能發展評量他們自己的學習過程的能力，學生就能判斷如何達成學習任務。教師不可能清楚每位學生的學習路徑，因此很難替每位學生決定如何學對他最好。研究也發現：會使用有效的策略的學生在教室外的情境能表現得更好，尤其因為沒有老師在旁引導，因此學生必須能掌握自己的學習過程，以至於在教室外亦能學習（Rubin & Wenden, 1987）。語言學習策略的研究學者，大都認為語言學習者必須掌握他們自己的學習，因此應教導學生來幫助自身的學習，培養後設認知的能力，也是發展學習策略的必經之路。

三、學習策略的互通

　　研究顯示：學習者在其它科目中的策略訓練亦能應用於語言學習中，Brown & Palinscar（1982）和Dansereau（1975）研究一些學習者的訓練，顯示理想的訓練應包含適合學習任務之策略的教導與練習。至於要訓練哪種策略則依學生的學習傾向而定。

　　Rubin & Wenden（1987）認為：語言學習和其他學習的原則是一樣的，雖然關於學習的理論很多，如行為學派、皮亞傑學派、人類的訊息處理學派（human information processing），大部分的學習理論者都贊同學習者在學習過程中扮演主動的角色時，最能達成學習；因此語言學習者不能只是被動地接受資料輸入，而也要能有機會以對他們有意義的方式內化資料；這與問題解決有關（problem-solving），而學習理論認為問題解決是幫助學習的最好方法；因此語言學習環境不僅須提供資料經驗，還要提

供機會讓學習者於其中學習。

四、程序性的知識對於學習的助益

　　除了以上理論的基礎外，O'Malley和Chamot（1990）亦以認知理論為基礎，解釋學習策略為何需併入教學法或教材中。他們認為：認知理論很成功地描述訊息如何儲存於記憶中及其過程。訊息一般被分為兩大類：一是我們所知道的知識，即敘述性的知識（declarative knowledge），二是我們知道如何做的知識，即程序性的知識（procedural knowledge）。程序性的知識在學習過程中扮演的角色，尤其重要，因為它需要更複雜的認知技巧，而認知理論原就把語言視為複雜的認知技術。程序性的知識可以用學習者已知的知識來做重組、摘要、代表等工作，和記憶中新的訊息連結。因此敘述性的知識是指語言結構、規則和語意等記憶儲存及尋回，在臨場的語言互動時，我們需要使用他們，然而這種尋回的速度不快，加上短期記憶又有容量限制，而語言的運作卻需要大量的規則立即反應，這大量規則是無法停留於短期記憶中，因此透過練習，使其運作有良好程序，能自發並減輕短期記憶的負擔是非常重要的。而程序性的知識又有兩個重要特徵：難學和難遷移。故而需要將它併入教學來訓練。另外Perkins（1989）亦提出學習複雜的認知技術需有兩個條件才能成功，一是有線索的反覆練習機會，二是學習者將某熟悉任務中抽象的原則遷移至學習另一項新的技巧。

　　由以上的理論得知學習者在學習母語時所發展出的策略將成為其經驗，在學習第二語時，學習者會以既有的母語策略為基礎，遷移或擴大其策略於新的學習中。經由第二語獲得的條件和過程的了解，可用以上的理論來檢視各種的第二語教學法，及學生學習母語和第二語的遷移情況。更進一步則可發展含有學習策略教導的教學模式和教材設計，以改進學生學習外語或第二語之效果。

第五節　語言學習策略的分類

在探討語言學習策略的內涵之前，可先從策略的分類研究入手。策略的分類不僅是一種表層屬性劃分而已，它實際代表著對於知識的見解以及思維的架構，可藉此了解學習策略的範圍、架構與具體項目，能建立初步的概念。

許多語言學者先後提出策略的分類問題，早在1978年Bialystok & Frölich即針對第二語言學習之課堂成就因素而分析出「功能」（functional）方面的因素與「正規」（formal）方面的因素。功能的因素，例如練習（practicing）；正規方面則包括 1.練習（practicing）； 2.操控（monitoring）； 3.推論敘述（inferencing）等三項。Bialystok（1981）則依此，針對第二語言的學習策略進一步規納為四類：1.功能練習（Functional practice）； 2.正規練習（Formal practice）； 3.操控練習（Monitoring）； 4.推理策略（Inferencing）。

Pritchard（1990）則將策略分類為以下五種：促進覺察（Developing awareness）；接納模糊（Accepting ambiguity）；建立句內連結（Establishing intra-sentential ties）；建立跨句連結（Establishing inter-sentential ties）；運用背景知識（Using background knowledge）。這些策略其實是策略的具體項目與技巧，要經由許多具體項目的累積，才能進一步歸納出策略的內類別。

採用認知學習觀念的策略分析以Wenden & Rubin（1987）為先，Carrell（1989）提出了後設認知與第二語言閱讀兩個類別。Wenden（1991）則提出更周延的分類：認知策略（Cognitive strategies）與自我管理策略（Self-management strategies）。在認知策略方面分為三項，分別為：1.從接收的資訊中選取信息（Selecting information from incoming data）； 2.理解並儲存信息（Comprehending and storing the information）； 3.汲取信息（Retrieving the information）。在自

我管理策略方面亦有三項，分別為：1.策劃（Planning）；2.監控（Monitoring）；3.評量（Evaluating）。

O'Malley & Chamot（1990）將學習策略整理為三大類：1.後設認知策略（Metacognitive strategies）；2.認知策略（Cognitive strategies）；3.交際與情意策略（Social and affective strategies）。這個分類法一方面確定認知與後設認知分屬不同的方式，並且確認了認知之外的策略，注意到情意及交際策略的重要性。

Anderson（1991）將策略分為五類：1.Supervising strategies（監控策略）；2.Support strategies（支援策略）；3.Paraphrase strategies（釋義策略）；4.Strategies for establishing coherence in text（關連策略）；5.Test-taking strategies（考試策略）。

以上的各種分類中，其中所謂自我管理策略（Self-management strategies）與監控策略（Supervising strategies）其實就屬於後設認知（Metacogition）的範圍，咸都認定後設認知對於策略的重要性。

就策略隸屬的語文層次而言，許多學者從語文層次的角度將策略分類為「共通策略」（General Strategies）與「局部策略」（Local Strategies）（Block, 1986; Anderson, 1989; Young, 1993）。所謂共通策略是指對於段落及篇章的理解方式，而局部策略是指字詞與文句層級的認讀方式。

Young（1993）提出更具體的分類項目，將策略分為局部性策略（local strategies）、全面性策略（global strategies）與認知的知識（Knowledge of Cognition）。並根據文獻加以整體列出十二項局部性策略、十三項全面性策略、與兩項認知的知識（Knowledge of Cognition）（參見表2-1）。

表2-1　策略的分類項目

策略	說明
局部性策略（local strategies）	
1. 了解字義	閱讀者了解文意前必先了解全篇字義。
2. 略過不懂的字	閱讀者陳述他／她將不懂的字略過不讀。
3. 表達對註釋的使用	讀者說明單字用法或使用註釋、字典的需要。
4. 分析拆解字詞	閱讀者將字或詞拆解成較小的單位，以了解字詞意。
5. 使用同源的兩種語言來理解字彙	閱讀者表示某字彙在第一語和第二語中看起來相似，所以很容易理解。
6. 解決字彙疑問	閱讀者利用上下文、同義字或其他方法來理解特別的文字。
7. 將字翻譯成另一種語言	閱讀者將字詞翻譯成自己的語言。
8. 對單字提出疑問	閱讀者不懂某一字彙的意義。
9. 把不懂的字畫底線或圈起來	閱讀者表示他／她將不懂的字畫上底線或圈起來。
10. 詢問子句或句子的意義	閱讀者不了解文章某一部份的意義。
11. 使用語法、標點或其他文法	閱讀者表示了解文法、語法、部份文章內容或標點。
12. 校訂閱讀速度和行為	閱讀者不懂時速度減慢但仍繼續下去，最後會回頭再念一次。
13. 意譯	閱讀者改寫原文。
全面性策略（global strategies）	
14. 略讀、讀標題、副標題、看圖片	閱讀者在真正開始閱讀前先大略看一下，以了解大意。
15. 預想文章內容	閱讀者預想文章接下來會有什麼內容。
16. 了解文章結構	閱讀者分析要點及相關細節，討論閱讀內容、目的，明白閱讀內容呈現方式。
17. 整合內容	將新訊息與之前的內容連貫起來。
18. 對文章內容做出反應	閱讀者反映出相關情緒。
19. 思索閱讀內容背後涵義	讀者思索閱讀內容背後涵義並提出來分享。

策略	說明
20. 承認缺乏背景知識	閱讀者說明對閱讀內容感到陌生與缺乏背景知識。
21. 預讀	閱讀者明確提到在閱讀中已先預讀。
22. 想像閱讀內容	閱讀者說出腦中出現的影像。
23. 說出閱讀內容之重點	閱讀者提出閱讀內容之重點。
24. 使用推論或做結論之技巧	閱讀者根據閱讀內容和自身知識做出結論。
25. 運用背景知識	閱讀者說出與閱讀內容相關的知識或有相關經驗的事、物。
認知的知識（Knowledge of Cognition）	
26. 對行為或過程做評論	閱讀者描述策略的使用、閱讀過程的結構、成就感或挫折感。
27. 未使用或不了解之策略	閱讀者無法使用該策略。

資料來源：筆者譯自：Young, 4. J. (1993). Processing Strategies of Foreign Language Readers: Authentic and Edited Input. Foreign Language Annals, 26:4, 451-468.

　　較為宏觀而周延的語言學習策略分類是由學者Rebecca L. Oxford（1990）所提出，在其書中列出兩大類別、六個組群、十九個項目、四十八個技巧。先將策略概分為直接策略與間接策略兩大類別。其下再畫分出六大語言學習策略，包括直接策略三類：記憶策略（Memory strategies）、認知策略（Cognitive strategies）、彌補策略（Compensation strategies）；與間接策略三類：後設認知策略（Metacognitive strategies）、情意策略（Affective strategies）、社交策略（Social strategies）。（參見表2-2）

　　Rebecca L. Oxford所提出的策略分類架構可說是至今最完備的策略分類，後續的語言策略大多不出這個架構。該分類與一般的形式語言觀不同，較偏向於溝通式的語言觀，其策略內涵並未針對英語本身的形式結構（如文法、詞彙），雖然其中的「直接策略」較貼近於語言的本身，但是多屬於跨語言的共通策略，例如在其記憶策略的應用圖像與聲音策略中，

包括運用想像、語意觀念圖、運用關鍵字、與以語音表現於記憶等技巧，但這些技巧都可以用於任何語言。此外，其間接策略其實包含許多共通的策略（Global Strategies），其中有些已不限於語言的學習，例如其中的降低焦慮的策略在各種學習領域均適用。

表2-2　語言學習策略系統

直接策略（Direct Strategies）	策略項目
記憶策略（Memory Strategies）	1. 建立心理上的關連 2. 運用想像與語音 3. 妥善複習 4. 運用動作
認知策略（Cognitive Strategies）	1. 練習 2. 接收及傳送訊息 3. 分析及條理化 4. 創造輸入及輸出的架構
補償策略（Compensational Strategies）	1. 智能式的猜想 2. 克服說寫的限制
間接策略（Indirect Strategies）	
後設認知策略（Metacognitive strategies）	1. 集中注意於自己的學習 2. 安排與計畫自己的學習 3. 評估自己的學習
情意策略（Affective strategies）	1. 降低自己的焦慮 2. 自我策勵 3. 掌握自己的情緒起伏
社交策略（Social strategies）	1. 提出疑問 2. 與他人合作 3. 對他人理解

資料來源：筆者譯自：Oxford, R. L. (1990). Language Learning Strategies. Boston: Heinle & Heinle Publishers.

在策略應用方面，這些策略並未針對以英語為第二語的學習者最感困

難的部份列出策略使用的對策，也未按語言技能加以歸類（如聆聽、說話、閱讀與寫作策略），在實際教學時，不利於具體的應用，因為許多的語文教學課程多按照聽說讀寫的語言技能有所區分，教師不易分辨這些策略項目最適合的語言技能。

　　直言之，Oxford的策略內涵可廣泛的運用於一般的語言學習，但未能貼近個別語言本身的特性。例如對於以英語為第二語言的學習者而言，其學習英語所遇到的語法結構方面之困難就無法以這些策略來直接解決。

結語

　　本章大略概述了西方對於語言學習策略的教學之觀念發展，雖然各種不同語言的學習或有共通之處，但亦有特殊不同之處。語言教學在觀念的層次經常可以跨語言互通，但在實施的層次則必有不同的特性。前所介紹的策略分類與項目多是根據英語或將英語作為第二語而產生的，若欲將英語的學習策略套用於中文（漢語）的學習，尚須進一步驗證其適用性。

第三章
華語文的閱讀策略教學探討

　　在第二章已探討了一般語言教學與策略的關係，並概覽西方的語言策略相關研究。本章則開始針對華語文的閱讀教學加以探究。首先討論與華語文閱讀策略教學相關的一些基本概念，並探討中文的結構特性與閱讀策略的相關性，接著再從中文認知與教學兩方面分別回顧其研究文獻對於策略教學的啟發。

第一節　華文的結構特性與閱讀策略

一、策略學習宜從目標語文的特性入手

　　同樣是第二語言的閱讀，到底華文的閱讀與其它語文的閱讀有何不同？英語的閱讀策略是否可以應用於華文的閱讀？首先即面臨著不同的語言之間的策略比較的問題。

　　世上眾多的語言中，有其相同或相通的部份，但亦有其個別特殊而為其它語言所無的部份。在進行語言比較分析之時，必須意識到比較的基準點所根據的語言為何？以免將某一種語言的結構〔通常是較強勢的語言〕做為語言分析的標準框架，將別的語言強行套入這個框架之內再進行分析，而模糊了各別語言的特殊不同之處。雖然就學習的考量而言，為了建立學習者的信心，或可強調中文與其它外語的共通之處，以幫助外籍人士減除對於中文的畏懼心理。然而，在實際教學時，卻要著力於中文與其它語言的相異之處，也就是要在相異之處去發掘並教導其學習策略。以外語教學的立場而言，更必須意識到語言之間的不同之處，因為這往往是學習第二語最困難之所在，也是最需要使用學習策略之所在。

　　一般而言，屬於全面性的（Global）、或宏觀語言層面（macro-linguistic level）的閱讀策略具有世界共通性；但屬於局部性（local）或微觀語言層面（micro-linguistic level）的閱讀策略，則因語言的語素結構不同而有所差異。鉅觀層次語言（macro-linguistic level）的閱讀策略是屬於段落篇章層級，應強調如何將其母語的閱讀知能遷移於中文的學習，而微觀層次的閱讀策略屬於字詞與文句層級，則應強調在語言相異之處進行訓練。例如，方塊漢字是中文的特色，也是來自拼音文字語言區的學習者在初步接觸中文時最感困難之處，因此學習漢字的策略就相對重要；又例如中文的文句是由一連串的字詞所組成，但詞與詞之間並不分斷，與拼音語言具有詞間空格的情形非常不同，因此教導外籍人士在閱讀中文文句時如何分斷詞彙的策略就相形重要。但是Young（1993）認為：成功的外語閱讀學習者常用全面性的策略（global strategies）；失敗的外語學習者則較常用局部性的策略（local strategies）。可見閱讀策略的教學仍須以趨向全面性的策略及高層次的篇章閱讀理解為最終目標。

二、中文結構的層級與閱讀策略的對應

　　一般以西方語文為基礎的策略研究多將閱讀策略區分為「文章層級」（text-level strategies）與「字彙層級」（word-level strategies）（Barnett, 1988），文章層級是指閱讀章節所需的策略，包括背景知識、預測、瀏覽、略讀等，而字彙層級是指用以猜測字詞意義的策略（Barnett, 1988; Olsahvsky, 1976/1977; Block, 1986）。這種二分法其實是基於西方語言的結構的特性，然而就中文而言，中文最特殊之處在於漢字與詞彙方面，儘管意義的單位是詞，然而文句中漢字的排序與構詞特性，使得中文在字和詞的語文結構層級與一般拼音語文有所不同，形成不同於其他語文的閱讀難點，當然在學習策略方面也必有不同的分類。

　　胡志偉（1989）將閱讀分為四個層次：第一個層次是找出一段文句是由哪些「意義單位」（meaningful units）所組成的。在這個層次裡，讀者分析「字」（word）的讀音與意義。第二個層次是組合一個句子的

字，以了解整句話的意義。此時，讀者所分析的是字與字之間的意義與文法上的關係。第三個層次是分析一段或一篇文章的內容。第四個層次則是在了解文章的內容之後，讀者對這篇文章所產生的主觀判斷（例如文章寫的好不好等等）。

　　前三層次大致與語文的結構相對應，然而第四層次已屬於評量式的價值判斷，屬於鑑賞的範圍。筆者認為不應與前三者混為一談，因為這類評斷與鑑賞應不只發生於閱讀整篇文章，亦包括對於用字遣詞與文句修辭的評斷。換言之，無論是字、詞、句、段落、篇章各層次都伴隨著閱讀者的主觀的評斷與鑑賞。

　　一般的語言教學多依結構順序，從低階進展至高階；然而，閱讀的訓練卻可以跳躍過某些層次，直指篇章，甚至避開生字生詞的干擾，而直接理解全篇文意。換言之，當人們閱讀篇章時，儘管仍有不認識的生詞和文法，但仍可以掌握文章的內容含意。甚至當已經大致理解內容含意時，反而可以回過來推敲出這些生詞和文法的意思。

三、中文篇章結構的層級

　　閱讀是對於文本的認知處理活動，文本的構成方式必然影響閱讀的方式。中文的一個篇章是由幾個段落所構成，而段落是由幾個句子所構成，句子是由幾個字詞所編排而成，而詞彙是由個別漢字所組成，因此閱讀依其結構可分為數個位階，從低階到高階為：

1. 漢字認知層次。
2. 詞彙認讀層次。
3. 句子理解層次。
4. 段落理解層次。
5. 篇章理解層次。

　　然而，這五個階層並不是彼此截然劃分的狀態，其鄰近階層有其重疊

的情形，例如「單字詞」就是漢字與詞彙的重疊區域，詞是表意的單位，儘管現代中文的詞彙多為兩個或兩個以上的漢字所構成，但仍有頗多的單字詞存在。

又例如句子應是由幾個詞彙所組成，但在眞實篇章中也常有所謂的「定式語」（Formulaic Sequencing），以單獨一個詞組短語或是一個成語就是一句的情形，例如「然而」、「比方說」、「不過」、「另外」、「總而言之」等詞組常以逗點和後接的句子分開而單獨成句，具有句子的作用。例：

「不過，一般人對兩岸的交流都抱著樂觀的態度」
（今日臺灣。頁235）
「另外，還有不少特別的地方小吃。」（同上。頁39）

一個短篇文章也可能並不分段，從頭到尾只有一個段落，這種類型的文章也算是段落層次與篇章層次的重疊區。

此外，一般的閱讀論述將句子以上的策略並不做區分，理由是段落與全篇文章的閱讀方式似乎差異不大。在語言分析的領域裏，句法（syntax）之上即是章法（discourse），然而，居於其間的段落其實有它特殊的地位，因為段落往往是一個主題或話題的表徵，注重句子之間的直接交連與承接，兼具了句法的形式與篇章的義理，而篇章則是許多話題的起承轉合與排序，兩者的閱讀理解的方式必然有其差異之處。現今對於句子以上的話語研究正方興未艾（靳洪剛，民83），已開始注意到語段或話輪，勢將對於兩者的閱讀處理方式有進一步的瞭解，亦有助於閱讀策略的發展。

第二節　華語文閱讀策略的相關研究開展

英語學習策略早在1980年代已有可觀的研究成果，儘管學習華語文的人口日增，但是在1990年代時，針對以中文爲第二語言或外國語的閱讀策略研究仍十分貧乏（Chen, 1995; Ke, 1998）。Jiang, X. & Cohen, A.D.（2012）分別對於1980s、1990s及2000s等三個十年蒐尋有關CSL/CFL（以中文作爲第二語或外語）學習策略的英文論文及中文論文（中文知網CNKI資料庫），發現1980年代還沒有任何漢語學習策略的中文論文，只有3篇英文論文（期刊或博士論文），1990年代則有中文論文4篇及英文論文11篇，但進入本世紀後的十年內，論文量暴增，出版了31篇中文期刊論文及26篇中文學位論文，英文則共有12篇，可見華語學習策略研究大致是在本世紀之交開始蓬勃發展的。

最早的華語學習策略研究出現於1980年代後期，分別有Yu（1987）探討了美國學生學習中文的記憶策略，Hayes（1988）研究了母語者及非母語者在閱讀中文時所持的編碼策略。也有學者爲因應美國大學中文課程的新挑戰而強調應教導學生閱讀的策略及自學中文的技巧（梁新欣，1997；Liu, 1999），或呼籲老師對班上學生的使用方法做調查，通盤了解之後，才能幫助學生正確使用學習的技巧，提升學習的能力（沈薇薇，1997）。這類呼籲的實現都要靠更多的研究來促成。

一、以中文爲母語的閱讀策略之研究發展

閱讀策略具有部份的遷移性，第一語言與第二語言的策略有時可以互通，因此以中文爲第一語言的閱讀研究對於華語文的策略教學將有所助益。

以中文爲第一語言的閱讀策略研究約自1990年起逐漸增多，研究對象跨越各學校階層，包括針對國中學生的閱讀理解策略與後設認知的研究（林清山，1994；劉玲吟，1994；曾陳密桃，1991）；對於技職教育體系的閱讀研究（林淑玲，1996）；針對於高中學生的閱讀認知研究（郭

靜姿，1992）；針對大學生的中文閱讀策略（楊育芬，1994）；以及屬
於特殊教育領域，對於閱讀障礙學生的策略教學研究（林玟慧，1995；
詹文宏，1995；胡永崇，1995）。而研究最多的是針對國小學童的閱讀
理解研究（胥彥華，1989；林建平，1994；鄭涵元，1994；陳淑娟，
1995；林蕙君，1995；黃瓊儀，1996；陳建明，1997；李美鈴，1997；
吳芳香，1998）。

　　國小學童的閱讀研究對於華語文的閱讀研究頗具啓示，因爲其研究的
對象雖然是以中文爲第一語言的兒童，與以成人爲主的華語文學習情形頗
爲不同，但是在閱讀內容的語文程度方面卻有類似之處。

　　胥彥華（1989）以實驗法研究學習策略教學對於國小六年級學童的
閱讀影響，發現在立即效果與遷移效果方面，接受策略教學之學童之表
現較優異，但在保留效果方面則無顯著差異。吳芳香（1998）研究優讀
者與弱讀者在閱讀策略使用與覺識，發現優讀者在使用識字與理解策略
時會考慮有效性並且較具自知，但弱讀者只求能得出答案即可。李美鈴
（1997）研究國小學童閱讀後設認知訓練 發現在接受後設認知訓練之
後，在閱讀理解的立即效果與持續性效果之進步情形有顯著差異，但在後
設認知方面則無立即的差異。鄭涵元（1994）以實驗法對國小學童進行
一套詞的閱讀學習策略教學，發現在常用詞與閱讀理解測驗的速度方面，
接受訓練的實驗組學童均優於未受訓練的控制組學童。

　　楊育芬（1994）調查90位大一學生的中文與英文的閱讀策略運用，
發現屬於整體性的閱讀策略（篇章層級），學生閱讀中文與英文所採用的
策略皆相同；但屬於局部性的閱讀策略（詞彙與文句），則依閱讀能力等
因素而有所不同。

二、針對外籍學生的策略調查研究

　　自2000年之後至今對於外國人士之學習策略調查極多，並且開始在
調查對象及策略類別方面都愈爲多元化，例如針對韓國學生的漢語學習

策略研究（錢玉蓮，2007）；針對中亞學生漢語閱讀策略運用現狀調查（陳光有 2010）；針對南非留學生群體初級漢語閱讀認知策略調查研究（黃超 2018）；針對巴基斯坦大學生漢語學習策略研究（趙勳，2019）；甚至有針對義大利中文學校的華裔子弟的華語學習的策略調查（梁源、葉麗靜，2019）。至今已累積六七百篇漢語學習策略的期刊論文及學位論文，而專研漢語閱讀策略的論文也有百篇之多，已形成了豐厚的研究領域，但是在漢語策略訓練方面的著作仍非常有限。

　　以下旨在介紹一些閱讀策略之研究調查方式，以期獲得對於策略教學發展之啟示。

　　陳雅芬（1995）實際調查並探討美籍學生學習華語時所使用的策略有哪些，藉由質化研究調查，指出這些學習策略深受學習情境、課程的要求、學習任務的種類、學生的語言程度、學習動機、人格、學習目標和先前的學習經驗之影響。

　　沈薇薇（1997）比較中英兩國學生學習字彙的方法及效率，以問卷及訪談的方式，調查在英國學習中文的大學生80位，其中在閱讀相關方面較常被使用並且效率較佳的技巧有使用單字卡、背單字書、使用雙語字典、用字典查意思及例句、反覆書寫、實際運用、與它字產生關連、想像單字的形象與拼音、筆記詞組與上下文，及英文翻譯。

　　葉德明（2000）調查在臺灣師大國語中心的12位西方學生之漢字認寫策略，發現受訪者普遍常用的策略包括：多練習、將漢字分成部件與音素分別記憶、特別注意漢字困難的部份、查字典、注意並訂正作業簿上的錯字、按筆順寫字、利用已會的字學新字。

　　林文韻（2000）以行動研究的方式探究在美國的一所中文學校之小班閱讀教學，對象為年齡8至13歲廣東話為母語的學童，採用預測式的故事閱讀活動，發現如果閱讀的教材與學生的思考層次不相穩合，則這種預測式的故事閱讀活動不一定有效。

　　姜松（2003）在夏威夷大學針對19位大四學生調查其閱讀策略，發

現即使學生已學了中文多年但其閱讀策略仍頗為零星雜亂，其閱讀困難集中在字詞方面而多直接以查字典來解決，最終導致喪失閱讀的興趣。因此認為閱讀策略教學勢在必行，學生之認知閱讀策略和後設認知閱讀策略的運用能力經過訓練是可以提高的。

　　Lee-Thompson, L.（2008）針對八位中級華語學生採用Think Aloud及再述法進行調查，發現學生在閱讀時所用的策略很廣，並且由於遇到的閱讀困難多在詞彙方面，故明顯是以Bottom Up的策略為主，即以字詞句的解析為主，並且最常使用翻譯策略，標出文本及寫上拼音或英文。

　　對於來華的外國留學生之策略使用類型的調查方面，江新（2000）使用語言學習策略量表對外國留學生學習漢語的策略進行研究，發現留學生學習漢語最常用的策略是社交策略、元認知策略、補償策略，其次是認知策略，最不常用的策略是記憶策略和情感策略；此外留學生漢語學習策略使用在性別上沒有顯著的差異，但在母語、學習時間上有顯著差異，也和其漢語水準有顯著的相關。吳勇毅（2007）以535位來華留學生進行大樣本的漢語學習策略調查，發現留學生在學習和習得漢語的過程中最常用的策略是補償策略，其次是社交策略、元認知策略和認知策略，再次是情感策略，最不常用的是記憶策略。張晶、王堯美（2012）進行了來華預科留學生的閱讀策略調查，針對118名外籍學生，發覺性別及地域方面都無顯著差異，20-24歲組的學生在策略使用方面高於其它年齡組，在策略使用方面，依次是補償策略、社交策略、元認知策略及認知策略，但差異不大。

　　然而吳勇毅（2007）另針對"成功的漢語學習者"所使用的學習策略進行調查研究，以參加第二屆世界大學生中文比賽複賽和決賽的部分選手為樣本，卻發現最常用的是認知策略、補償策略、社交策略，其次是元認知策略，最不常用的是記憶策略和情感策略。這與「一般的漢語學習者」不盡相同。

　　在六大策略類別中，上述的研究都共同發現「補償策略」是外國來華

留學生最常用的策略，可見他們身處在漢語環境中，須經常用許多方式來彌補漢語能力的不足。但記憶策略卻是相對最不常用的策略，似乎顯示了在漢語環境中是以實際溝通爲主，對於片段語素的記憶方式並非居於主要地位。

甚至外國學生學華語因犯錯而產生的「中介語」也和學習策略有所關連。徐子亮（2010）：「中介語總是與語言錯誤聯繫在一起的，而且多半是在創造性假設和運用時造成的，錯誤的深層隱含著種種學習策略。這些策略包括轉移、過度概括、變換語言、迴避、學而即用等等」（頁249）。

由上述的研究可知，外國學生所使用的華語學習策略頗爲多元而豐富，值得採用各種方式對於各種不同類別的外國學生進行策略調查與探集。

三、中文閱讀策略使用的比較研究

外籍學生在學習中文時，是否將母語的策略遷移到中文的學習？陳秋蘭（1994）探討以英語爲母語之讀者如何閱讀中文，發現了許多細節，該研究以東海大學國語中心十名的外籍學生，分初級和中級二組。經由口語閱讀、邊想邊說技巧、重述、訪談等方式錄下語料。結果在口語閱讀部份發現：1.初級者比中級者更常修訂錯誤，尤其更重視句法的精準。2.中級者較被文字特徵所牽引。3.初級者在語音相似上的失誤高於字形相似的失誤。

在邊想邊說的部份發現：1.二組受試者皆明白他們在閱讀時的問題。2.二組受試者皆花相當多的時間來弄清楚每個詞彙的意義。3.初級者多用直譯方法，中級者多用意譯方法，顯見初級者比較依賴L1的支援。4.中級者比初級者累積較多的策略。

在訪談的部份發現：1.初級者在L1中比在L2中依賴上下文去處理不懂的意思。而中級者由L1轉化到L2的能力則依賴L2的熟練度。2.二組皆

認為多練習是成為好閱讀者的最佳途徑。 3.多數閱讀者較常在L2中使用解碼策略，而較常在L1中利用上下文來理解內容。 4.二組皆認為閱讀有功能和娛樂的目的。 5.在L1閱讀中皆較L2少知道使用策略（L1閱讀似乎被視為自動過程，不易分析）。

　　另外在重述部份發現：1.熟練度扮重要角色。 2.詞彙精準度是很多讀者所看重的。 3.出聲閱讀會讓讀者混淆對意思的了解。 4.雖然字詞聯想法沒什麼效，但是很多人還是會用。 5.分析中文詞彙對多數學生而言是學習的難點。 6.藉由語音和字形特徵也是一種閱讀的手段。 7.邊想邊說的方法幫助讀者了解文意。

　　結論認為：閱讀過程的普遍現象是都會使用文中線索去抽樣、假設和顯示讀者所閱讀的內容。但此過程在L1時是自動的，在L2則不是。此外，並不是所有的讀者的閱讀技能都能從L1過渡到L2。只有當達到某種熟練度後，在L1有效的策略才能過渡到L2去，並且較好的閱讀者較知道有效的策略，並運用實際的閱讀中。

　　雖然此研究的取樣人數較少，但尚可看出第一語的策略在第二語學習所產生的影響，並且能分辨初級與中級閱讀者的策略使用的差異。

　　不同背景的外籍學生的閱讀策略是否有所不同？葉德明、陳純音（1998）研究日本與西方學生在中文閱讀策略之運用，調查了30位日本籍學生及30位美國籍學生，並以20位臺灣學生做為對比，獲得多項有趣的比較結果。當問及閱讀的單位時，臺灣學生以句子為多（65%），段落次之，少有人以字詞為單位者，但美國學生雖以句子最多（40%），卻在字與詞各有近20%的學生，日本學生則居中，可見中文愈好的學生愈以句子以上的層級為主。

　　在閱讀策略運用方面，多數人有查字典或從上下文猜出意思的習慣。但是卻有不同的運用傾向：1.在新詞記憶方面，日本學生多練習造句，而美國學生則傾向多複習。 2.當無法讀懂時，美國學生較傾向反覆練習。美國學生常使用大聲朗讀的比例稍高，而臺灣學生卻有65%從不用朗讀法，

三者對比，似乎中文愈好，愈不使用朗讀法。 3.在平常閱讀時，日本學生在許多策略的使用都比美國學生學生頻繁，包括在句中找出關鍵詞、圈出重點、根據已讀部份預測未讀部份、以書寫方式或在腦中總結所讀過的東西等等。

另經由錄音測驗發現：日本學生在流利度與斷句方面明顯較美國學生好且清楚，但在理解度方面兩組差異不大。但兩組多認為錄音最大困難在不會斷詞、斷句。美國學生認為加註標點符號對學中文有影響。

該研究藉由訪談也獲得一些結果：在讀物體裁特色的方面，兩邊學生均對於白話或深奧的文章都能接受，也都較喜歡敘述文。而在印刷字體、排列格式的偏好方面：兩組都喜歡楷書和印刷體排列的文章，直式或橫式排列均可，也均認為標點符號有助閱讀。唯一差別在日本學生喜歡印刷體更甚於楷體；而美國學生則以楷書較受他們歡迎。至於閱讀過程方面：美國學生一字一字看的比例較日方高，而日本學生找出關鍵字的比例則較美國學生高。在閱讀困難點方面：兩組學生均以單字為最難，語法次之。臺灣學生則是寫作風格最難。

較值得思考的發現是三類學生大都認為閱讀文章時，持大部份理解就好的想法，多於持完全理解者，這個發現對於泛讀與精讀的對比頗有啟示做用。

四、漢字與詞彙教學的研究對於策略教學之啟示

華語教學中的詞彙教學歷來都廣受重視，在1990年代初期即有研究專注於美國學生的漢字認讀策略（McGinnis, 1995; Ke, 1996, 1998a, 1998b; Everson & Ke, 1997），從一些較為前期的研究中即可歸納出對於字詞層級的策略教學之啟示：

Everson and Ke（1997）針對以中文為外語學習（CFL）的中高級程度的學生做閱讀策略的研究，以口頭報告與回想大意來測試學生在閱讀一篇稍高於他們程度的新聞報導後的了解程度，並期望從研究中的得到一些

教授閱讀的策略。調查所得的資料在發展對中文字結構的知識，及建立口語和閱讀能力的密切關係方面，顯示出了一些明確的研究方向。首先是要使用真實的閱讀材料，中文老師並又對他們給予學生的教材做出明白而有原則的決定。第二是要有效的介紹詞義，並建立學生的字網（Character Networks），使其能自行推論多字詞義。第三是希望促使高級程度學生在閱讀中，組合運用不同的語音形式，也就是說在了解文章意義之前，要先將文字轉換成語言。結論是語言和文字是有交集的，這樣的觀念可以運用在以中文為外語來學習的學生身上，希望學生能把已有的口語能力資源用在閱讀上，以提升閱讀能力。

張學濤（1997）研究基本字帶字教學法應用於外國人的漢字學習，主張先教獨體字再教合體字。有些簡單的合體字也可以做為基本字先教。還可以用偏旁部首帶字。也可以把形近字、反義字，組在一起，用比較方法認讀。一般而言，基本字帶字和形聲字歸類的方法效果最好。當學生掌握了常用的偏旁部首和漢字構字方法之後，再教合體字就容易。而且再分析字形方面可以節省大量的時間，加快識字速度。

程朝暉（1997）調查其所執教的美國學生，對其在漢語學習初階習得漢字的過程作一觀察、記錄與調查，對於漢字習得過程及特徵作一分析，得出以下結論：1.漢字讀寫練習是幫助學習者習得漢字的主要途徑。2.漢字的結構部件知識相當重要，能有效幫助學習者習得漢字。研究者也提出具體的漢字學習策略，包括「部件分析策略」，指學生學習生詞時，可先分析其漢字的構成部件，並且在語音聽說訓練的同時，也可適當加入漢字的練習。以及「字音相連策略」，指利用已知的聲符來猜新字的語音。

林千哲（1997）進行中文字詞聯想研究，藉由字詞聯想測驗，可以了解字詞在人類腦中，是如何被處理及感知。字詞聯想測驗透露出一個人的語意庫（semantic memory）、語言習慣（verbal habit）對事物的知識（knowledge about object）、思維過程（thought processes）、甚至情

緒及個性。這篇研究分兩部份：第一部份的研究呈現兩百位臺灣大學生（一百位男性、一百位女性）接受測驗，作者將所得的「主要反應詞」與英文、法文、德文做跨語言的比對後發現，有極大的相似性。中文複合詞對字詞聯想習慣有強烈的影響，以字頻來看，聯想詞多為中高頻字詞，少有低頻字出現。

　　該研究在於詞彙聯想的策略發展方面頗具啓示性：1.華語教師在設計生詞教學進度時，考慮給學生網狀相連結的詞，因為這是對人類而言最自然的連結方式，較能加深學生對詞彙的印象。 2.嘗試建立特殊聯想模式來建立外語學習者的語感。尤其在文化的聯想（culture-specific）方面很值得告訴學生。

第三節　中文認知研究對於華語文策略教學的啓示

一、閱讀認知的指引

　　在閱讀相關的研究方面，心理學的研究一直提供了基礎性的論述，自1970年代資訊處理論（Information Processing theories）的興起，開始探究人類對於訊息的記憶、儲存、回想、遺忘等原由，閱讀就不可避免成為研究的目標，待1980年代認知心理學的興盛，藉由實驗研究法從多方面探究人類閱讀的內在認知歷程，產生了豐碩的成果，也對於相關的語文應用領域造成深遠的影響。

　　僅管閱讀教學所包含的項目十分複雜，牽涉到語文內容、教學法及師資培育、學生程度，必須綜合參照多方的學理源頭，例如語言學（語文分析及邏輯次序）、文學（深究與鑑賞及作品評估）、教育學（課程與教學、價值判斷、教學資源及管理的機制）等。但是基於以學習者為中心的教學理念，必須對於學習者本身的認知與行為有深入的瞭解，這時認知心理學研究的成果對於語言教學提供了一部份的指引，在規劃教學時，必須將心理學的發現做為重要的考量因素之一。

　　Gag'ne（1985）從認知的角度認為成功的閱讀理解與三種知識技巧有關：⑴「概念的瞭解」（conceptual understanding），包含正在閱讀的主題知識、文章基模（schema）和詞彙；⑵「自動化基本技能」（automated basic skills），包含字詞的解碼技巧（decoding）、從字彙建構命題的能力。⑶「策略」（strategies）包含陳述性知識（declarative knowledge），與程序性知識（procedual knowledge）。Gag'ne並將閱讀的歷程分成四個階段：⑴解碼（decoding）；⑵文義理解（literal comprehension），此階段由兩個次項目組成：一是字義接觸（lexical access），二是語法解析（parsing）；⑶推論理解（inferential comprehension），包括：統整（integration）、總結（summarization）和精緻化（elaboration）；⑷理解監控（comprehension monitoring）包括：1.目標擬定（goal-setting），2.策略選取（strategy selection），3.目標檢核（goal-checking），4.補救（remediation），這些對於自我監控的技巧可歸屬於「後設認知」的範圍。

　　Gag'ne所提出的這些分類為閱讀策略提供了基礎的架構。

二、中文的閱讀認知研究

　　閱讀既然是認知的歷程，中文認知的研究可以給華語文策略教學的發展帶來深刻的啓示。中文認知的研究從1970年代中期即已展開，瞭解中文閱讀認知的歷程，如漢字與詞彙的辨識、閱讀單位、語音轉錄、詞優效果、及文法與詞序的影響等，促使教師對學生的學習過程有更深入的認識。這類較早期的研究可詳見於鄭昭明（1978、1991）、曾志朗、洪蘭（1978）、葉德明（1990）、胡志偉（1989）、吳壁純、方聖平（1988）；柯華葳（1992）等學者的著作。在1980年代末期已取得豐富的成果（胡志偉、顏乃欣，1992）。

　　在漢字認知的歷程方面，鄭昭明（1978,1981）研究「字」與「詞」的知覺與頻率與筆畫效果，發現不管呈現項目是「字」或「詞」，筆畫

數顯著的影響辨識率；筆畫簡單的比複雜的產生較高的辨識率。但是，「字」與「詞」的知覺與頻率的高低無關；在辨識率上，頻率高的與低的「字」或「詞」並無顯著的差異。另外也經實驗發現「詞」的辨識率優於「非詞」的辨識率，且「字」的辨識率優於「假字」的辨識率。

　　曾志朗、洪蘭（1978）研究閱讀中文字的視覺偏向，發現無論象形字或形聲字，其單字的認知歷程似乎都是一樣的，即都是由我們的右腦首先處理。這一點和英文單字的認知情形是不一樣的。很顯然中文字的認識是一個統整（Wholistic）的意識型態識別（Pattern Recognition），符合右腦的功能（function），而中文詞的語意決定卻是一個順序漸進的分析工作（Sequential and Analytical task），卻是左腦的專長。在閱讀時的字形轉換為語音方面，研究的發現認為從資訊傳遞的觀點，可將閱讀歷程分為五個階段：⑴視覺的掃描（Visual Scanning），⑵影象的極短期暫留（Iconic Storage），⑶動態的記憶（Working memory），⑷語意的分析（Semantic analysis），⑸了解（Comprehension）。其中第三個階段可有可無（optional），依閱讀材料的難易而定。只有決定兩個字是否同韻時，語音的轉換才是必須的。在字形與字義的辨識似乎都不需要把字形轉換到語音就能做決定。

　　在中文詞的辨識歷程方面，胡志偉（1989）研究發現：讀者對高頻詞的反應時間比低頻詞快，低頻詞又比非詞快。這顯示辭彙觸接和詞頻有極大的關係。詞的長度也會影響反應時間：例如雙字詞比四字詞快。在辨識優劣方面，當詞單獨呈現時，在達到辭彙接觸後，詞的訊息可以幫助字的分析，而產生詞優效果。但如果詞是鑲在句子中時，其他的字會驅使讀者停止對這個詞的任何分析，因為有關字的分析尚未完成，所以產生詞劣效果。此外該研究也發現閱讀中文是分兩個階段進行的，第一階段，可能因為中文詞不具空間獨特性，故在閱讀第一個句子時，讀者先粗略的分析閱讀的材料，找出「可能的」詞。第二階段，進行辭彙或字彙辨識，而辨識的歷程是一個多層次的分析歷程。

三、認知研究對策略教學的啟示

　　若以本章對於中文的層次畫分而言，在漢字、詞彙、句子、段落與篇章五個層級中，目前中文認知的研究主要是集中在漢字與詞彙的層次，其研究的方向已臻周全，並已有定論性的結果，但在段落與篇章層級方面，尚缺乏較完備的研究成果，有待進一步的發現。從現有的研究結果對於中文閱讀策略教學有幾項明顯的啟示：

1. 從字、詞到篇章，每個文本的階層皆需相應的閱讀策略。
2. 漢字策略教學與詞彙策略教學可參考心理學的發現，設計出教學法來迎合學習者的認知型態以增加學習的效果。
3. 對於漢字的識讀方式是其它語言所不具備的，外籍人士無法從L1的學習經驗中加以遷移，因此漢字識讀策略對外籍學生最有助益。
4. 在文句中分辨詞彙是閱讀的基礎，應是優先解決的問題，應發展斷句分詞的策略。

　　然而心理學的發現可作為指引，但在實施的層面上卻須更多元的考量，例如讓外籍學生以「部件法」學習漢字已被認為是有效的方式，但是對於在哪個階段來教授部件卻有其爭議，到底是在外籍學生完全不具漢字基礎的情形下，就先教部件，然後再藉著部件的觀念去開始逐一學字；還是先學會某一數目的漢字，已建立了起碼的漢字熟悉度後，纔開始學習部件，如此更容易建立對漢字的理解？

　　又例如許多學者進行「字」與「非字」或「詞」與「非詞」的辨識實驗，詞的組合與辨識對於斷句分詞的策略頗具啟發性，不過至於假字或非字的研究固然對於測知漢字辨識有所助益，但是對於閱讀教學的作用卻是不大，因為任何真實的文本都不會出現假字或非字。並且讓漢字基礎尚未穩定的外籍學生看到了許多非字或假字，是否反而會產生不當的漢字記憶，從而影響到漢字書寫，頗值得商榷。

　　中文閱讀認知的研究發現對於語言教學有諸多啓發，也已逐步應用在閱讀測驗的編製及教學課程上（柯華葳，民88），但是這些發現能否經由實際的教學設計將之發展成具體的語言教學策略及策略訓練，則仍須靠語言教育學及語言分析學理的輔助，更需要第一線的華語教師們藉由實務教學來觀察外國學生的表現，才能確認其是否具有應用價值。

結語

　　本章針對華語文的閱讀教學加以探究，先從概念出發，再及於相關的文獻探討。闡述了與華語文閱讀教學相關的一些基本概念，也探討中文的結構特性與閱讀策略的相關性，並從中文認知與教學兩方面探討其對於策略教學的啓發，顯示語文學習策略的教學發展實有賴於來自不同領域的源頭活水。

第四章
華語文閱讀策略訓練之教材評析

前言

　　前章探討了華語文閱讀策略的相關概念與研究啓示，本章則介紹華語文閱讀策略的教材，教材是教學觀念與教學內容的具體呈現，在教學實施中佔有極重要的地位，其內容的編排與呈現都直接影響了教學法與教學活動。本章首先介紹目前華語文閱讀教材的概況，再分析介紹一套英語的學習策略教材，做爲華語文閱讀策略教材的借鏡，接著開始分析幾套目前已發展出的華語文閱讀策略教材，做一比較分析，最後歸納出這些教材的內涵對於閱讀策略教學設計的啓示。

第一節　華語文閱讀教材概況

　　自邁入1990年代起，由於學習華語文之人數急劇增多，在臺灣、中國大陸、美國及日韓等地所出版的教材亦陸續增加，大部份的教材屬於綜合類的語言教材，以一般性質的課文或對話爲主體，從而學習生字、生詞、語法、句型，並藉之進行聽說讀寫的練習。在專門的語言技能教材方面，則以會話教材和閱讀教材的數量最多，教導華文寫作的教材最少，也反應了目前華語文教學領域對於四項語文技能之間的比重。

一、華語文閱讀教材的類型

　　目前華語文閱讀課程所使用的教材可分爲幾個類型，第一類是教學課程型，指的就是一般所謂的教材，除了必然有的課文之外，還附有閱讀這篇課文所需的材料，包括生詞、文法、句型、練習、註解、討論等內容，

例如臺灣師大國語教學中心所編的實用視聽華語系列，即屬於此類教材。

　　第二類是專業閱讀型，是針對特別目的或特別領域的閱讀理解教學，例如報刊閱讀、商業教材、商業文選、科技中文教材等。

　　第三類為閱讀方法的訓練教材，以訓練外國學生之華語閱讀技能為主體，包括閱讀策略訓練，速讀訓練等，也是本文所要特別探討的範圍。

　　第四類是單純文選型，或文章觀賞型。這類教材只是一些文章的集合，除了一篇篇的文章外，沒有任何的閱讀輔助材料在內，若做為課堂教材則須全憑教師的講解，若做為自學教材則須自行查字典，但是這類教材卻是很好的泛讀材料，也很適合做為課外補充教材之用。

　　第五類教材是原先給母語者使用的教材，即是將第一語（L1）的教材做為第二語（L2）課程之用，例如以中小學的國語文教材做為華語文的閱讀教材〈在臺灣師大的華語教學系及國語中心即曾有這類課程供外籍學生選修之用〉。一般的語言教學觀念總認為使用L1的教材來學L2是極不恰當的，但是這種課程也有L2教材所不及的優點，就是學生可以獲得與華人一樣的語文內容知識，將具有和母語者一樣的語文內容學習經驗。

　　前三類純為外國學生編訂的對外華語的閱讀教材而言〈不包括聽說讀寫綜合性的教材〉，已出版頗多，尤其在中國大陸所出版的對外漢語閱讀教材特別豐富，經研究者分別整理從1990年至2019年中國大陸及臺灣等地出版之對外漢語閱讀教材，中國大陸在1990~1999年出版了32本；而自2000~2009年的閱讀教材更呈數倍成長之勢，出版有有139本；自2010~2019年出版的閱讀教材則趨緩，有63本，但另出版了許多給外國人士閱讀的中文讀物或讀本。過去三十年共計至少出版了234本，其中包含了62套系列型的教材。〈參附錄一〉

　　其它地區的閱讀教材相對有限，例如臺灣自1980年至今的對外華語閱讀教材大約僅有十套共十五本，亦有海外其它地區已逐漸編寫或翻譯出不同語言的教材版本，但數量仍頗為有限，例如在美國出版的漢語教材《人民日報筆下的美國》（1992）等等數本。

　　這些教材包含有一般閱讀、精讀、速讀、報刊閱讀、及閱讀策略的訓練教程等類別。其中許多是系列性的教材，例如吳麗君與黎敏分別編著的《新編漢語報刊閱讀教程》〈2000，北京大學出版社〉，與潘兆明、陳如編著的《讀報刊、看中國》〈1992，北京大學出版社〉，各分有初級、中級、與高級本。而更多的是將同一套教材按其份量分爲上下兩冊〔或第一、二冊〕，在90年代21套教材中就有十套是如此形式，其中也有兩冊是由不同的編者負責編寫，其體例略有不同。此外更有分爲十冊的《拾級漢語》〈2007～2012，北京語言大學出版〉並分爲精讀課本與泛讀課本。

　　報刊閱讀是閱讀教材的特色，與報刊閱讀相關的教材就至少有18套共34冊，例如早在1992年出版的《讀報刊、看中國》〈初級本、中級本、高級本〉；在1999年出版給漢語本科生二年級使用的《報刊語言教程》〈上、下〉；及本科生三年級使用的《報刊閱讀教程》〈上、下〉；在2000年出版的《新編漢語報刊閱讀教程》〈初級本、中級本、高級本〉；2007年出版的《輕鬆讀報：中文報刊泛讀教程》；2012年《時代—高級漢語報刊閱讀教程》；2013年《讀報紙，學中文：中級漢語報刊閱讀》；2017年《新編讀報紙學中文 —— 漢語報刊閱讀》；2018年《漢語新聞報刊閱讀教程》；2019年《新聞華語》等等，這些教材的特色是幾乎全書均採用眞實的報刊或新聞材料。

　　這些教材極大多數是屬於內容教學的教材，目的是學習範文的內容，增進閱讀理解能力。

　　但是其中有幾套教材較爲特殊，是屬於閱讀方法的訓練教材，其目的不是教授一般的語文內容而是訓練閱讀的策略，其歸類的原則爲 1.以閱讀策略與技能作爲教學主體；2.課文的材料是爲了訓練策略而非做語文內容學習；3.課文中包含有針對策略訓練的練習題。

　　目前在英語教學領域已出現許多以英語學習策略爲教學方式的教材〈例：McGraw-Hill books in the Interactions and Mosaic program〉，至

於對外漢語教學方面已偶見類似的成果，在上述的教材中屬於這類閱讀策略訓練有關的教材已有數套，包括：《漢語閱讀技能訓練教程》、《現代漢語閱讀入門》、《中級漢語閱讀教程》等，可歸於完全以漢語閱讀策略作為教學主體的教材。另有一般閱讀教材將策略訓練納入為一部份，例如《核心閱讀》〈劉頌浩、林歡，2000〉一書中在「複習與提高」的部份加入了標點與填空格的訓練。

其實，「閱讀訓練」與「閱讀策略訓練」是兩種不同的概念，儘管兩者之間或有重疊之處，但閱讀訓練是指直接訓練學生閱讀理解，而閱讀策略訓練則是將有助學習者增進閱讀理解的種種策略系統性的融入閱讀教材，並強調學習者是否能夠將所習得的種種閱讀策略運用實際的閱讀。此外，閱讀策略訓練的教材通常以閱讀的策略為教材設計編寫的主軸，閱讀的文選反而是作為閱讀策略訓練的材料。當然，這些文選的選擇也會隨著作者不同的華語教學理念而有不同的考量，如實用性、溝通性、生活化、情境化等。

二、教材分析方式

在分析華語文之閱讀策略訓練教材時，作者將針對以下的項目做整體性的分析：

(一)針對層級

即針對讀者的閱讀能力區分，如大多數的閱讀策略訓練教材多以初級、中級、高級或進階作為區分的層級，也有部份教材在初級與中級之間和中級與高級之間各有一層級，另有少數教材以上下兩冊將初級與中高級做兩個層級之區分。

(二)教學觀念

即原作者編寫該閱讀策略訓練教材所根據的語文閱讀學習理念、語文閱讀教學理念、和語文「策略」學習與教學理念。

㈢策略安排

　　通常一本華語文閱讀策略訓練教材所包含的策略都有一個整體的安排與規畫，如Interaction, Mosaic之系列教材即將五冊教材所包含的種種策略作非常有系統的整理，並以系統化的表格具體呈現每一冊教材的所有策略，而華語文閱讀策略訓練的教材雖在編寫時有一整體的策略規畫，但少有將這些策略整理出具體及系統化的表格呈現。

㈣整體教材結構

　　即針對教材整體的編排結構與順序做整體的分析。

㈤每課結構

　　每一課或每一單元之內容安排其實反應了教學的順序，也反應了作者對於內容的教學觀念，例如課文→生詞表→句型→會話→練習。或是生詞表→課文→語法→練習許多華語文教師會直接教授課文，當在課文之中遇到生字及語法問題時，再查閱後面的生字表及語法點。

㈥啓示與創新

　　每一套華語文或英語文閱讀策略訓練教材之設計與編寫，都有其根據的信念，或有其獨特乃至創新的理念，分析這些教材的目的主要是希望從不同的教材中找出其優缺點，並作爲華語文閱讀策略訓練教材設計和教材推廣的參考。

第二節　它山之石──英語的學習策略教材

　　目前在英語教學領域已出現許多以英語學習策略爲教學方式的教材，其中最著名的是McGraw-Hill books in the Interactions and Mosaic program，這套系列教材堪稱是語言策略教材之中的翹楚，也是目前最完備的語言策略訓練教材。此教材的初版於1985年發行，之後每隔五、六年即改版一次，分別在1990年、1996年、2002年、2007年改版四次，在2013年發行了第六版。

一、針對層級

　　全系列按語言程度劃分爲三級五等，分別是初級的Interactions Access〈Beginning to High-Beginning〉，中級程度的Interactions One〈high-Beginning to Low-Intermediate〉、和Interactions Two〈Low-Intermediate to Intermediate〉，與中高級的Mosaic One〈Intermediate to High-Intermediate〉和Mosaic Two〈High-Intermediate to Low-Advanced〉。每級又按語文技能分爲文法〈Grammar〉、寫作〈Writing〉、閱讀〈Reading〉、聽說〈Listening/Speaking〉、以及綜合技能活動手冊〈Multi-skills Activity Book〉與教師手冊〈Instructor's Manual〉。全套共28冊。

二、教學觀念

　　這套教材所依循的觀念因層級而有所不同，在最初級的《Interactions Access》，注重以有限的英語程度進行「推理」的技能練習，強調不適合以傳統的「文法翻譯法」（Grammar-translation method of reading）來學習這些技能。

　　中級程度的《Interactions One》和《Interactions Two》所強調的觀念有三：1.列出文法〈語法點〉，但並不教授文法，而只是爲了從旁輔助對內容的理解。2.字彙反覆出現，以輔助字彙的記憶與識讀。3.後半冊採用眞實語料，促使學習者脫離安全控制性的英文，以面臨眞實的英文環境。

　　高級程度的《Mosaic One》和《Mosaic Two》則強調以意義爲核心的學習觀：1.以理解文章的意義爲主而非文章的結構，即便不熟習文中的詞彙及文法時，仍須設法理解作者的意圖。2.文章的取材以有意義性質爲主，而非爲符合語言結構。3.文章取材以呈現美國與加拿大的文化、習俗與價值，對於多元文化背景的讀者具有挑戰性。

三、策略安排

McGraw-Hill books in the Interactions and Mosaic program教材的設計是以閱讀策略的教學、學習與測試為主軸，將五冊的教材所包含的種種閱讀訓練策略作非常有系統的整理。這套英語閱讀學習策略叢書分別涵蓋了初級、中級和高級程度的閱讀策略選取與訓練，在閱讀內容的篇章安排都有相當系統化及層次性的思考與設計。例如，初級教材Interactions One的每一單元都有一般性的閱讀技巧或策略的練習，也有特別的閱讀技巧或策略的練習；一般性的閱讀技巧或策略的練習如準備閱讀、抓重點、辨識文章結構、從上下文猜出文意、瞭解細節、學習摘要、內容特別的閱讀技巧等。就教材的份量而言，每一單元或每一課所選的文選僅佔篇章份量的三分之一左右，其餘皆是閱讀策略與技巧的解釋、說明、練習應用、乃至文選內容的測試與測試技巧的解釋，而這些閱讀的技巧又包含聽、說、讀、寫四種語言技能。

四、整體教材結構

指教材整體的編排結構與順序。此教材共有五冊，分屬五個層級，每冊都分為十二章，全冊的架構都按照閱讀策略的項目加以編排，將之納入每一章中。

五、每課結構

以下分別以Interaction One和Mosaic One的其中一個單元做課程結構的分析，包括閱讀策略的內涵，以及將策略融入教材設計的原則與方法。

表4-1　英語閱讀策略教材Mosaic One課文內容結構表

第一部份（Chapter One: Section one）	
閱讀前的策略	不求逐字理解的閱讀策略
策略的練習	解釋即將閱讀文章可能的生字、引用語言學家的理論說明英語語言辭彙多於其它語言的特色、提供三個不求逐字理解的閱讀步驟

思考引導策略	說明選讀文章的出處 文章出處的思考問題：作者寫此書的目的 藉由文章出處的思考問題引發讀者閱讀文選的動機
閱讀選文（Customs vary with culture）	
閱讀後的策略	策略一（回憶內容）： 以是非的陳述句引導讀者回憶閱讀選文的內容
	策略二（分析topic sentence）： 解釋topic sentence在段落的意義與辨識的方法及其後續或相關句子的關係 策略二的練習： 列出閱讀選文的四個topic sentences予讀者練習分析
	策略三（從上下文猜出語意）：解釋說明此策略 策略三的練習： 指出三個辭語（註有文選行數）予讀者練習此策略
	策略四（選用單語字典）： 解釋有效使用字典並確切查出字詞的意義的三個原則。 策略四的練習：列出一段包含英語字詞starlted 及statling的話列出字典所有關於statled及startling的解釋請讀者寫出這兩個相關的字詞的定義
補充閱讀文選	練習主題一：握手的禮儀 練習主題二：舒適範圍 練習主題三：簡短的語句 練習主題四：沉默
情境思考	提供四個情境予讀者思考其可能的情境應對並以小組討論的方式進行
意見表達與陳述	提供三個問題予讀者表達其看法或意見
第二部分　My country	
閱讀前的策略	特別目的的閱讀 策略練習：解釋如何練習此策略
閱讀選文二	此選文比第一篇選文長、其中並有不同訊息的閱讀。

閱讀後的策略	提供12題有關文選的閱讀測驗
意見表達與陳述	提供兩個問題予讀者表達其看法或意見
焦點測試	提供並詳細解釋有效完成測試的策略 策略練習：提供八題測試題予讀者練習
第三部份　延伸主題的閱讀（In praise of New York City）	
閱讀前的策略	從上下文猜出語意 提供8題此策略之練習題予讀者練習
思考引導策略	說明選讀文章的出處 文章出處的思考問題：作者寫此書的目的、藉由文章出處的思考問題引發讀者閱讀文選的動機。
閱讀選文三	In praise of New York City（Excerpt）
閱讀後的策略	找重點：明示與暗示 解釋此策略 提供四題此策略的練習
意見表達與陳述	提供兩個問題予讀者表達其看法或意見
結束	以一個海報訊息及一小段說明陳述此訊息，並以幾個問題引導讀者思考第三部份。

資料來源：筆者整理自Wegmann, B. & Knezevic, M.P. (1996) Mosaic One "A Reading Skills Book, Third Edition"

六、啟示與創新

　　策略雖可脫離語文內容的分級，但閱讀策略的使用仍會受到學習者的程度而有所限制，因此，在策略項目的安排順序與練習方式仍須顧及語文的程度而略加劃分。策略的練習有賴於真實讀本或閱讀素材的文章，並充份運用各種類型的真實篇章材料來演練策略，如此不但可學習閱讀策略，也可藉文選的閱讀增進閱讀的理解。

　　Interactions Access的英文內容屬於高於零程度之初級程度，其內容

完全以英文編寫，可見即使是初級程度的教材，也可以完全使用目標語來訓練策略，因為策略的訓練本來就為了克服語言的不足，因此華語文的閱讀策略教材也不必非得附上外語的解釋。讓學生儘量自己查字典。而 Mosaic One則更融入了思考的引導、在個人觀點的表達與經驗的敘述也有更深入的引導。

第三節　華語文閱讀策略教材分析

　　教材的分析介紹有助於瞭解教材編撰的理念及其內容的安排，對於華語文教師進行教材選擇亦有幫助，劉文正〈2000a〉即選取了六種從1989至1998年所出版具有代表性的閱讀教材進行分析，包括了《初級漢語課本—閱讀理解》、《漢語系列閱讀》、《漢語閱讀技能訓練教程》、《漢語快速閱讀—訓練與測試》、《中級漢語閱讀》、《中級漢語閱讀教程》。

　　極大多數的教材是屬於內容教學的教材，目的是學習範文的內容，增進閱讀理解能力，與閱讀策略訓練有關的教材共有三套，分別是：

1. 「漢語閱讀技能訓練教程」〈吳曉露，1992〉。
2. 「現代漢語閱讀入門」〈陳賢純，1998〉。
3. 「中級漢語閱讀教程」〈周小兵、張世濤，1999〉。

　　這三套可歸類於完全以漢語閱讀策略作為教學主體的教材。另有一般閱讀教材將策略訓練納入為一部份，例如「核心閱讀」〈劉頌浩、林歡，2000〉一書中部份章節中加入了標點與填空格的訓練。比較特殊的是唯一的對外漢語速讀教材《漢語快速閱讀—訓練與測試》〈1996，暨南大學對外漢語教學系編〉，因為速讀的本質就是在訓練速讀的技巧，然而因為該書的內容是做為速讀測驗的練習之用，每課都是測試文章、考題與計分方法，並無策略的練習過程，不同於閱讀策略的訓練教程。

一、華語文閱讀策略教材的先驅者：《漢語閱讀技能 訓練教程》

由吳曉露所編的《漢語閱讀技能訓練教程》（北京語言學院出版社於1992年出版），可謂漢語閱讀策略教材的先驅者。

㈠針對層級

針對達到漢語水平第二等級標準的外國學生、選修生、海外華人和漢語愛好者，具體目標是閱讀速度快、理解率高、閱讀後對材料的要點記得牢。

㈡教學觀念

肯定泛讀的地位與重要性，根據漢語的結構〈詞彙、句、段落 篇章〉來劃分技能。本教材的閱讀材料選自近十年內的當代文學作品和自1988年以來的報刊文章，強調學習者對中國的現狀和國情文化的知識，了解當代中國人的思想觀念。

本教材的作者非常強調泛讀所需具備的生字和生詞，因此特別注重生字和生詞的策略訓練。

㈢策略安排

本教材所涵蓋的閱讀策略訓練有：

1. 掌握生字生詞的技能〈包括漢字分析構詞法分析從上下文猜測生字〉。
2. 閱讀長句難句的技能。
3. 段落短文理解技能。
4. 篇章長文閱讀技巧。

每一單元都包括以上四項語言技能和閱讀技巧訓練內容，漢字、詞、句、段落、短文到篇章為一個循環，從易到難、由簡到繁、從慢到快的原則編排，生詞有一定的重現率。

㈣整體教材結構〈表〉

　　全書分為六個單元，每個單元包括漢字詞、句、段落到篇章的各種語言技能和閱讀技巧訓練〈參見表4-2〉。

表4-2　《漢語閱讀技能訓練教程》教材單元結構分析表

第一部份　詞彙學習(一)漢字分析	
策略解釋	解釋漢字的結構分析如形旁聲旁
策略例子說明	以7個形旁解釋其意義
策略練習	以選擇題問答題與連接題三種練習的形式提供讀者練習此策略
第二部份　詞彙學習(二)構詞法分析：詞綴	
策略解釋	解釋詞綴的意義。
策略例子說明	以5個實例解釋詞綴的意義。
策略練習	以選擇題問答題與圈選題三種練習的形式提供讀者練習此策略。
第三部份　詞彙學習(三)通過上下文的線索學習生詞	
策略解釋	解釋通過上下文的線索學習的意義。
策略練習	以9題填空題的設計引導讀者根據上下文的線索填空，根據上下文猜測畫線的詞的意思，並寫下該詞的定義、同義詞或解釋性詞語。
第四部份　句子學習：長句、難句分析	
策略解釋	解釋閱讀長句和難句的兩個策略，縮略法及形式標誌識別法。
策略例子說明	分別以25到160字不等的長句和難句引導讀者運用四種縮略法及三種形式標誌識別法理解句子。
策略練習	以8個長句及難句用選擇題的方式回答句子的意義。
第五部份　段落短文閱讀：文章的主要觀點或主要內容	
策略解釋	解釋文章主要觀點的有效掌握方式
策略例子說明	舉5篇200到700字例文做以下分析： 1. 文章的主要觀點或主要內容　　2. 全面理解
第六部份　篇章閱讀說明、瀏覽的方法、策略解釋、解釋瀏覽的意義和方法	
篇章閱讀之一	每單元各一篇，由短篇（400-1000字）、中篇（1000-1500字）到長篇（3000字）不等，有練習與例文。 1. 說明文　　　　　　　2. 科技文章　　　　　　3. 諷刺故事

篇章閱讀之二	每單元各一篇，篇長700字到1500字不等，有練習、例文，某幾篇有生詞解釋。		
	1. 廣告	2. 對話	3. 古代神話
	4. 諷刺故事	5. 散文	6. 諷刺小品
篇章閱讀之三	每單元各一篇，篇長600到3000字不等，有練習、例文、生詞解釋。		
	1. 報刊文章	2. 小故事	3. 論說文
篇章閱讀之四	每單元各一篇，篇長3000到5000字不等，有練習、例文、生詞解釋。		
	1. 雜誌文章	2. 短篇小說	

資料來源：筆者整理自吳曉露（1992）「漢語閱讀技能訓練教程」。北京語言學院出版社。

㈤啟示與創新

　　本教材首創完全以技能訓練為主的對外漢語教材，提出根據泛讀為基準的架構，並兼顧語言學習與知識學習的閱讀策略訓練。其安排順序以生字、生詞、句子、長句與難句到篇章，優點是從易到難、從慢到快，但策略的訓練過度結構化，易失去整體語言學習的樂趣與情境化的意義建構。和整體到部份的閱讀策略學習相較，這種由部份到整體的策略安排雖是傳統上教學者與學習者熟知的，但對於學習者的閱讀樂趣與學習的建構可能會有所不足。

二、策略訓練之工具書：《現代漢語閱讀入門》

　　由陳賢純（1998）所編的〈現代漢語閱讀入門〉（北京：現代出版社）是一本策略訓練之工具書。茲分析如下：

㈠針對層級

　　適合初級階段向中高級階段過度的閱讀訓練教材。

㈡教學觀念

　　本書認為初級閱讀訓練應強調培養閱讀速度和學會整體理解，同時強調如何尋找閱讀理解的線索，以及如何提高閱讀速度的方法，即視線不以

字、詞為單位停留，並縮短視線在每一個停留點上停留的時間，可說本書的作者對華語的閱讀相當重視速度的提升，也因此會發展出閱讀速度策略的訓練。

(三)策略安排

　　本教材的閱讀策略安排順序為：1.通讀；2.細讀；3.中國文化點滴；4.略讀；5.查閱；6.字詞句練習；7.難句理解。

(四)教材結構〈表〉

　　全書十四單元，為一單本教材。

表4-3　《現代漢語閱讀入門》每課內容結構分析表

每課內容結構		生詞與練習
1.細讀一篇	沒有標明時間與字數及閱讀時間及答題限制	包括生詞表、理解課文內容的是非題、理解句內短詞短語的選擇題、理解整句句意的選擇題。
2.通讀兩、三篇	有標明字數及閱讀答題時間閱讀時間約1分鐘100字	包括生詞表、理解課文內容的是非題、理解整句句意的選擇題。
3.略讀兩、三篇	閱讀速度較短，約1分鐘200餘字。	沒有生詞表選擇課文文章主旨的選擇題測驗文章內容相關的是非題
4.中國文化點滴		說明課文出現與中國文化習慣相關的內容，也利用選擇題方式測驗學生
5.查閱（地圖、電話號碼……）	練習題需要計算完成時間	提供課外補充資料，例如地圖、指標、電話……等
6.字詞句的練習	字詞句的練習包括：（這個部分隱含語法詞義的練習）1.在20秒鐘內找出相同意思的字詞	

每課內容結構		生詞與練習
	2.從課文中找出某些偏旁的字	
	3.將句子劃分成意群	
	4.詞彙與詞義列兩旁配配看、連連看	
	5.根據構詞法將下列詞分類、分組	
	6.多義詞辨析	
	7.利用謎語要學生猜漢字	
7.難句理解	給20題左右的難句令其選擇句意	

資料來源：筆者整理自陳賢純（1998）現代漢語閱讀入門。北京：現代出版社。

㈤啟示與創新

　　劉文正（2000b）指出該教材的創新之處主要有三個方面：一、在結構的安排上更加突出閱讀技能訓練；二、在材料的選取上特別強調交際性和實用性；三、在訓練重點的設置上尤其注重針對性。研究者則認為此教材有以下幾個特色：

1. 有明確的觀念解釋，以生活化的各類的文選解釋略讀、通讀、細讀及查閱的不同閱讀策略。
2. 有教學步驟的提示：在書前《致任課教師》中分別將四種閱讀類別之教學步驟一一列出，讓教師知道執行的程序。
3. 每篇練習文章均標明字數、閱讀時間、答題時間。
4. 查閱的部份非常實際，包括北京地圖等。
5. 每一單元均有根據選文的內容附加解釋和字、詞、句的練習。為了引導讀者克服閱讀的障礙，特別針對難句理解提供策略的訓練。
6. 每一單元有中國文化點滴的閱讀，兼具語言的學習與文化的學習。
7. 本書雖然不是速讀的教材，但強調閱讀速度的提升，並有增進閱讀速

度的策略的訓練，如在20秒鐘內找出相同意思的字詞。

三、閱讀策略的集成：《中級漢語閱讀教程I & II》

　　由周小兵與張世濤（1999）主編的《中級漢語閱讀教程》〈I、II〉（北京大學出版社出版），教材中所提供的閱讀策略非常豐富，可謂閱讀策略的集大成者，茲分析如下：

㈠針對層級

　　本教材乃針對外國學生或中國少數民族學生，大約漢語水平考試的第三級。

㈡教學觀念

　　本教材的特點以提高閱讀技能為主，兼及閱讀類別的編排，作者的教學信念乃漢語教學的目的是通過學習和訓練，以切實提高閱讀技能和水平。也因此，本教材和一般的中級漢語教材或精讀教材不同之處，在於特別注重言語交際的技能，而不特別注重語言和知識的學習。

㈢策略安排

　　本教材之課文內容皆以交際性和實用性為選材標準，注重語料題材和體裁的多樣化，注重當代性和可讀性，並且以〈漢語水平等級大綱〉和〈漢語水平考試〉作為參照點，安排調整課文的難度，控制生詞的難度，控制生詞的出現與重現，以及設計練習的類型。

㈣教材單元結構〈表〉

　　本教材一共六十課，上下兩冊各三十課，提供了近二十個策略，大多的策略以一課或兩課來處理，但某些重要的策略甚至跨越了六七課來處理：

表4-4　《中級漢語閱讀教程》結構分析表

層級	策略內容	單元
漢字	偏旁分析——認識部首意義 猜字義	第2-5課
詞彙	猜詞—— 1.通過語素猜詞 2.簡稱（即簡略語） 3.詞語互釋 4.通過上下文推測生詞	第6-9課 第11-12課 第13-15課 第16-19課
句子	句子理解—— 1.壓縮句子 2.抽取主幹 3.抓關鍵詞及關鍵標點符號 4.抓關連詞語	第21-22課 第23-25課 第26課 第27-29課
篇章	A. 抓主要觀點 B. 抓標誌詞 C. 抓重要細節 D. 預測 E. 評讀 F. 擴大視幅 G. 組讀 H. 說明文的閱讀 I. 議論文的閱讀 J. 新聞閱讀 K. 散文閱讀與欣賞	第31-36課 第36-42課 第43課 第44-47課 第48-49課 第51-53課 第54-55課 第56課 第57課 第58課 第59課

資料來源：筆者整理自周小兵、張世濤主編（1999）《中級漢語閱讀教程》〈I、II〉。北京大學出版社。

㈤單元結構

　　每課都分為「技能」與「閱讀訓練」兩大部份。列表如下：

表4-5　《中級漢語閱讀教程》單課內容結構分析

第一部份：技能	
策略解釋 例子說明	解釋快速閱讀的意義。 以短篇選文、資訊或圖表為主的閱讀及說明，引導讀者認識四類快速閱讀的目的與方式，這四類快速閱讀的方式為：通讀、細讀、略讀、查讀。
第二部份：閱讀訓練	
閱讀1 閱讀練習 生詞註解	主題 中國科學技術 針對閱讀內容的選擇題（8題）
閱讀2 閱讀練習 生詞註解	文選來源：報紙新聞 針對閱讀內容的是非題（3題）
閱讀3 閱讀練習 生詞註解	查閱電話本的練習。 以問題解決的方式引導讀者查閱電話。
閱讀4 閱讀練習 生詞註解	圖表閱讀—人民幣匯價表。 匯價計算。

㈥啟示與創新

　　本教材每個皆有四篇閱讀材料，但每一篇皆是不同的體裁，選材特點是以交際性與實用性為選材標準，注重語料題材和體材多樣化，也注重閱讀題材的當代性與可讀性和生活化，諸如食譜目錄、雪糕的歷史、攜帶式電子設備和飛行安全等。

　　本書的每一課皆很精簡，一課只教一種閱讀策略，提供學習者清晰的概念。然而，也由於全書共六十課，每課的閱讀策略皆不同，可能不容易讓教材的使用者〈包括教師與學習者〉在短時間體會這些策略之間的相關性，不同於前述的教材〈現代漢語閱讀入門〉以通讀、略讀、細讀、查閱及難句理解作為每一課相同的策略練習。因此，本教材雖然每一課的內容

都很精簡，但整體的閱讀策略卻非常的多，優點是學習者可以學到很多不同的閱讀策略，教師也可抽取其中的某課來當作一般課的補充教學，但由於每一種策略的練習內容相對較爲有限，教師可能需要增補練習題目。

第四節　教材的比較分析

　　從第三節的三套華語文閱讀策略教程的分析可以發現，每一套教材對於教材使用者的華語閱讀程度都有相當明確的界定，因此在教材層級的設定乃至教材系列的層級畫分都很清楚。此外，每一套教材在教材之前或之後都附有詳盡的策略教學概念的解說，以及選取策略的思考重點和安排策略的原理；在文選內容方面的考量幾乎都有考慮體裁與題材的多元化和多樣性，至於各套教材的特色則可以從（表4-6）做整體的分析。

表4-6　華語文閱讀策略教材的比較分析

教材名稱	漢語閱讀技能訓練教程	現代漢語閱讀入門	中級漢語閱讀教程
針對層級	漢語水平第二級	初級→中高級	漢語水平考試讀到第三級
教材結構	單本教材，共六個單元	單本教材，共十四個單元	上下兩冊，每冊各三十課，共60課
單元內容	字、詞、句、段落、篇章	共十四個單元通讀、細讀、略讀、查閱、練習、難句理解	每課分為技能與閱讀訓練兩部份
教學觀	1.肯定泛讀 2.以詞、句、段落、篇章劃分技能 3.強調中國文化的知識 4.強調了解當代中國人的思想觀念	1.強調培養閱讀速度 2.強調提高閱讀速度的方法 3.強調如何尋找閱讀理解的線索 4.強調學會整體理解	1.注重閱讀類別編排 2.注重言語交際技能 3.不特別注重語言知識的學習。

教材名稱	漢語閱讀技能訓練教程	現代漢語閱讀入門	中級漢語閱讀教程
策略選取	掌握生字生詞 閱讀長句難句 段落短文理解 篇章長文閱讀	通讀策略解釋 細讀策略解釋 略讀策略解釋 查閱策略解釋 難句理解策略解釋	以漢語水平等級大綱 和和漢語水平考試作 為參照點
策略安排	1.字、詞、句、段落、 　短文到篇章為一循環 2.從易到難、由簡到 　繁、從慢到快 3.生詞有一定重現率	通讀→細讀→中國文 化點滴→略讀→查閱 →字、詞、句練習→ 難句理解	1.安排調整課文難度 2.控制生詞的難度 3.控制生詞的出現與 　重現 4.設計練習的類型
文選題材	當代文學作品 報刊文章	生活化的、各類的文 選以利不同閱讀策略 的學習 強調課外讀物	1.交際性和實用性 2.注重語料題材和體 　裁的多樣化 3.注重當代性可讀性
教材特色	1.兼顧語言學習與知識 　和思想學習 2.明確的策略解釋	1.兼具語言與文化學 　習 2.每篇練習文章均標 　明字數、閱讀時 　間、答題時間以增 　進速度 3.有教學步驟的提示	1.一課只教一種閱讀 　策略、精簡清楚 2.四篇不同體裁閱讀 3.整體閱讀策略很多 4.但每種策略練習較 　為有限

資料來源：筆者分析整理

　　策略教學的分類往往是根據漢語的結構來劃分處理，在〈漢語閱讀技能訓練教程〉及〈中級漢語閱讀教程〉這兩本教材就明顯是基於漢字、詞彙、句子、篇章等四個層級來分別安排，可對照如下：

表4-7　閱讀策略教材之架構對照

	漢語閱讀技能訓練教程 （吳曉露1992）	中級漢語閱讀教程 （周小兵、張世濤1999）
層級	策略內容	策略內容
漢字	1.漢字分析——認識部首意義 2.猜字義	1.偏旁分析——認識部首意義 2.猜字義
詞彙	構詞分析— 1.詞綴 2.簡略語 3.通過上下文的線索學習生詞	猜詞— 1.通過語素猜詞 2.簡稱（即簡略語） 3.詞語互釋 4.通過上下文推測生詞
句子	1.長句、難句分析 2.分析理解	句子理解— 1.壓縮句子 2.抽取主幹 3.抓關鍵詞及關鍵標點符號 4.抓關連詞語
篇章	段落短文閱讀— 1.文章的主要觀點或主要內容 2.全面理解	1.抓主要觀點 2.抓標誌詞 3.抓重要細節 4.預測 5.評讀 6.擴大視幅 7.組讀 8.說明文的閱讀 9.議論文的閱讀 10.新聞閱讀 11.散文閱讀與欣賞

資料來源：筆者分析整理

　　從對照表可明顯看出，《中級漢語閱讀教程》在篇章部份所提供的策略明顯較為細緻，一方面該教材是上下兩冊，內容本來較多，但另方面該教材比《漢語閱讀技能訓練教程》晚出版七年，也是後出轉精的結果。

結語

綜合華語文教學的研究發展，並比較發展較久的英語為第二語（TESL/TEFL）的研究，我們發現二十餘年來，英語為第二語的研究已確認出許多好的學習者所使用的策略，並按英語本身的語言系統的特徵而發展出學習策略，不僅已發展出完備的理論體系，並且開始注重這些策略的訓練，將這些策略融入教材設計中讓學生來學習，例如英語教科書Interactions、Mosaic系列，和Naturally Speak: verbal strategies等書，皆以學習策略和教材內容結合之方式編寫。

華語文閱讀策略的教材在現有的研究基礎下也已產生，未來須待更多的策略採集與確認，並且進行實證性的教學實驗來確認教材的有效性，並且教學不僅是教材而已，許多因素都會與教材的使用產生互動，因此更需要藉助實驗教學來瞭解在真實的課堂之中，教學法、教師、學生、評量與教材所產生的交互影響與互動關係。

第五章
華語文閱讀策略的分類與採集研究

　　本章所探討的主題是閱讀策略的分類與採集，首先於第一節介紹華語文閱讀策略的類別，再於第二節歸納策略採集的方式，接著介紹中文閱讀策略採集的研究成果，最後在第四節敘述一項由筆者所進行的策略採集研究，做爲具體實施的範例。

　　由於學習策略的教學是一個發展的過程，策略分類與策略採集都是策略教學發展的先期步驟，在擬定策略教學訓練的方法時，必須先要確定策略的種類與內容，那麼這些策略又是從何而來？從何得知？因此學習策略的採集往往是策略教學發展的第一步，而策略的類別則提供了明顯的策略範圍與架構，可藉之初步理解策略的內涵。

第一節　華語文閱讀策略的類別探討

一、華語文策略的分類觀念

　　學習各種不同語言的策略或有共通之處，但亦有特殊不同之處，前章所介紹的策略分類與項目多是根據英語或將英語作爲第二語而產生的，將英語的學習策略套用於中文（漢語）的學習，尚須檢測其適用性。

　　在文句層級之上的策略，即段落篇章的閱讀策略，各語言都有共通之處，因此在英語閱讀策略方面的研究可供華語文閱讀策略加以參考，然而在字詞學習的策略，因爲中文具有漢字、構詞與文句安排的特殊性，英語的字彙閱讀策略不見得能橫向轉用於華語文。

　　相應於第二章所討論的各種策略分類的方式，筆者認爲閱讀策略具有語文的針對性，不同的語言會產生不同的策略，因此類如記憶、認知、補償等直接策略應符合語言的特性而加以安排。

　　華語文的學習策略可分為三大類：第一類為中文特殊策略，指基於華語文的特性所使用的特殊策略，例如漢字部件策略，只適用於漢字而無法用於其它語文。第二類為跨語言的共通策略，指學習任何語言都能互通的策略，例如查字典策略，學任何語文都可查字典；第三類為跨領域的策略，指各領域都適用的策略，例如「發問策略」，不只是學習語文而已，學習其它知識亦可採用。

　　但若就實際而言，第三類的跨領域策略之範圍太廣，雖也可用於語文的學習，但卻應該在學校的正規教育過程中不斷培養，因此不在本書的討論範圍。實際與華語文閱讀學習相關的應集中於第一類：華語文的特殊策略；與第二類：跨語言的共通策略。

㈠華語文的特殊策略

　　指對於閱讀華語文的漢字、詞彙、文句、段落、與篇章等層面的記憶、認知與補償策略。其策略種類與Oxford（1990）所謂的直接策略（Directed Strategies）相似，但Oxford的分類是以認知領域為基礎，包括記憶策略、認知策略、與補償策略，但筆者認為這些策略的實施會因語文而有所不同，因此應按構成語文篇章的層級加以分類為宜，並且這些策略的內涵與英語的策略有本質的差異，例如記憶漢字的方法與記憶英文單字的方式非常不同。

㈡跨語言的共通策略方面

　　指學習華語文閱讀的後設認知策略（Metacognitive Strategies）、情意策略（Affective Strategies）、及社交策略（Social Strategies）。這些策略項目有助於語文學習，但並不直接與某個語文的層級相關，例如降低焦慮策略，就適用於各種第二語的學習。也因此這些策略可以在語文之間互相借鏡，在英語為第二語的研究成果多可橫向移植於華語文的學習，所需注意的是現成的結果如何順利轉移應用的問題。

二、中文閱讀教學的類別

　　一般的閱讀教學多以內容爲切入點，將閱讀按文體的內容與體裁分類。例如可按篇章的體裁加以分類爲：記敘文教學、說明文教學、議論文教學、應用文教學等（周漢光，1998；王明通，民78；陳品卿，民75）。或按文言文教學與現代白話文體的閱讀教學劃分（周清海；1998；周漢光，1998；王明通，民78；陳品卿，民75）。或按文體加以分類，如詩歌閱讀教學、散文閱讀教學、小說閱讀教學、古典詩歌閱讀（周漢光，1998；王明通，民78；陳品卿，民75）。甚至因篇章的特殊內容而有不同的教學法，例如，劇本閱讀教學、兒童文學閱讀教學、神話閱讀教學等等（王永炳，1998；孫愛玲，1998；李中華，1998）。

　　此外，亦有基於中小學的國語文課程，將閱讀分爲「課內範文閱讀」及「課外閱讀」（陳弘昌，民80；王明通，民78；陳品卿，民75）。事實上，課內與課外的觀念可以與精讀與泛讀相對應，因爲課內範文必須篇篇細讀，屬於精讀的範圍，而課外閱讀的材料非常廣泛以吸取大意爲主，與泛讀的概念相應。但是課內與課外的分類法雖然符合實際課程的執行，但卻和語文的本質無關，宜正名爲精讀與泛讀較爲妥當，因爲一篇文章是否被選爲課內範文，並無穩定性，此外課外一詞經常被賦予爲可有可無之意，未必被納入教學活動，以致泛讀教學無從發揮。

三、國語文閱讀教學的策略

　　國語文閱讀教學是指一般在中小學所進行的閱讀教學，雖然屬於第一語言的教學，但是對於中文閱讀方法的指導與訓練，可供華語文閱讀作爲借鏡。

　　王明通（民78）提出對於課外閱讀方法的指導，強調閱讀方法的重要性，提出了六項方法，分別爲：切實、思考、讀序文與目錄、圈點、筆記、速讀。這六項方法其實應歸於不同的類別，其中切實與思考兩項似乎較偏於閱讀之原則，而速讀是閱讀的一種方式；讀序文與目錄、圈點、筆

記等三項是進行的技巧。

　　此外，其中的「思考」方法又包括了存疑、預想、反省與比較等四個有順序的方式，可算是具體的閱讀策略。

　　陳弘昌（民80）針對增進有效的閱讀能力，提出四項方法，分別為：瀏覽、精讀、綜覽、探究情理。「迅速瀏覽，以增進強記要點的閱讀能力；用心精讀，以增進記取細節的閱讀能力；綜覽全文，以增進挈取綱領的閱讀能力；探究情理，以增進推取涵義的閱讀能力。」（頁216）。

　　這些閱讀的方法其實包含了於閱讀的類別、技巧、與策略等不同的層次的項目。

四、漢語的閱讀策略

　　閱讀策略可以按性質而歸納出類別，例如劉電芝（1999）規納閱讀的方式有精讀、速讀、朗讀、默讀四類。並提出精讀的技巧包括抓關鍵詞、找準中心句、把握重點斷落。速讀的技巧包括意群掃瞄式閱讀、瀏覽、跳讀。朗讀的技巧包括理解分析性朗讀、欣賞性朗讀、分角色朗讀。默讀的技巧則有全神貫注、積極思維、減少回跳等方式。

　　策略也有經由直接調查而加以歸納分類者，例如楊翼（1998）以問卷調查的方式採集外國學生的漢語學習策略，經面談學生的方式了解學習者常用的策略，最後做成問卷，將策略畫分爲四種類別：「功能操練策略」、「形式操練策略」、「利用母語策略」、「自我管理策略」。

　　其中「功能操練策略」包括：注意句式的使用條件和涵義、聽漢語廣播、看中文電視、閱讀中文課外讀物；第二部份爲「形式操練策略」：包括造句練習、分析句子語法、背誦課文、記漢語句型；第三部份爲利用母語策略：包括用母語翻譯漢語詞語再記憶、用漢語表達前先用母語構思、閱讀前把內容默譯成母語來理解。第四部份爲自我管理策略：包括定期複習語法和課堂筆記、閱讀完全文後再查詞典、有課外學習時間和內容。

　　採直接調查法將策略歸納的方式有其限制，因爲從有限的訪談中所採

集的策略自然不可能周延完整，其類別並不足以涵蓋所有的語言學習策略，但經由直接調查法所採集的策略的確是第一手的資料。

五、速讀訓練的策略

與閱讀策略教學最直接相關的是速讀的訓練，在暨南大學對外漢語教學系所編著的漢語速讀教材『漢語快速閱讀─訓練語測試』一書中，提出了四點補償式的閱讀技巧，包括「猜測」、「替換」、「對比」和「壓縮」（頁12-14）。

所謂「猜測」是根據漢字的意符、合成詞中的語素、以及句中的語義語境來猜測不認識的漢字。而「替換」是指用一個具有相類似語義特徵的同類詞來代替某個不認識的詞，因此替換需要意義的線索。「對比」則是指在一個句子中使用兩個意義相反或相同的詞語，將之相互比照，若知道其中一個詞的意思，就可以獲得另一個詞語的意思。而所謂「壓縮」，簡言之，是將冗長的句子節縮成短句，或將段落加以簡化成少數幾句，在縮簡的過程中將句中次要信息的詞彙去除，只保留主要信息的詞，但仍保留最重要關鍵的信息以幫助理解。

這四種閱讀的技巧以閱讀策略的分類而言，各有所屬，猜測的技巧是屬於漢字閱讀策略的層級，而替換與對比的技巧是屬於詞彙閱讀策略的層級，壓縮的技巧則兼屬於文句與段落的層級。若以局部策略與共通策略而言，猜測、替換、對比應屬於局部策略（local strategies），而壓縮則屬於共通策略（Global strategy）。

此外，這四種技巧很明顯都是為了克服不熟悉的字詞而用的手段，因此僅管有認知的成份，但仍屬於補償式的策略（Compensation Strategy），然而壓縮策略的用途卻不見得限於補償的用途，固然在文句壓縮的過程中，可以去除一些不知道或不熟悉的字詞而無損原意，但實際上，所去除掉的次要字詞也可包含閱讀者本身已知的，只是為了增進閱讀的順暢度與速度而將之忽略，因此這種壓縮法很適用於泛讀與速讀，可視

為泛讀與速讀的一般正規策略。

第二節　策略來源與採集的方式

一、策略發展的來源

　　當擬定策略教學訓練的方法時，必須先要確定策略的種類與內容，那麼這些策略又是從何而來？從何得知？通常可藉由三個方式來獲得策略：一是憑語言的理則加以構想而得，二是從別的語言借調而來，三是從學習者的身上直接調查其所運用的策略。

　　第一種方式是藉由學理上的語言比較，分析出目標語和學生母語的差異，這些差異也通常是學習這個目標語的難點，再根據這個難點的結構而設計出克服這個難點的策略。例如，對於以中文為第一語的人士而言，將英語做為學習的目標語時，由於中文裏沒有動詞時態的變化，因此英語的動詞時態之分辨應用就理應是一個難點，於是可針對英語動詞時態加以分析，整理出規則及最合理的學習順序，再配上學習的活動，就成為一套策略。這種策略發展的方式有其優點，可預期學習者的難點加以針對設計，但是通常這些難點都是語言結構方面的難點，如何跳脫出語文結構的學習而成為語言認知與技能的學習，將是策略教學設計的挑戰。

　　第二種的方式可源自於母語或第一語的學習策略，例如國人把自己學國語的方法套用於學習英文；也可源自於第二語的學習策略，例如將以英語為第二語的學習方法套用在以中文為第二語的學習。該種策略發展方式的優點是方便好用，通常在非直接策略方面較為可行，但在字詞文句方面往往因語言的差異而造成策略無效的困境。因此首先須把握語言的差異性，並且分辨策略的可遷移性（transferability）與適用性。

　　最方便直接的辦法就是從學習者的身上直接調查其所運用的策略。這類調查不但可以實際瞭解學習者的語言學習過程，而所採集來的策略都是真實被使用的，但是在調查時首先要注意兩個先決條件：一是判斷的這些

被調查的學習者是不是好的學習者？二是到底這些策略是不是有效率的策略？許多的策略調查都忽略了這兩個先決條件，因此儘管採集到一些策略，但僅可做為學習者的學習過程理解，卻不足以直接將這些策略視為模範而加以傳授。

　　基於這兩個先決條件，首先面臨的是調查的對象如何選取？又從何得知哪些學習者的策略值得被採集？到底應調查一般的語言學習者或是調查表現良好的語言學習者？Rohwer（1971）對於策略教學的發展提出一些具體的方式與步驟：

1. 針對已知具有良好技巧與策略的學習者，賦予一項須使用策略的工作。
2. 對於這些學習者進行工作後的事後訪談，請其回想，以確認其所使用的策略以及運用策略時的詳細的步驟與思維過程。
3. 基於訪談結果來發展教學方式。
4. 針對目標學習者進行策略使用的實際測試。
5. 基於測試結果來修正教學方式。
6. 利用實驗研究來進行策略的評估。

　　其中前兩項即為策略的採集，並且採集對象是針對已知具有良好技巧與策略的學習者。然而這些所謂「好的學習者」的認定標準為何？從何得知誰是好的學習者？通常在語言學習方面，所謂「好的學習者」經常是指語言技能優秀的學習者，在華語文學習方面，中文程度很好的外籍學生或在班上成績較好的學生理所當然被視為「好的學習者」。然而，這種以結果為準的觀點有時並不足以反應其「策略良好」的情形。就學習策略而言，語文程度高的學習者也可能只因為投入了較多的時間與資源所得到的結果，真正具備有良好策略的學習者應指學習效率強的學生，例如開始學習的時間不長但進步的幅度較大、或者是投入時間不多卻進步很快，甚至是指不甚用功但表現仍佳的學生。這類的學習者除了一般歸因於天資聰

慧以外，其實必有其優越的語言學習策略並善於使用這些策略。換言之，「好的語文學習者」的認定應是根據其學習「效率」而非表面上的語文表現。

二、語言策略的採集方式

在策略調查研究中，一般的策略採集方法可歸納為量化的方法（Quantitative）與質化的方法（Qualitative）兩類。量化方法主要是以問卷調查法與測驗法為主；在質化方法有個別訪談法、團體訪談法、觀察法、與自述法等。Jiang & Cohen（2012）歸納出四種語言策略的研究方法，包括問卷調查（Questionnaire Survey）、口語自述（Verbal Report）、個案研究（Case Studies）及實驗研究（Experiments）。不過，實驗研究法主要是依據已知的策略來進行效果的顯著性比較，並不算是策略的採集。以下列出五種策略採集的方式，包括問卷調查法、團體訪談法、口述法、觀察記錄法及策略分享法：

㈠問卷調查法

問卷調查法是設計出問卷來調查填答者所使用的策略為何？其特點是必須先有策略的類別項目，將之列出，再詢問填答者對於每一項目應用的程度；或者先列出使用策略的各種行為與情況，再讓填答者評估是否使用這些策略行為，最後加以統計，以判定個別填答者的策略使用趨向或強度。如果填答者是一群人，亦可統計各種策略在這個群體中被使用的百分比。

最有名的策略調查問卷是Oxford（1990）所發展的Strategy Inventory for Language Learning（SILL）（頁283-300）。該問卷分有兩種版本，一是針對英語背景人士學習外語之策略，二是針對其他外語人士學習英語之用。第一種版本將每份問卷按策略性質分為五個部份，總共80題，採五等第（Likert Scale）的計分法。第二種版本則共有50題，計分法大致

相同。這份問卷自發展以來已廣被用於英語學習策略的相關研究（Chen, 1995），至1995年已有近六千位學習英語為第二語的學生受測（Ehrman & Oxford, 1995）。而一些漢語策略調查研究也使用此問卷（江新，2000；吳勇毅，2007）。

㈡團體訪談法

　　團體訪談法是屬於質化的研究法，又可稱為焦點訪談法或小組共同訪談法。是以開座談會的方式，針對某一主題來共同討論，而得到參與者的意見與看法。其優點是採集的人數較多，也較為省時省事。

　　O'Malley和Chamot（1990）研究發現在小組訪談中，當學生被詢及明確的學習任務，多能描敘出既廣泛又不同的學習第二語言的策略。Yang（1998）採用團體訪談法採集68位臺灣的大學生學習英語所使用的策略，歸納出幾項團體訪談法的優點：一是教師及研究者能更瞭解學生如何與為何使用某些策略；二是在藉團體訪談法可使學生提昇對於策略的意識並幫助學生更意識到自己的學習過程，而同時教師也可藉此機會說服學生對於學習策略的價值並增進對於語言學習的正面態度；三是使參與集團訪談的學生從互相分享中得到一些從未想到的學習方法；四是鼓勵學生之間的合作學習。

㈢口述法

　　口述法（Verbal report）是用於個別對象的採集，讓訪問對象敘述自己所進行的內在思考與外在行動的原因，因此也可稱為自述法。通常須藉助錄音或錄影來記錄，研究者再進行分析以歸納出其策略的運用方式。自述法包括了事後回想式的自述與當下的思維發聲（Think aloud）。Olshavsky（1976-1977）是首位使用Think aloud 的方式調查閱讀策略（Garner, 1988）。

　　自述法的優點是能夠得到受訪者隱於內在的想法與思維，對於認知策

略的研究非常有幫助，但是亦有其侷限之處，就是自述者要經過一些訓練，並且口述與實際思維也有其差別。Garner（1988）整理了對於口述法的批評：

1. 包括了懷疑自我內在的可述性。
2. 對於成人學習者口語的局限性。
3. 陳述與實際所知的不對稱，有時陳述多於所想的。
4. 研究者對於受訪者的誤導。
5. 受訪者的穩定性少有長期實證。

　　此外，過於久遠的回憶往往不精確，對於許多假設的情況也可能難以口述。這些對於口述法的批評是口述法的共通問題，然而可藉由一些技術加以彌補，以減低不實的成份，例如訪談時必須即時，要針對特定策略加以多元化的方式加以詢問（Garner, 1988）。

㈣觀察記錄法

　　觀察法是指研究人員在策略使用的情境（如語言課的教室）直接觀察學生所進行的學習活動。通常採用錄影或筆記的方式將之記錄，再進行分析。Oxford（1990）建議可合併使用下列兩種方式進行記錄，一是記下印象式的或結構式的筆記，二是檢測在某段特定時間內所見的策略。

　　觀察法的優點是可信度高，因此是研究人員直接所見的行為，但是觀察法通常需要其它方式一起搭配，主因是策略不僅是表面可看到的行為，也是認知的活動，並不是所有的策略都能展露於外，此外如何將所觀察到的行為加以適度的詮釋，也是一個困難之處。

㈤策略分享法

　　策略分享法是在課堂上進行「策略分享」的活動，即讓參加者在課堂上向同儕們解釋自己所使用的策略為何，彼此逐一分享並且相互學習

彼此的策略。美國明尼蘇達大學的語言習得研究中心（The Center for Advanced Research on Language Acquisition, CARLA）所發展的策略教學活動即包括此步驟（Weaver & Cohen, 1997）。這種策略分享學習的方式也已普遍為策略教學者所使用，其優點是不僅可以提供現身說法，並可現場演示，也可以變成策略教學的方法，做為課堂教學的技巧。

三、中文閱讀策略採集的研究

僅管以英語為第二語的策略調查已有豐富的累積，但對於以中文為第二語的學習策略調查研究十分有限。一些中文學習的策略調查是以母語人士為主，多以測驗的方式來瞭解學習者對於某些語文內容所持有的理解策略，例如，林千哲（1997）以字詞聯想測驗的方式來瞭解中文字詞聯想的方式，對象為兩百位臺灣大學生（一百位男性、一百位女性）接受測驗。

目前已累積的中文為第二語之策略研究多以問卷調查及訪談的方式進行，例如，沈薇薇（1997）以問卷與訪問法調查與歸納英國學生對中文字彙學習方法的認知，欲瞭解學生用什麼技巧來學中文字彙，以及他們所評量各方法的有效程度為何，所選擇調查的工具主要靠問卷，次要工具為訪談。採樣人數有69人，其均在1996年時，就讀於牛津、倫敦、杜倫、蘭開斯特等四所大學的中文系就讀的學生。

楊翼（1998）以問卷調查的方式採集學生的漢語學習策略，對象是18位具高級漢語水平的學習者，以漢語水平考試（HSK）的成績為選擇對象的依據，其問卷的題目是先採用面談方式了解學習者常用的策略，再經由學生與專家檢測及統計校正等步驟調整題目。

陳純音與葉德明（1997）採用多重方式進行外籍學生的策略調查，同時以訪談、問卷與錄音記錄的方式調查師大國語中心64位美國籍與日本籍學生使用策略的情形，較特殊的其是錄音記錄的方式，讓學生朗讀指定的文章並加以錄音，以藉此聽出學生的斷詞、斷句與分段的情形。

　　也有結合測驗法與問卷法進行調查者，Ke（1996）採用自行發展的測驗及問卷，調查漢字學習的策略使用情形，調查對象是150位正在美國七所大學修習第一年中文課程的學生，包括85位華裔學生及 60位非華裔學生。

　　以自述法與深入個別訪談的研究報告仍十分缺乏。以質化研究的方法進行調查者有陳雅芬（1996）藉由訪談的方式，深入調查13位美國學生學習漢語的策略。

　　思維發聲法（Think Aloud Protocol）是在語言閱讀領域較被普遍運用的方式，例如Everson & Ke（1997）以思維發聲法（Think Aloud Protocol）及回憶法（Recall-protocol）調查閱讀篇章所用的策略因素，研究對象是在美國某大學共七位學生，包括五位中級漢語程度的第三年中文課學生，平均學習中文兩年半，中級程度，其母語皆爲英語，且皆未去過中國大陸或臺灣；另有兩位高級漢語程度之研究生，上的是大學四年級的中文課，曾去過北京或臺灣學過中文。其測試過程是：

1. 選取一篇報紙上的文章，難易程度大約在中級或以上。
2. 讓學生默讀該篇文章後，口述想法。
3. 受試者被教以運用"Think Aloud Protocols"的方法，與研究者分享其任何想法，並將之錄音以做錄寫分析之用。
4. 接著要求受試者將該篇章再讀一次，然後回述文章內容或用英文寫下記得的內容，再次閱讀時不可使用字典或詞彙表。

　　僅管各種的語言策略調查法已被應用於中文閱讀策略的採集，但所採集的對象來源較窄，大多是英語或日語爲背景的大學生，採集的總人數亦頗爲有限，因此所被調查出來的策略也就有限而不完全。未來當有必要進行大規模的取樣人數以累積中文閱讀策略的項目，並且進行深入的質化個案研究以瞭解這些策略是如何被運用。

第三節　策略採集的個案研究

　　本節敍述一項由研究者所進行的策略採集研究，做爲具體實施的範例。此研究採用直接調查法，以個別深入訪談方式，共調查了十八位在臺灣師範大學國語教學中心修課之學習效率優良的外籍學生，共採得數十項策略，歸納爲八大類，都是在臺灣學中文的外籍學生活生生的策略使用資料。

一、研究方法

　　本研究採用質化研究法（Qualitative Methodology），以深度訪談爲主要方式，並輔之以觀察、自述及問卷，期能深入全面地分析這些學生在學習初級華語教材的過程中，所採用的學習方法和策略。然而基於本研究之精神，是爲了獲得更豐富多樣的資料，而非將學生背景當成分類變項以比較其認知策略之異同。

㈠ 策略調查對象

　　選取來臺灣學習華語的外籍學生，在各華語中心至少已學完初級華語課程，並且「已經」或「正在」學習「中級」華語課程的外籍學生。之所以未選擇初期華語程度的學生是因爲初級學生之策略運用尚不穩定，並且用中文表達較困難，而選擇中級程度之學生主要是因其華語學習策略成效已顯著，其策略運用的方式已達一定的純熟度與穩定度。

㈡ 對象的選取方式

　　採用推薦法，先商請多位華語老師予以推薦，其推薦原則是在其任課班上中文進步幅度顯著或成績較佳的同學，並參照其考試成績及學習表現而定。再由訪問員予以聯繫，告之研究目的，並獲其同意後，方將之納入訪談的名單。

㈢ 背景分析

　　共成功訪問18位外籍學生，包括東方學生7位，西方學生11位，其中男生11位，女生7位。年齡集中爲二、三十歲之成人，多爲大學生或大學

畢業生，學習中文的年限大多為兩年到四年，但也有半年與十年者。從學生修課所使用的教材可知其程度，這些學生在受訪時所上的課程為中級華語程度，所用教材包括今日臺灣、思想與社會、國中國文、中國寓言與商業文選等。由於此研究並非量化的研究，主要以策略採集與分析為主，並不將學生分類做分層比較。

表5-1　受訪外籍學生之背景（隱名）

受訪者編號	國籍	性別	年齡	學歷	學中文的時間	受訪時所修課程或教材
1	俄國	女	25	大學四年級	四年	商業文選
2	日本	女	26	大學畢業	二年	國中國文
3	日本	男	24	大學畢業	四年	中國寓言
4	韓國	女	26	研究所肄業	四年	專題研究
5	以色列	女	27	研究所肄業	四年	無
6	日本	男	20	大學二年級	二年	茶話
7	美國	男	25	大學畢業	四年	各類報刊
8	日本	男	21	大學二年級	一年	中國寓言
9	日本	女	22	大學二年級	一年	中國寓言
10	波蘭	女	24	大學三年級	二年	故宮文物
11	捷克	女	22	大學二年級	三年	故宮文物
12	愛沙尼亞	男	23	大學三年級	三年	歷史故事
13	西班牙	男	30	大學畢業	十年	各類報刊
14	韓國	男	28	研究所畢業	兩年	今日臺灣
15	英國	男	24	大學畢業	兩年半	思想與社會
16	德國	男	23	大學四年級	四年	今日臺灣
17	法國	男	26	大學畢業	三年	報紙
18	德國	男	25	大學畢業	半年	今日臺灣

㈣ 訪談實施

1. 訪問員均先事先與學生約定時間，每次訪談時間從一小時至二小時不等，並在徵得被訪問者同意的情形下，全程錄音。

2. 訪問員不僅請學生口述其學習策略，尚請對方實際演練，以確實了解其如何使用這些策略。

3. 根據用了什麼策略（What）、為何用這些策略（Why）、如何使用這些策略（How）等三方面進行綜合探究。除了瞭解這些學生用了哪些策略外，尚進一步探究他們為何會知道這些策略？以及如何使用這些策略？

㈤ 訪談題目

　　訪談採開放式的提問法，訪談員根據預先設好的主題發問，由被訪者自由回答，然而交談的順序並不受題目所限制，依互動的實況而定。這些主題包括：基本背景資料、學中文的難易及克服之道、在課堂上的學習方法及策略、課後的學習方法及策略、應付作業及考試的方法、周遭資源及環境的運用、策略的來源。

　　在訪談中經常因追問而引發出更細微的問題，下列的題目是從訪談錄音所歸納出的訪談問題，包括預設的題目與繼續追問的題目：

A：基本背景資料

　　1. 基本資料、學歷背景？

　　2. 學中文的時間及經歷？

　　3. 有無其他語言學習的經驗？

　　4. 學中文的動機、目的？

B：學中文的難易及克服之道

　　1. 學中文最感困難之處（聽、說、讀、寫）？原因何在？如何克服？

2. 同輩之中有善於應付此項難題的人嗎？談談他是怎麼解決的？

3. 學中文覺得較有把握或容易之處？原因何在？

4. 這些較有把握之處是以何種方法來學的？

5. 同儕之中有比你更行的人嗎？知道他是用何種方法的嗎？

C：在課堂上的學習方法及策略

1. 如何利用兩個鐘頭的上課時間學習？（註：師大國語中心正規課程為每門課每天兩小時）

2. 上課對你最大的幫助是哪一方面？（聽力訓練、加強理解、文化吸收、辭彙語法的加強？）

3. 希望教師給予哪一方面的協助？

4. 上課朗讀或說話時，會怎麼讀？（快、慢？清楚、含糊？）為什麼？

D：課後的學習方法及策略

1. 聆聽：

   (1)聽教學錄音帶或看教學錄影帶？

   (2)看電影、電視、聽廣播嗎？（功效如何？）

2. 說話：

   (1)找語言交換的機會？

   (2)找中文為母語的人士做為室友？

   (3)不與同國籍的人士來往？

3. 閱讀：

   (1)是否看課外書？報紙雜誌？

   (2)閱讀時有沒有妙招增進閱讀速度？加強理解能力？

   (3)閱讀中最讓你困擾的是些什麼因素？

   (4)喜歡默讀或是朗讀？有何好處？

   (5)是否使用背誦的策略？

4. 寫字：

⑴有沒有整理出一套認字記字的方式？

⑵能看字形辨義或猜音嗎？

⑶漢字的筆順筆畫有幫助還是有阻礙？

⑷如何練習寫字？

⑸是否使用中文寫日記？

5. 綜合：

⑴成語、流行語、俚語有幫助嗎？

⑵學唱中文歌有幫助嗎？

E：應付作業及考試的方法

1. 如何準備考試？在乎考試成績嗎？

2. 如何複習所學？

3. 哪一種作業形態對你幫助最大？（造句、作文或其他？）

4. 批改回來的考卷及作業，會再仔細看過嗎？

F：運用周遭的工具、資源及環境

1. 使用圖書館嗎？

2. 如何查字典？

3. 會不會利用公車牌、餐廳菜單等，或者是到書店、超級市場等環境時吸收中文資訊？

4. 會不會利用銀行、郵局或各種生活上必須申請及繳費等單據及會話來加強中文能力？

G：策略的來源

1. 回想學母語的一些過程？有沒有運用其中的一些策略方式？

2. 會對學過的東西加以分析整理、歸類嗎？

3. 家人、朋友之間有無增進記憶力的妙方？

4. 學中文有無碰過特殊的老師以特別的方式教授？

5.你認為理想的教師教學步驟或方式是如何？

6.有沒有其它的特殊的學習策略？

二、採集結果──學生所使用的中文學習策略

在每筆訪談之後，研究者重聽訪談錄音帶，逐一筆記下各式策略的項目，性質加以分類，受訪者所運用的策略多有共同重覆之處，必須進行歸納整體，共整理出將近五十個策略運用的方式。

接著再按局部策略（local strategies）及共通策略（global strategies）的分類，並基於漢語的特性，先將屬於局部策略中的「漢字學習策略」及「詞彙學習策略」抽出自成兩類，餘下的策略再按照前章所介紹的學者Rebecca L. Oxford（1990）的六大語言學習策略加以分類，包括直接策略三類：記憶策略（Memory strategies）、認知策略（Cognitive strategies）、彌補策略（Compensation strategies）；與間接策略三類：後設認知策略（Metacognitive strategies）、情意策略（Affective strategies）、社交策略（Social strategies）。總共分為八個類別：

(一) 漢字學習策略

1. 製作生字卡片，按日期整理，常翻閱。

2. 自己對漢字作一番整理歸納（約三、四千字），彷彿這些字在大腦中都有一個儲藏位置，並且形成一個組織網，以方便自己隨時提取。

3. 將聲調符號標在整段文章的生字上，以加強對聲調及連音變讀的練習。

4. 盡量找出字形（或部件與部件）之間的關連意義，可約略猜出其讀音及意義。

5. 利用部首的觀念來記漢字，可以對漢字做一個分類，才能方便記憶。

6. 利用六書系統來學漢字，認為可將複雜的漢字規則化、系統化。例如，看見新的字，先將之拆解為義符、聲符兩個部份，有時可猜出其

發音及意義。

7. 以部件認知法來練習寫字、記字。

8. 反覆書寫生字，直到熟記爲止。

9. 把新學的字與已學的字做部件的比較。

10. 看中文字典裡的中文解說，增加認字的能力。

(二) 詞彙學習策略

1. 不確定連讀變調的字彙時，先在腦中想一想該字原聲調，再與其他字連讀，以便確定其連讀之聲調。

2. 利用中文詞彙規則與邏輯的組合方式來創造或記憶詞彙，例如，吃虧（也可能有吃力、吃苦），電視、電腦、電話……等。

3. 將字典裡相關詞彙及其他用法記下，以增加詞彙能力及詞彙組合能力。

(三) 記憶策略（Memory strategies）

1. 勉強自己看電視、看錄影帶（利用中文電視的字幕）、聽廣播節目、聽電視的新聞。

2. 反覆聽教學錄音帶，看錄影帶。

3. 當看電視、看電影、或聽廣播時，只注重傾聽發音、語調。

4. 背中文流行歌曲學中文。

5. 背課文，背書時大聲唸出以幫助記憶。

6. 盡量用中文的語法模式思考、造句，避免從母語的句子翻譯成中文的句子。

7. 背誦課本中會話的部份與文法的例句〔如：「把」字句、結果複合動詞等。〕，對說話均有幫助。

8. 利用坐公車的零碎時間，回想、溫習當日老師上課的內容。

(四) 認知策略（Cognitive strategies）

1. 看中文電影或電視，學習較偏於口語的短句（認爲是最爲實用且眞實的語句），盡量找機會用。

2. 應付聽寫考試時，先將生字遮住，再從翻譯的提示中回憶該字的寫法，不斷地練習。

3. 上課做筆記，也記下同學所用的生字，以增進詞彙能力。

4. 寫作業造句時，盡量造一個有情境的句子，句子可能稍長，但可利用上下文的關係，來縮小句子的使用範圍，經由老師的批改，可更加確定其詞彙的使用範圍及方式。

(五) 彌補策略（Compensation strategies）

1. 在班上朗讀時，盡量讀得慢、讀得清楚、讀得大聲，好讓老師聽得清楚，增加老師改正他的錯誤的機會。

2. 不確定的說法盡量避免使用，例如，「了」、「著」與時態相關的用法，會使用如：今天、昨天、明天等更明確的詞彙來表達，避免用錯。

3. 使用電子辭典，除了快速方便外，在按鍵的過程當中也複習了英文，對母語頗有幫助。

4. 多聽中國朋友、室友講話，有時也模仿他們的說法，以後便可如法泡製。

5. 虛心的請中國朋友盡量改正自己的錯。自己加以記錄，反覆提醒、練習對的。

6. 課前一定先預習生字、查字典。使用漢英字典。

(六) 後設認知策略（Metacognitive strategies）

1. 要求自己將學過的字、詞，每天用、每天說，學了一定量以後就聯想造句。

2. 與朋友說話的時候，說得快，練習流俐度。

3. 泛讀時，不逐字查字典，由上下文義推測出字義，以免養成對字典的過分依賴。

4. 每隔一段時間自我省察進步的情形。

5. 泛讀當代中文作者的中文小說、短篇散文、感性優美的文章等。

6.使用文法書或文法練習簿來訓練文法觀念。

(七) 情意策略（Affective strategies）

1.閱讀自己感興趣或老師朋友推薦的書籍或雜誌篇章。例如，電影、影劇、政經專欄等。

2.閱讀報紙從有興趣的方面入手：如家庭版、廣告、花邊新聞等等。

3.在意成績，不讓自己退步是最好的進步方法。

(八) 社交策略（Social strategies）

1.以相同的話題與不同的中國人討論，藉以溫故知新。

2.同樣的問題去問不同的人，難以分辨對錯時，以老師的標準爲依歸。

3.利用校內的機會學正規知識，利用校外的機會學中國的民情及風俗習慣。

4.利用課餘或工作的機會，逼自己多與中國人接觸。

5.住在中國家庭裡，增加聽、說、問的機會。

6.找嚴格的中文老師。

7.交中國女朋友或中國男朋友。

三、受訪者提及其華語老師所教的有效策略

受訪者除了講述其自身所使用的策略之外，亦提及他們的華語老師所使用的一些教學方法，這些教學法對於其華語文的學習策略的獲得有所助益與啓發，可供華語教師參考，經歸納如下：

1.要求學生多聽錄音帶。

2.盡量製造學生開口講話的機會。

3.選取相關的生詞讓學生寫短文。

4.鼓勵學生使用正確的成語來表達口語的意思。

5.鼓勵學生使用學過的字詞來編故事並說出來。

6.學生先閱讀或聆聽其母語，然後口譯成中文，教師修正後，再筆譯一次。

7. 用閱讀法律常識之類的題材，來引發學生思考及辯論的能力。

8. 用閱讀漫畫來製造學生想像的空間，然後再練習造句或口語表達能力。

9. 鼓勵學生背書。課堂抽點背誦，一個學生背完一句，其他學生也一起復背此句，以防學生心存僥倖或偷懶。

10. 學生不喜歡發問時，老師先找出學生可能不懂的生詞，主動提問題問學生，藉以喚起學生的自覺力。

11. 上課時利用語文遊戲讓學生練習策略，例如，文字接龍、故事接龍，或分組練習、討論以增加練習的機會。

四、討論

經由訪談採集到數十項的學習策略，僅管證實分布於Oxford的六大策略類別，但大部份的個別受訪者所使用的策略類別並不周延，而是各有專長，例如某些受訪者長於記憶策略，另外一些受訪者則善用後設認知策略，少有面面俱到者，顯示即使是優秀的學習者也有接受進一步策略訓練的必要。

訪談時也發現，某些學生能侃侃而談自己所使用的策略，並能自我分析其道理，顯示具有較強的後設認知能力。但另些學生僅管其學習表現優異，卻似乎無法具體說出自己的策略，必須靠訪問員反覆啓示或追問，顯示其在學習過程中並未反思其學習的方法，後設認知較弱。

在訪談中發現許多學生對於自己的學習行爲都有某種程度的自我要求，並且能驅策甚至勉強自己的學習，這已不僅需要具備後設認知能力，還要到達起而行的地步。因此在語言策略教學時，如何將後設認知的策略做爲教學的目標，並且能達到知行合一的地步，十分值得探究。

本研究所採集到的學習策略包括與華語文直接相關的聆聽、說話、閱讀與寫字的策略，也包括運用人際交往與利用外在工具與資源的間接策略，這些策略不僅是受訪學生眞實具有的策略，並且是受訪者們自我證實

有效的策略，雖然策略的效果可能因人而異，但對於未來逐步建立中文學習策略庫應有所助益。

結語

　　策略採集是策略教學發展的第一步，沒有足夠的策略就不可能發展出有系統的策略教學法與策略教材。目前有關華語文學習策略的採集仍十分貧乏，對於優秀華語文學習者所運用的策略尚有待繼續採集。研究者認為下列的策略調查主題將有助於此領域的發展：

1. 具有華語口語能力但缺乏閱讀能力的海外華裔學生之閱讀策略。
2. 針對華語學習效率極佳之外籍人士進行訪談、觀察、與自述法的質化研究，以徹底瞭解其學習策略的來源與使用方式。
3. 在華語的生活環境中，外籍學生在語言能力不足時所運用的補償策略。
4. 外籍人士閱讀文言文及白話文所使用的不同閱讀策略。
5. 對於尚未掌握口語即開始閱讀文言文或白話文的歐洲漢學系學生所使用的策略。

第六章
策略教學的開課實驗

前言

　　前數章已按教學發展的順序，討論有關策略教學之研究文獻、策略教材評述、策略採集及閱讀策略教學的觀念。本章則進入實施階段，討論由筆者所執行的一項具體的策略教學實驗，該實驗是筆者經由系統化的規劃過程而特別開設的外籍學生閱讀課程，採小班教學的方式，爲期六周。本章逐一介紹該實驗課程的目的及規劃、研究方法與實施步驟、課程內容與教材、教學準備，並分析教學過程的現象及師生之反應，最後提出結語與建議。

第一節　實驗課程的規劃

一、實驗課程的目的

　　教學的理念有待實際教學來落實，欲將教學的理念及理論，經由設計規劃的過程，形成具體的教材與可實施的課程，其中必須經過實驗教學的階段方能保證教學的可行性。實驗教學是一個複雜的過程，不僅是教學的內容與教學法，還包括教師的準備、學生的角色、教材的編撰，以及具體開班的行政事項，如招生、地點及時程安排等事宜。一般的實驗教學多採實驗法或準實驗法，採實驗法者必須全盤控制課程，多半以短期爲主，僅進行數小時之內的實驗，目的在測試少量的教材或單一的教學法；採行準實驗法者，因爲多以現成的班級爲主，教學時間可拉長，甚至可長達一個學期。

　　華語文閱讀策略的教學研究在策略採集與教材發展方面已有具體成

果，但是在具體實施方面尚少見報導，因此在教學法及教材內容的驗證方面頗為不足，本實驗教學的目的即是希望藉由短期的實驗教學，在策略教學理論與教學實踐之間做一連結，其目標為：

1. 驗證語言策略教學的可行性。
2. 驗證個別閱讀策略的實用程度。
3. 驗證閱讀策略教材之編輯方法與內容安排的適合度。
4. 檢視閱讀策略的教學法及教學手段的應用情形。
5. 檢視學生及教師在真實的教學過程中所發生教學及學習的問題。
6. 檢視在整體的教學實施過程中所產生的現象與困難。

二、課程發展過程

　　該實驗教學的規劃主要是依據「系統化教學設計」的理論與模式，Reiguluth（1983）將教學的發展過程依系統化的觀念可大致分為分析（Analysis）、設計（Design）、發展（Development）、實施（Implementation）、評估（Evaluation）等數個階段。具體而言，分析階段是指閱讀課程的需求分析及預定教學對象的語文程度分析；在設計階段是規劃閱讀策略教材的內容及規格、設計課堂教學法並安排課程架構；在發展階段則開始實際撰寫教材、進行教師講習、準備開設實驗班及招生事宜；在實施階段則實際進行課堂教學；而評估階段，包括形成性評量（Formative Evaluation）與總結性評量（Summative Evaluation），形成性評量在開班教學時應同步實施，在教學時一併蒐集所有的資料，隨機修正教學的方法；總結性評量是當課程結束後，進行全面的結果分析及全面的課程檢討。

　　本課程發展的具體的過程如下：

1. 文獻探討：從文獻資料歸納出華語文閱讀策略教學的架構。
2. 策略選取：共選取出12個閱讀策略，並分析每個策略的本質及應用方式。

3. 教學設計：針對每個閱讀策略設計出教學法、練習方面及實驗教材。

4. 課程製作：發展出課程雛形，包括：課文、活動、評量、教師手冊等部份，並請語言教學專家審定。

5. 教師訓練：在教學之前，將先進行教師訓練，使參與之教師熟悉該課程的理念及內涵。與參與實驗教學之華語教師進行觀念溝通、備課及熟悉教材。

6. 準備實施：選取實施教學之對象、安排行政聯絡事宜。

7. 實驗教學：開班授課，共計六週，實際教授所設計出的教學課程。

8. 課程評量：在教學中及教學後，進行形成性評量（Formative Evaluation），包括透過師生訪談及錄影觀察等，每周進行教學檢討。待六週課程結束後以期末訪談及問卷調查進行總結性評量（Summative Evaluation）。

第二節　研究方法

一、教學設計方式

　　實驗課程僅管是實驗性質，以測試及發掘問題為主，尚不必具體正規課程的完善條件，但在開課之前必須已具備有正式課程的雛型，這個雛型的設計來源是根據幾個法則的運用，包括理論架構法則、經驗法則、文獻應用法則、與質化調查法則。

1. 理論架構法則

　　綜合採用教學設計的理論與模式來架構教學課程，這些理論模式，對於教學內容的分析與安排，和教學實施的步驟，均已有實證的基礎。例如根據闡釋理論（Elaboration Theory）（Reiguluth, 1983）與學習條件論（Conditions of Learning）（Gagne, 1985）來規劃教學的順序；根據系統化設計模式（Systematic Instructional Design Model）（Dick & Carey, 1993）及體系化教學設計模式（Systemic Instructional Design Model）

（Kemp, 1986）來分析影響教學的各種影響因素；並依據Richard & Rogers（1990）的語言教學法模式的精神來分項規劃課程的內容（關於此教學法模式請參閱第九章）。

2. 經驗法則

在教學實務方面，經驗與直覺（Intuition）扮演極重要的角色（Reigeluth, 1983），本研究的參與人員分別具有國文、英文及華語各式教學經驗外，在研究期間也採訪多位現職之華語教師，瞭解他們在實際教學中傳授策略的經驗和看法。而在教材初稿編撰完成後，也邀請多位華語文教學界的教授及資深華語教師進行教材評估，給予修改之意見。

3. 文獻應用法則

研究必須累積先前的成果與經驗，本研究初期已有系統地檢閱華語文教學界與其它第二語教學界的相關研究文獻及具體發現，做為策略選取及內容設計的參考。

4. 質化調查法則

從本研究的第一階段對於外籍學生展開策略採集（參第五章），以質化研究方式，藉助訪談與觀察瞭解其學習華語文時，對於策略的運用與需求，做為設計課堂及課後學習活動的參考。

二、資料蒐集方法

在教學的同時及教學後，研究者採用多樣化的質化研究的方式來觀察紀錄教學的活動，並深入訪談學習者及教師的心得，做為實驗評鑑的依據。

1. 學生各別訪談

在開課之初及課程結束之後對每位學生進行個別訪談，每位學生均訪談兩次，訪談時間約計半小時到一小時，主要是詢問對課程的意見和其策略運用的狀況，並要求學生舉出實際的操練過程。訪談時均以錄音機錄音。

2. 焦點訪談

　　全程共安排了三次焦點訪談，在每一課結束之後，都進行一小時之全班焦點訪談，採座談的方式，提出有關策略學習的問題，由大家共同討論。

3. 教師訪談與自述

　　在實驗期間，研究者與兩位授課教師密切接觸，不斷進行訪談與討論，其間，教師須寫出每單元的教學記錄，並且寫下教學札記。

4. 課堂觀察

　　在實驗教學期間，由研究者及研究助理輪流坐在教室中進行課堂觀察，並以攝影機與錄音機全程錄下教學過程，做為事後分析之用。

5. 問卷調查

　　課程結束後，發下學生問卷一份，調查學生的整體感想與建議。

第三節　實驗課程內容與教材

一、策略課程的架構

　　該實驗課程是為了為期六週的教學之用，因此設計為三課，每課兩週，每課均包含四個策略，每個策略都教兩小時。根據整理出的策略表，依前章所述的策略分類原則，將策略按語言結構加以分為四類，一為「識字」，二為「認詞」，三為「讀句」，四為「篇章閱讀」。每個層級均發展出三個策略，共有12個閱讀策略：

一、識字策略

　　1：部首策略——人部
　　2：部首策略——衣部
　　3：部首策略——手部

二、認詞策略

　　4：認識反義詞策略

　　5：認識合詞的策略

　　6：認識同義詞、近義詞策略

三、讀句策略

　　7：斷詞的訓練

　　8：斷句的訓練

　　9：閱讀長句的訓練

四、篇章策略

　　10：組句訓練

　　11：認識書面語的訓練

　　12：掌握篇章重點的訓練

　　為了便於教學實驗，採用螺旋式的課程（Spiral Curriculum），按照中文結構層級，每一課均按字、詞、句、篇章的順序，因此全部實驗教材共有三課，每課包含四部份：第一部份－認識字的策略；第二部份－認識詞的策略；第三部份－認識句子的策略；第四部份－篇章策略。

表6-1　實驗課教材結構表

	字的策略	詞的策略	句的策略	篇章策略
第一課	時數：1小時 主題：「人」部的字	時數：2小時 主題：反義詞	時數：2小時 主題：斷詞訓練	時數：2小時 主題：組句訓練
第二課	時數：1小時 主題：「衣」部的字	時數：2小時 主題：合詞	時數：2小時 主題：斷句訓練	時數：2小時 主題：認識書面語的訓練
第三課	時數：1小時 主題：「手」部的字	時數：2小時 主題：同義詞&近義詞	時數：2小時 主題：閱讀長句的訓練	時數：2小時 主題：掌握篇章重點的訓練

二、單元內容的安排

以上的每種策略都自成一個單元，除了字的策略內容較少，其教學份量為一小時，其餘每個策略約須兩小時的教學。每種策略型態均發展出二至三種教學的範例，這些範例均包括了策略解釋、練習說明及例題、練習題目與答案、和教學指引：

1. 學習策略解釋

教師與學生在學習之初，應先明白「斷句分詞策略」對閱讀的助益，因此在展開練習活動之前，先明白陳述策略的目的、道理、原則及實施方式，讓教師與學生能領會該學習策略對於學習漢語的幫助。

2. 練習說明及例題

在練習之前必須有明確的實施方式說明，並且先列出一兩個例題與答題方式，供學生參考。

3. 練習題目

策略訓練的教材經常是以一系列的練習題目為主，藉著反覆練習以達到精熟的目的，因此在各種練習方式之下都列出適當數量的練習題目。實際上，練習題目愈多愈有效果，但為顧及教課的時間限於每單元兩小時，僅能列出基本的題目。

4. 教學指引

教師在策略教學所扮演的角色與一般內容教學有極大的不同，教師基於習慣，很容易就忘卻策略教學的原則而回到一般內容教學，將策略教學變成內容解釋，因此在教師版的教材中列出明確的教師指引。

表6-2　課文結構表

第一部份　識字策略
每課學一種部首的字，有人部的字、衣部的字、手部的字， 　　每課內容均包括策略說明及練習活動。練習活動說明如下： 　　→練習一　找部首1題

> →練習二　部件練習3題
> →練習三　找部首位置1題
> →練習四　分辨易混淆部首練習題5題
> →練習五　形聲字練習3題

第二部份　認詞策略
> 每課學一種詞，有反義詞、合詞、同義詞與近義詞等，每課內容均包括策略說明及練習活動。練習活動說明如下：
> →練習一　同義詞近義詞的辨識練習10題
> →練習二　四字格的同義詞練習2題
> →練習三　組詞練習1題

第三部份　閱讀語句策略
> 每課學一種策略，有斷詞的訓練、斷句的訓練、閱讀長句的訓練等，每課內容均包括策略說明及練習活動。練習活動說明如下：
> →練習一　找出長子句的練習Ａ 10題
> →練習二　找出長子句的練習Ｂ 16題
> →練習三　簡化長句的練習8題

第四部份　閱讀篇章策略
> 每課學一種策略，有組句訓練、認識書面語的訓練、掌握篇章重點訓練等，每課內容均包括策略說明及練習活動。練習活動說明如下：
> →練習一　文章分段練習
> →練習二　找出段落大意練習5題
> →練習三　猜句意練習：短文A（3題），短文B（3題）
> →練習四　猜文章詞義練習12題

三、實驗教材的編撰與審查

　　由於此教學研究的目的是藉由開班教學實驗來瞭解策略教學之現象，包括教師與學生的表現與回應，並發展相關的教學法與教學活動，因此必須要有一套實驗教材做為教學的內容。研究小組經過為期一年的研究，進行教材內容編寫，發展出一套教材的初稿（包括教師手冊、學生練習手冊、及補充教材），共有三課，每課有四個閱讀策略，共計十二個單元。（請參見附錄二）

　　教材初稿完成後，進行專家評審，以獲得教材修改的建議。總共邀請八位華語文教學專家進行教材評鑑，包括四位華語文教學領域的教授，及四位資深的華語教師，對於內容的安排、結構、版面、文句寫法、字體的大小、格式、策略的恰當與否、語法、語句等各方面，均給予充分的意見及修改建議。接著再依據這些意見加以修改，完成定稿。

　　教材的使用是依據以下的原則：

　　本教材並非一般性的華語文教材，而是一份以傳授「閱讀策略」為目的的教材，因此沒有一般式的課文、對話，生詞表或句型等部份。

　　教學目標以具有中級以上華語文程度的學生為主，教材內的文句寫法都有一定的難度，也沒有外文解釋，學生若不了解其內容，須要自行查字典。

　　本教材並非純粹的自學教材，學生不易自行學習，需透過老師的指導與同儕的討論，因此屬於課堂教材。

　　教材分為教師版及學生版，兩者的內容一致，但教師版在每個小單元都附上教學指引。

第四節　開班教學實施步驟

一、開課安排

　　實驗課程為配合外國學生的學期時間，於當年三月下旬至五月上旬從事為期八週的實驗教學，除第一週與的八週為教學面談外，全程實際上課六週，共24小時。上課時間為每週上課兩次，共12次，分別為週一及週四中午12:00─2:00。上課地點在臺灣師大博愛樓十樓教室。

二、組班原則

　　採用一般華語中心的開課方式，每班十位同學。事實上，就華語教學而言，班級學生人數將直接影響教學法的運用，也影響學生的課堂練習機

會與師生之間的互動。通常小班教學的效果自然比大班來得好，個別教學（一對一的教學）又優於小班教學，但人數過少也減少了學生互動與相互觀摩的機會，本教學實驗顧及資料的豐富性，並且考慮策略教學必須注重學生相互討論並分享觀摩彼此的學習策略，人數以十人為宜。

三、授課教師

本實驗課程在課堂教學方面由兩位華語教師輪流負責，擔任教學的兩位教師為姚老師與許老師，均為資深的華語教師，具有多年華語文教學經歷與教學熱忱，並有豐富的中級與初級華語課的教學經驗，也接觸過各國家的學生，是典型的華語教師。

兩位教師並實際參與教材編輯與課程規劃，因此已培養出策略教學之觀念，但是如同絕大多數的教師一般，兩位教師在執行本實驗之前，從未教過以閱讀策略為主體的教學課程與教材，因此也是很好的研究觀念對象，可以觀察出習於傳統教學的教師在教授學習策略時所產生的現象。

四、招生

於開課前兩週張貼招生海報及報名表，言明本課程採免費方式，但學生須配合教學實驗及參與訪談。在收取報名表之後，經過資格的篩選，共錄取十名學生，加以各別通知。接著進行報名者面談，安排錄取者與研究小組面談，告知課程細節與規定，知悉學生學習中文的背景，發給實驗教材、並填寫基本資料。

表6-3　策略教學實驗課程時程表

上課次數	上課內容／策略主題	華語教師	備註
課前面談	學生各別面談 每人30分鐘		發給教材
第一次	課程介紹 策略主題：「人」部的字	姚老師	全程錄影

上課次數	上課內容／策略主題	華語教師	備註
第二次	策略主題：反義詞	許老師	
第三次	策略主題：斷詞訓練	許老師	
第四次	策略主題：組句訓練	姚老師	
第五次	焦點訪談（一） 策略主題：「衣」部的字	姚老師	
第六次	策略主題：合詞	姚老師	
第七次	策略主題：斷句訓練	許老師	
第八次	策略主題：認識書面語的訓練	姚老師	
第九次	焦點訪談（二） 策略主題：「手」部的字	姚老師	
第十次	策略主題：同義詞＆近義詞	姚老師	
第十一次	策略主題：閱讀長句的訓練	許老師	
第十二次	策略主題：掌握篇章重點 焦點訪談（三）	許老師	
課後面談	各別面談（每人30分鐘）		填問卷 教材回收

五、學生背景

　　錄取參加的學生共有十位，都是正在臺灣學習華語的外籍學生，其中男女各五位，學生的國籍涵蓋了日本、韓國、越南、英國、巴拉圭、哥斯大黎加。其中文程度一律至少具有中級漢語的水準，必須已經修完或正在修習中級課程的學生，這些學生在來臺灣的時間多在兩年之內，在來臺灣之前大多已在其本國修過中文課程，都是大學生或大學畢業生。

表6-4　參加實驗課程學生背景表

姓名	國籍	性別	來臺時間	原先中文背景	現修課程／教材
陳X才	越南	男	6個月	1. 大學中文系畢 2. 學習中文5年	高級華文讀本
與芝XX	日本	女	10個月	大學中文系畢	電視新聞
河野XXX	日本	女	約3年	來臺前未學過中文	各類報刊
馬場X	日本	男	1個月	1. 大學中文系畢 2. 學習中文8年	實用新聞選讀
高那XX	日本	女	約2年	在日本學過中文	各類報刊
閔X順	韓國	女	11個月	大學修過中國歷史課程	今日臺灣
朴X英	韓國	女	7個月	北京學習中文一年半	實用新聞選讀
柯竇XX	哥斯大黎加	男	18個月	來臺前未學過中文	雜誌選讀、中國文字起源與演變
司X華	巴拉圭	男	18個月	來臺前未學過中文	思想與社會、中國文字起源與演變
林X風	英國	男	11個月	大學主修漢學	已修畢中級課程

第五節　教學過程的現象分析

　　本研究累積了寶貴的經驗，首先根據學生的反應，按漢字策略、詞的策略、句的策略、篇章策略分別加以敘述。

一、識字策略方面

　　在漢字策略教學方面，課程中規劃了漢字學習的策略，目的是希望能擴充認字能力。原先以為應是學生最實用的內容，然而在實施之後發覺對於已達中級漢語程度的學生，其漢字能力已達一定的水平，並早已克服學習漢字的困難，也多已具備了學習漢字的策略，因此學生普遍認為這部份雖然有用但太過簡單。尤其是幾位日本籍的學生並不覺得有必要學這些認

字策略。也因此當實施教學時，各課的漢字策略部份都少有學生發言或討論，以致進行快速，比預定的教學時間縮短許多。

「識字部份是以「部首」爲首的。如果用這種方法的話，我想應對於所有的部首進行研究，才能了解漢字的構造。……我通過「識字」策略更進一步能了解「漢字」的來源。（馬場X、日本籍）

「在分辨相似字的時候很有幫助，例如，拔、扳；幸、辛……。透過這種了解對認識字的來源也很有幫助」。（焦點訪談）

「查部首常要花很多時間，要是能夠分辨部首的位置或是部首的不同形態，對查字典十分有幫助。要找到陌生的字也會快一點」（焦點訪談）

「對我來說最有幫我學字是看部首學漢字。我覺得這是一個好的學習辦法，」（司X華、巴拉圭，訪談記錄）

也有東方的學生反應雖然在本國早已學習漢字，但漢字部首的策略給她一些新的觀念：

「以前我沒注意部首，很少從部首去瞭解漢字」。（與芝XX、日本籍）

「看字的時候，以前沒想到這個字的部首跟意思的關係，可是學這課以後，看漢字的時候，一定得看這個字的部首是哪一個，然後發現不容易忘記這個字的意思」。（閔X順，韓國）

不過也有學生對於識字的策略設計也表達了一些疑慮，學生反應識字的策略應該適用於初級學生，對於中高級已不太實用：

　　「第一部份（字）對我來說可以省略。但我是在學了「字」的部份以後才注意到中國字的部首是很有用的，對沒有接觸過漢字的人來說，也許更有用。因爲背景不同，所以差異很大。」（馬場X、日本籍）

　　「識字的部份對剛入門的初級班學生很有幫助。……這一部份是對第一次學習華語的人爲了瞭解「字」有很大的幫助的。而且可以建立鞏固的基礎」。（焦點訪談）

　　「第一部份的識字策略要多考慮一下。因爲部頭多得很，教材要多厚才能教得完部頭？我們也不能說哪兒個部頭值得教而哪兒個可不教？」（陳X才，越南籍）

　　「字的教學比較不適合高級班，漢字的學習策略應以零起點或初級程度，當學生已具備了上千字的漢字水平時，漢字的策略已不甚實用，可能不易引發學生的興趣」。（焦點訪談）

　　有兩位學生認爲不宜將識字策略列入這種螺旋課程中，應該獨立出來：「建議將三課的關於字的部份可以另行整合成一本教材」（馬場X、日本籍）。或是先教完所有的漢字策略再學其它部份，「我會先把各課的第一部份漢字的策略加以集中，當作第一課」（河野XXX、日本籍）。

二、認詞策略方面

　　在「認詞」部份包括了「反義詞」、「合詞」、「同義詞」和「近義詞」等策略，一般學生對此的反應不多，學生普遍認爲學習構詞的策略對於掌握詞彙很有幫助，但除了一般的構詞外，「最好要有認識成語的構詞是很需要的」。部份學生提到「有時對詞彙本身了解不深，很容易在斷句時斷錯位置。」但是多半學生卻認爲詞的策略對於閱讀略有幫助，但實際幫助卻不大：

　　「每一個部份對我來說有一些幫助，但是在閱讀方面跟其他的「策略」有什麼樣的關係——關連性，我還不太清楚。」（訪談記錄）

　　「猜測字義或詞義，我覺得很危險，因為學的更多，可以猜的可能性更多了，所以方向更可能錯，自己也無從判斷自己猜得對還是錯？我覺得我比以前更不清楚了！」（訪談記錄）

　　學生認為詞的策略之重要性沒有那麼高，算是一種考試答題的策略，但一般閱讀似乎用不著：

　　「同義詞、近義詞對應付考試很有幫助，可是就平常閱讀而言似乎並無太大關係；反義詞則是連考試都不常見。」（訪談記錄）

　　雖然就語言的表意層面而言，詞是表意的單位，在閱讀上佔有舉足輕重的地位，但是對於已達中級程度的學生，詞的策略似乎不如句子的策略來得實用。

三、讀句策略方面

　　句子的閱讀策略共有三個單元，分別是斷詞的訓練、斷句的訓練（包括標點符號的策略）、及閱讀長句的訓練。學生對於句子策略的普遍反應較佳，並且對斷句的練習很有興趣，也覺得很有幫助，因為他們從來沒有在其他教材中發現這樣多的斷句訓練。

　　「在閱讀語句部份當中，我認為「斷詞」跟「斷句」的訓練在閱讀文章時非常重要的。對學習華語的人這個部份可以成為閱讀文章的基礎。」（焦點訪談記錄）

　　「我覺得斷句很有用，這個有教我多用我的語感，我覺得這個

是最重要。」（焦點訪談記錄）

「斷詞的概念十分重要，讓我更明確的認知到斷詞的重要性。而且歧異句的練習很有意思」。（焦點訪談記錄）

「對我來說有幫助的部份第一個是斷句訓練，包含在文章裡符號的使用，因爲學以後比以前更了解文章的內容。第二個，我學了成語的詞組以後比較容易猜猜那個句子的意思，所以有助於閱讀方面」。（朴X英、韓國籍）

學生對於閱讀長句的訓練普遍覺得能增進閱讀程度，認爲可以從長句的策略來瞭解文意，並且掌握生詞：

「長句部份是帶有一點語法概念的教學。我在日本的時候，初中學過口語語法、國文課也學過日本文法，我很奇怪中國人不學自己的本國語法……」。（馬場X、日本籍，訪談記錄）

「長句的練習很好，一般看的文章都很長，或很多生詞，要是可以快速找出這句話的主語對理解是有幫助的。」（焦點訪談）

「第三課還有閱讀長句的訓練，這部份要能夠了解，就要先了解「斷詞」跟「斷句」。我想以每課第三部份（句子策略）爲中心進行學習閱讀」。（焦點訪談）

「第三對我最有用的部份是第三課第三部份（閱讀長句的訓練），因爲其實雖然現在我念高級的課本，可是我還是不夠中文基本的文法，尤其更認識語序方面讓我造句更有興趣。」（朴X英、韓國籍）

藉著標點符號來斷句的策略也頗受好評，覺得字詞策略都太簡單的日本學生也覺得很有用：

「標點符號的教材好（跟報紙對照）我覺得中文是一個標點符號很豐富的語言。」（與芝XX、日本籍）

「標點符號教學的那個部份也很重要，老師給的例子很有意思，例如，法國打敗了德國收復了失土。我自己是從事翻譯工作，翻譯的時候也常碰到一段兩、三行的文字，怎麼看就是看不懂，這除了和斷詞、斷句有關以外，我的朋友跟我說有時跟寫作者的程度也很有關係，有些作者並不見得文章寫得好或標點符號用得對，因此不容易翻譯、也很容易引起誤會。（馬場X、日本籍，訪談記錄）

這裡提到一個事實，就是閱讀教學很強調對於真實文章的理解，然而許多真實的文章卻並不是寫得很好，有許多語意不明或標點不清之處，如何理解這些文本是閱讀教學的一個挑戰。

四、篇章策略方面

篇章的策略包括組句訓練、認識書面語的訓練、掌握篇章重點的訓練，是課程中最困難的部份，因為用做練習的材料都是整篇的文章。從觀察中發現，幾位西方學生在討論時已少開口發言，即使是東方學生也須花較多時間才能順利回答練習題，兩位日籍學生反應，篇章的策略必須要有文句的策略為基礎，否則無法學會。

「閱讀篇章」部份我想對中級程度的學生比較難一點，因為這部份完全學會從「識字」到「閱讀語句」的部份，才能理解的」。（焦點訪談）

「第一課重組段落的練習，要是前面的部份沒學過，就根本不能進行到最後一部份的練習。在日本，我們小學生也有類似的練習方式。」（焦點訪談）

　　由於各種眞實語料大多是完整的書面語，例如報章雜誌的文章都是長篇大論，篇章策略可說是最貼近眞實的閱讀情況，參加同學中有幾位程度最高的學生認爲篇章閱讀策略是最有用的策略：

　　「對我來說，這次參加這個小組，這部份是最有用的地方。比如說是第二課的『認識書面語的訓練』，現在在一般的上課時間學習書面語的機會可不多，我認爲如果學會書面語的話，閱讀報紙或其他比較正式的文章時一定會有很大的幫助。」（焦點訪談）

　　「書面語的部份非常重要，這也是學中文的重要關卡，因爲這部份有時就算查了字典也沒辦法懂。」（焦點訪談）

　　「最後的『掌握文章重點的訓練』是在篇章策略當中最重要的一部份。我們掌握別人寫的文章重點才能眞正地理解作者要表達的內容。但這部份最難，已經是接近母語人士的程度，但很值得做練習。」（焦點訪談）

　　「在第四部份使用一些不是書本上很正規的篇章也是一個很好的作用讓學生能辨別各種文章。」（焦點訪談）

表6-5　實驗課程學生問卷統計

部份項目統計　N＝9
1.你覺得教材的份量如何？ 太少0；有點少3；剛好4；有點多2；太多0
2.你認為教材內容的趣味性如何？ 沒有趣0；有點有趣0；普通1；大部份有趣6；都很有趣2
3.這項閱讀策略課程對你有幫助嗎？ 沒幫助0；有點幫助2；普通3；很有幫助1；非常有幫助4
4.整體而言，你覺得課程對你來說難不難？ 很難0；有點難2；剛剛好6；有點簡單3；很簡單0；

5. 你覺得每一課分成字、詞、句、篇四部份合適嗎？ 不合適0；有點不合適2；普通4；合適2；很合適0
6. 你覺得字、詞、句、篇哪一個策略的學習時間花得最多？（複選） 字的策略2；詞的策略1；句的策略6；篇章的策略4
7. 你在上本課程時，是否須先預習才跟得上？ 每課都事先預習0；大部份都事先預習1 少部份會事先預習4；從來沒有預習4
8. 上本課程時，你需要使用字典嗎？ 不需要2；偶爾需要6；需要0；非常需要1

註：有複選者，也有未每題作答者。共回收9份問卷。

　　經由訪談與問卷調查得知：參加學生大致認為教材的份量與難度適中，不太需要經常查字典和預習，頂多先查清楚一些不懂的字，並且由於課程是為了策略的訓練，不必花時間去背誦，但是日本籍學生與西方學生的確對於課程安排的看法有所不同，主因是漢字的背景影響了閱讀策略的認同感，日籍學生所需要的是高層次的大範圍篇章閱讀策略，對於識字策略與認詞策略的需求感受不強。

第六節　討論與建議

　　在為期六週的教學實驗中，經由觀察、個別訪談、焦點訪談、錄音與錄影所蒐集到的資料非常豐富，經由分析將所觀察到的一些現象舉出，可做為發展閱讀策略教學的啟示。

一、東西方學生在閱讀方面的差異

　　教學過程中發現日本學生對於篇章的策略較為肯定，但其他國籍的學生則覺得詞與句的策略較實用，可能因為日籍學生因受日文的影響，對於中文閱讀已具有語感，反而覺得閱讀層級較高的策略較有幫助。

　　此外，教學過程中發現東西方學生即使在國語中心的分級程度相當，

但在閱讀方面的語感與理解仍有頗為明顯的差異，可能是因為漢字所帶來的影響，東方學生即使在四項語言技能中的口語、聽力及寫作的表現與西方學生差不多，但卻單獨在閱讀方面比西方學生更具有理解力。

在漢字策略方面，大家普遍都覺得稍簡單，尤其日本學生對以部首、部件等策略學習漢字，並無太深的感受，原因是他們從小即接受漢字教育，認為學習中國字並無太大困難，因此未深入思考過學習漢字是否需要策略；經過學習之後，才更進一步認識漢字的結構。

由於上課採開放式的練習討論，學生互動情況良好，較一般傳統語言學習課程更願意主動發言。但是研究也發現，在一般的語言課堂上東方學生較怯於開口，但在此研究中，東方學生卻比西方學生更勇於開口參與討論，是否對於東方學生而言，表達自己的策略及看法要比表達語言本身來得容易？或是由於在閱讀方面東方學生的語感較強，因此容易發言表達，尚待後續的研究。

二、教師初次教學的現象

對於兩位教學經驗豐富的華語教師而言，以策略為主的教學倒是第一次的經驗，儘管事前已參與教材的編寫及觀念的探討，但是在真正剛開始教學時，仍非常不適應。在第一次的教學之後，一位老師反應：

「事實上，這是我第一次教這種非學內容的書，因此有一點搞不清楚怎麼教？課前我只大略翻翻要教的東西，沒有用到什麼特別的方法或活動，因此教的很差！」（教師訪談）

第一次的教學情況欠佳，主要是因缺乏策略教學的經驗，因為策略教學不似一般內容教學，不需做太多語文內容解釋，以致不知如何以教學活動來帶領學生進行策略練習，只得按練習題逐步解題，導致教室氣氛凝重，再加上部份學生顯示出不耐煩的態度，致使老師更加緊張，以致課室

氣氛愈差。

教師自我檢討幾點原因：

「這第一次教學算是失敗的。原因有幾項：教師尚未完全體悟策略教學是什麼？應如何教授？教課前未作充分預備，事實上，我也不知應如何預備？要預備什麼？該從何預備起？」

「經過此次失敗的教學後，我知道策略教學除非教師幽默天生，或可隨手拈來不少笑話適時適地運用於課堂上；或與學生關係良好，善於製造或活絡氣氛。除非此二者，否則策略教學本就與一般有主題的內容教學不一樣。」（教師日誌）

由於策略的課程需要學生相互討論，並且表達自己所使用的策略，如果教室氣氛沉重，學生不想開口，就會造成教學無以為繼的現象，教師必須要隨時設法引導學生開口討論。

「學習的方法與策略這個主題較為抽象又嚴肅，不太容易有一個可以輕鬆談話的主題，因此，建議教師可多利用課室活動來活絡氣氛，以便提高學習興趣及營造良好的學習氣氛。」（教師訪談）

「……現在我知道由於此種策略的課本要告訴學生的是抽象的方法與策略，因此最好能設計活動，特別是比賽的活動，等大家都藉著比賽動過腦筋後，要學生立刻回憶剛剛運用了什麼方法，也比較有可能說得出來。」（教師訪談）

教師經由剛開始的不適應階段，經過一番自我調適與反思過程，逐步掌握備課的要領，並設計課堂的活動，在第二週上課時已能完全掌握課堂氣氛，學生的發言情形變成極踴躍。

三、教師應增進策略本身的使用經驗

　　課程進行中也發現，教師偶爾會不自覺回到傳統式的內容教學方式，將策略教學轉為解釋字句的傳統內容教學。可能是因為受到華語教學的經驗所形成的習慣，因此在教師訓練與教師備課時要特別注意，在上課時也須常保持反省自覺。

　　此外，有許多的策略是以中文為母語的教師都未曾使用過的，往往無法領會這些策略的精神：

　　「在教師自己以前都未曾使用這些策略，以及對策略沒有解說信心的情況下，學生一問就考倒了，因為學生的問題就是老師自己也想瞭解的問題，如此自然教得亂七八糟。」（教師訪談）

　　因此僅管教師的中文程度已遠高於這些策略的使用需求，但是為了增加對於策略的體悟，教師應該先自行試著使用這些策略以印證其運用的方式。

四、學生原有策略的影響

　　有些學生原本已經有自己的學習策略，新的策略反而會干擾他們的學習，因而不願意使用新策略。

　　「因為我已經有自己的閱讀的方法，所以看文章時，我就用自己的方法。但是這些學過的東西不是全部沒有用，如果真的讀不懂時，可能有用。」（高那XX，日本籍，訪談記錄）

　　另外，有位西方學生以往學習漢字的方式有如照相式的整體學習，將漢字視為一個整體圖像，藉助視覺的記憶來書寫與辨識，對以部首、部件、聲符等分離式的漢字學習策略頗為排斥：

「我一向是整體記憶整個字形，再反覆寫很多遍就學會了。我
覺得靠拆解部首及部件的方法反而增加記憶負擔，不只要記得好幾
個字形，還要記得這些部件彼此的相關位置，常常記不住。」（柯
寶X，焦點訪談）

　　以部件及部首教學已是華語文教學界的主流想法，也有實證的效果，
但是這位學生的相反情形卻令人有新的啟示，是否不同的漢字學習策略適
合不同的學習者？而不能一概而論。策略教學應教導各種不同的策略以供
學生自行選擇？

五、促進學生對於策略的喜好

　　策略的學習除了在課堂上由老師傳授之外，學生對於策略的信念與認
同也非常重要，因此策略課程必須設法讓學生感受到的確有學到新的東
西。

「這個課因為能知道別人的閱讀方法等。別人的方法是自己想
不到的，所以值得參考。」（焦點訪談）

「這項閱讀策略課程對我有一點幫助，雖然我尚未感覺明顯的
效果，可是以前沒想過的一些方法，這次上課的時候提醒了我，所
以我相信這些方法以後一定有幫助。」（河野XXX、日本籍）

「學生以往的學習方式，無法使其得知錯誤的緣由；經由策略
學習，就能明瞭錯誤何在。」（教師訪談）

　　促進學生對於策略的喜好也有助於學習，各種策略輪番教授可以使學
生覺得新鮮有趣：

「每次都覺得上課很新鮮、很有趣，每次主題重點都不同；一

般的語言課的內容比較枯燥、乏味，缺少變化。」（焦點訪談）

　　教師可補充一些輕鬆有趣的材料做爲練習，既可引起學生興趣，協助學生主動思考，並可讓學生有充分參與討論的機會，在討論過程中不斷喚起學生已存在、既有的、但可能是零散的中文知識，並且加以重新組織整理，使之系統化、條理化，並知其所以然。

六、對於教材與教學改進的意見

　　經過此教學試驗，依累積的經驗整理出幾項改進的意見，將對於日後的閱讀策略教材編撰及教學方法有所助益：

1.增加補充資料

　　在教學實驗中，教師曾多次找尋補充資料以引起學生興趣，例如找報紙上的篇章或標題做斷詞的練習，由於原有教材本身的練習題顯得較爲制止而簡單，在形式上或實質上並無引起討論的趣味功能，因此若能增加一些有趣的補充教材做爲課內或課後的練習，將能促進學習效果。因此每個策略也許需要更大量的練習題，練習題似應更接近眞實語料，或者是在課末附上眞實文章。

2.加強課堂活動的設計

　　活動設計是本實驗教學中較弱的一環。活動目的是讓學生熟悉運用此策略或檢測學生是否懂得運用策略，而活動的設計仍應與閱讀有關，或可用投影片讓學生先看實語料，然後再分組比賽。

3.著重課堂討論

　　由於策略教學重在課堂討論，應採開放式的發言，鼓勵學生表明自己所運用的策略與解題方式，學生現場所提出的問題、想法與各自的經驗，無法事先預知，也無法如一般語言教學先根據可能的提問加以事先備課，因此教師必須隨時做臨場反應，需要具有較開放的思維與較強的討論引導能力。

4. 設計不同的教學順序

　　本實驗課程進行的基本模式是：

　　說明策略 → 示範策略 → 做練習題 → 討論練習題

　　教師在實驗教學過程中花在討論上的時間最多，在習題練習上所花的時間實則並不長。策略教學模式是否只能有上述此種方式？或者還有其他方式？值得探索。

5. 增加課堂評估

　　教師在討論中順便提醒學生中文某種語文特點，學生一旦注意或了解到這個語文特點，教師便算達成策略教學目的。但如何知道學生能在眞實讀物中運用這個策略，則難以評估！因此可在每一教學單元或部份之課程進行結束後，均能有一段時間以眞實讀物的文章做一個小測驗，當場瞭解學生是否已掌握這些策略。

結語

　　以上是研究者經實際開班教學所做的實證性研究的記載，在此詳細地交待研究方法及開班安排，最後進行質化分析與歸納。其中也點出了學生的想法及教師在處理策略教學時所面臨的困難。實際開班教學是最全面且最貼近眞實場合的研究方式，值得推廣。

第七章
閱讀策略的教學規劃
以「文句斷詞策略」爲例

前言

　　經由前數章對於華語文閱讀策略的教學發展步驟之探討，本章則承接前面第六章的教學試驗，進一步詳細探討單項策略的教學設計原理及教學規畫與實施。

　　本章則先以「分詞策略」爲例，探討「文句斷詞策略」的閱讀訓練方式，以及教材編輯與教學實踐的原則。所謂「分詞策略」是在句子之中分斷出詞彙的策略教學。本文基於執行該學習策略的教程設計之研究經驗和實驗結果，提出斷詞策略的教學步驟與教學法、練習句之類別與安排次序、以及教學實踐的觀念與原則，接著提出實驗教學的課堂實錄分析，最後列出分詞教學原則。

第一節　「文句斷詞策略」的學理探討

一、「斷詞」（分詞）的概念

　　中文的詞彙是由單一或多個漢字（方塊字）所組成，詞彙雖是表意的單位，但中文卻是以漢字做爲基本的組成單位，文句是由一串方塊漢字密接排列而成，其間並不分別將詞彙以空格分斷。這種書寫的方式，使得「閱讀時所接受到的視覺刺激並未提供充足的『線索』讓讀者判斷詞的分界」（胡志偉、顏乃欣，1992）。

　　當這些詞彙連結成句或成篇的時候，如果閱讀者不能從一連串漢字所

組成的句子中分辨其中詞彙短句的組合，則必產生閱讀理解的障礙。在中文書寫單位是「字」但意義單位卻是「詞」的衝突下，中文閱讀的單位是以「字」抑或「詞」將會影響閱讀的理解與速度（葉德明，1997）。因此對於文句中之字詞組合的判斷，是文句閱讀首要解決的問題。若能夠先辨識句子之中的詞彙組合，即使句中仍有部份生字生詞，也能大致領略或推測全句的意思。因此促進閱讀者快速熟練判讀詞彙組合的能力，是一項值得發展的閱讀策略訓練。

　　對於一般以中文為母語的閱讀者而言，在文句篇章中辨識詞彙並不困難，通常不必憑藉任何的格式或符號來輔助詞彙的判斷，而全憑內在的認知歷程，在讀取文句時，不斷地將一連串的漢字經由預設、判斷、組合、分隔、重組、再讀等認知活動，得到合乎邏輯的句意。一般高級的閱讀者可經由平素大量的閱讀，使其判讀的速度增快，而閱讀理解的效率亦隨之提高。

　　然而，對於外籍人士而言，受限於中文程度與詞彙量，對於文句判讀的能力不足，因此許多對外華語教材將例句以斷詞的方式編排，增加詞界之間的空隙，以供學習者瞭解，類如：

「我　今天　去　電影院　看　電影」

　　亦有許多對外華語的教材，例如「實用視聽華語」（臺北正中書局出版）與「Interactions I & II」（Indiana University Press），當列出文句的拼音時，採斷詞方式，將拼音按詞彙來結合以幫助閱讀，例如，

Wo Jintian Qu Dianyingyuan kan Dianying（我今天去電影院看電影）

　　這種迥異於一般正常的真實中文呈現方式的教材，應會影響外籍學生

的閱讀中文的習慣，葉德明與陳純音（1997）調查東西方外籍學生及我國學生學習中文的策略，即發現填答問卷的學生中，約有百分之二十的西方學生在閱讀時使用分詞斷句的策略，但以漢字為母語的日本學生與我國學生則未使用該策略。

二、中文斷詞的編排問題

　　中文是否有必要按斷詞的方式來編排，一直是個爭議點。由於字字相連，偶爾會造成文意混淆與歧義的現象，有學者甚至有為了試行中文詞語分隔和節段化而採用「隔詞號」的建議（中文建設研究組，1998），提議在造成歧義句的關鍵詞之位置以直線「｜」將之分斷，例如，

「發展中國家用電供應問題」（參原文55頁）

　　此句的文意有兩種可能，應在「中」之前或之後加上隔詞號以表明原意：

「發展中國｜家用電供應問題」
「發展中｜國家用電供應問題」

　　然而這種歧義或混淆的句子在篇章中出現的比例並不高，並且泰半可經由上下文或整段的文意而加以正確判別，在寫作時，亦可藉由修辭的手段來避免歧義句的產生。最主要的問題是一般的寫作者並不會意識到自己寫出的句子會產生歧義。

　　至於詞間與詞內的空格大小比例是否對於閱讀理解速度與正確率產生影響？楊憲明（民85）針對國小高年級學生經由實驗研究法發現：除了難句和易句有閱讀速度上的差別以外，其他均無顯著差異。這項結果顯示：雖然目前中文文章印刷時，詞間與詞內的空格比例相同，致使中文詞

在閱讀時缺乏視知覺的突顯性，但這項特徵對閱讀理解時間和閱讀理解正確率的影響並不顯著。此外，劉英茂（民63）研究發現以詞為單位的印刷方式，會破壞受試者長年所建立起的閱讀習慣，干擾自動化的知覺分析歷程。

　　由上所述，僅靠特殊編排的教材來輔助外籍學生閱讀中文，雖然能減輕閱讀的負擔，但終究與世間真實的中文材料不符，並且無從促進學習者在文句詞彙判斷方面的內在認知能力。久習於事先已按斷詞編排的文句，也未必有助於閱讀真實的中文書報雜誌。因此，與其在文句中增加隔詞號或是按斷詞方式編排，還不如多訓練學習者的中文閱讀認知能力與閱讀策略。不過，隔詞號施行的觀念卻對於斷句分詞的策略有所啓發。

　　如果能將隔詞號的觀念與前述的華語教材的分詞編排方式，轉化成一種閱讀訓練的活動，讓學生自行斷詞以訓練學生熟悉中文的詞義劃分方式，以培養正確的斷詞與斷句能力，那麼就能有效提升外籍學習者的中文閱讀理解能力。目前已有學者提倡分詞斷句的閱讀策略訓練（信世昌，1998；周健，1999），筆者並在一項國科會之研究計畫中設計斷句分詞的閱讀策略練習，並編撰一套教學課程進行實驗教學（信世昌, 1998, 1999）。

三、何謂「文句斷詞」的閱讀策略？

　　所謂的斷詞是指在句子之中，將原本相連的詞彙與子句將以分隔開，透過這種認知活動，使學習者能夠建立辭彙的概念，在閱讀時能快速判斷文句中辭彙的組合，以順利讀取文意並增加閱讀的效能。

　　實施的方式是先讓學生在閱讀文句時，試圖判斷其中的詞彙與子句，同時持筆在文句中凡是詞彙界限之處皆畫下斜線，將句中的詞彙逐一斷開，藉以讓學生練習辨識文句之中的漢字與詞彙的組合，例如，

※本練習目的在訓練學生正確斷詞並熟悉劃分詞義的位置。

請將下列句子以斜線來分隔出詞彙的位置：

例：父 母 反 對 小 李 從 家 裡 搬 出 去

→ 父 母／反 對／小 李／從／家 裡／搬／出 去

　　這種畫線斷詞的方式在表面上似乎是一種機械化的活動，然而它卻是一種「思考展示」（Think Aloud）的活動。透過執筆畫線的方式，將學生的閱讀認知能力具體展現，如果學生能理解文意並且能辨認這些字詞的組合，則必能正確地劃分詞彙，否則必然有斷詞的錯誤，無法順利斷詞。學生固然要進行文句判斷的認知練習，而教師亦可透過個別審視，瞭解學生的閱讀程度與閱讀困難之處。對於檢定學生的閱讀能力，以及診斷學生的語文障礙，均極有幫助。

　　特別注意的是：「斷句分詞」的教學法在教學類型方面是屬於閱讀「策略」的教學，而非一般的閱讀「內容」教學，作為策略訓練的方式，斷詞的目的並不是藉著斷詞來精密分析其語法句型結構或是學習新的字詞，而是經由大量而有系統的練習，通過外在的活動，使閱讀者不斷進行文句形式操練，以及進行內在的判斷、組合、分隔、重組等中文認知歷程。

四、斷詞與閱讀層級

　　漢語的閱讀可依語文結構可分為數個層次，從上到下為：1.篇章理解、2.段落理解、3.句子理解、4.詞彙認知、5.漢字認讀。一個篇章是由段落所構成，而段落是由句子所構成，句子是由詞彙所編排而成，而詞彙是由單字所組成。一般的中文教學多依循由下到上的方式，先從漢字與詞彙教學入門，並採用逐步漸進的方式，控制課文的程度與詞彙量，課文由短而長，從句組到段落，再納入短篇，到高級課程才採用較長篇的課文。

　　外籍人士學習中文閱讀時，在不同的階層各有其不同的難點。在基礎

的漢字與詞彙階段，其難點主要在於形式結構，例如漢字的字形筆劃與詞彙的構詞方式；而在較高層的段落與篇章的層次，其難點多在於通篇文意的理解，例如文意表達與中文敘述說理的方式。

　　胡志偉、顏乃欣（1992）歸納一系列詞彙認知的研究，認為「單字雖然是一個重要的閱讀單位，但是在常態的閱讀情境中，詞可能才是實際的閱讀單位」。然而，漢字與詞彙的識讀雖為閱讀的基礎，但字彙量與詞彙量並不同等於閱讀能力，真正的閱讀能力仍是在於對於整個篇章的理解能力，而非僅對於單字詞彙的了解。閱讀的目的應在於篇章的閱讀而非詞彙的閱讀，閱讀的最終目標應在於對真實語料的理解，而不僅止於去理解那些經過詞句加工控制後的課文。換言之，詞彙本身並非教學的目的，而是篇章閱讀的一個手段，因此如何使學生掌握了一些基本漢字與詞彙之際，即能開始閱讀篇章以汲取文意？這時，居於其間的「句子認讀」則扮演字彙與篇章的橋樑，居於文義理解的關鍵地位，也應是閱讀策略教學之重點所在。

　　一般的教學在連結詞彙與句子時，多採用「造句法」，即運用詞彙來造句，將孤立的字詞組合成句子，而本策略乃反其道而行，是從現成完整的文句來劃分詞彙，因此在閱讀訓練的層級上，屬於文句的閱讀，若將斷詞的練習語料擴大為段落與篇章，則可視為段落與篇章的閱讀訓練。因此斷詞訓練的本質不算是詞彙層級的教學，而是句子層級的教學。

第二節　教學內容之安排

一、練習句之類別與安排次序

　　該閱讀策略之教學需提供相當多的各式例句做為練習之用，這些練習句型應依照由簡入難之順序來逐步練習。依次序可分為 1.一般短句；2.一般長句或複合句；3.包含構辭混淆的句子；4.歧義句；5.包含特殊字辭的文句；6.特殊句法之練習。等學生熟悉於各種句子之後，即可進行整段整

篇的斷句練習。

1. 一般短句

　　指不含特殊專有名詞之簡短句子，每句約在十五個字之內為宜，大約包含五個以上的詞彙，例如，

「我今天早上搭計程車到學校。」
「我昨天在公園裏遇見一個老朋友。」

2. 一般長句或複合句

　　不含專有名詞之長句，每句可多至二、三十個字，大約可拆解為十餘個詞彙，例如，

「研究人員相信做夢可以幫助我們承受白天一些令人精神緊張的事情」
研究人員 / 相信 / 做夢 / 可以 / 幫助 / 我們 / 承受 / 白天 / 一些 / 令人 / 精神緊張 / 的 / 事情

　　此外，許多長句其實多為複合句，其中包括了子句，或可拆解為兩三個共享同一主詞之短句，例如，

「我中學一個十分要好的同學常在學校圖書館二樓來回走動背誦文學作品」

　　這類句子由於包含了子句或較長的主語或賓語，使得閱讀的困難大增，應置於短句練習之後。

3. 包含構辭混淆的句子

在句子中的某個漢字，可同時和其前與其後的單字連結，而均可構成詞彙的混淆現象，造成外籍人士閱讀的障礙，常影響閱讀的效率，因此也須加以訓練，例如，

「老 師 說 不 可 以 用 功 課 代 替 考 試」

此句中之「功」字，既可以和前一字「用」，組成「用功」，亦可以和後一字「課」，組成「功課」，但若採「用功」，則前後文不通順，只有採「功課」的斷法才有意義：

→老 師 說／不 可 以／用／功 課／代替／考試

這類情形在中文中經常出現，一般可從上下文或前後的辭彙來判斷何者為是，何者為非，但對於辭彙有限的外籍學生，就必須特別加以訓練，以養成快速的辨別能力與語感。

4. 歧義句

除了上述某一兩個辭彙在句子造成混淆的情形外，更困難的情形是在一個句子中，只要斷詞的位置不同，句子就可能有不同的意思。例如，

「將軍用棉被蓋在床鋪上」
→將軍／用／棉被／蓋在／床鋪上
→將／軍用棉被／蓋在／床鋪上

兩句的斷詞位置有所出入，但皆文意通順，如果不參照前後句或是通篇大意，則連母語人士亦無從判別其是非。然而這種句型可用於訓練外籍

人士判斷該句的雙重斷詞方式，反而特別能訓練外籍學生的語感。

5. 包含特殊字辭的句子

　　令外籍人士最難理解的文句是句子之中包括許多特殊專有字辭，如人名、地名、外來語或縮略語等，由於這類詞彙多不合構詞法則，令其無從分析或猜測，經常造成閱讀的困難。例如筆者曾以下列句子測試中高級漢語程度的外籍學生：

「僑委會委員長焦仁和平時經常接待僑胞」
→ <u>僑委會</u>　委員長　<u>焦仁和</u>　<u>平時</u>　經常　接待　僑胞

　　在測試中發現：中文程度在中低水準的外籍學生多無法理解全句的意思，因爲包含了專有名詞<u>僑委會</u>與<u>焦仁和</u>，一爲機構名稱之縮略語，一爲人物姓名，受測的外籍生以前未曾聽過這兩個詞組，甚至無法判斷是機構與人物的名稱，而「和」與「平」又恰巧可湊爲一個詞，擾亂了閱讀的認知，容易誤判爲：

「焦仁　<u>和平時</u>　經常　接待　僑胞」

　　而程度較好之外籍學生雖可大致正確斷詞，但卻懷疑「<u>焦仁和</u>」是否是人名，因爲從來不知道「焦」也可能是個中國姓氏。但是程度更高之學生雖然從未聽過這兩個詞，但卻可憑整句的文意猜測應是人名與機構名。

　　對於中文爲母語人士而言，當有陌生的人名夾雜在句子之中，無論其曾否聽過此人物，大都可以依上下文直覺判斷這是個姓名，例如「他昨天看到美麗」，中文母語人士很容易直接判斷「美麗」是個名字，但外籍學生可能會將美麗一詞當做形容詞。

　　這是基於文意的判斷與姓氏名號之認知累積有關，但外籍學生缺少這

些專有名稱或是縮略語的經驗累積，而產生閱讀理解的障礙。因此，訓練
學生在未聞其名的情形下，仍能藉著斷詞來判斷整句文意，應是一個重要
的閱讀策略。

6. 特殊句法之練習

　　斷詞訓練亦有助於特定文法之練習，例如下列現成的文句，每個
「把」字的作用都不一樣，斷詞之位置亦有不同：

努力 / 把 / 中研院 / 成為 / 最有 / 公信力 / 的 / 地方
右手 / 拿了一把 / 可 / 折疊式的 / 粉紅色 / 小傘
把 / 傘 / 打開吧！車子 / 就要 / 到了
只要 / 不把 / 長城 / 永遠 / 作為 / 中華 / 文明 / 的 / 最高 / 象徵 / 就好
為什麼 / 要 / 一把 / 眼淚 / 一把 / 哀嘆地 / 背井離鄉 / 呢？
你 / 是 / 希望 / 很多人 / 肯過來 / 拉你一把
（取材自中央研究院平衡語料庫之「把字句」語料）

　　許多句法一向是外籍學生學習中文的難點，例如「把字句」或「將字
句」，藉由斷句分詞的練習，可讓學生更易於理解這類句型的使用法。

第三節　教學方法之實施

一、書面教材編撰之方式與原則

　　由於斷句分詞是屬於閱讀策略的訓練，教材是為了輔助實際的練習活
動，而非傳統教材以解釋語文內容為主。在編撰教材時應有如下的原則：

1. 教材內容以練習題目為核心

　　策略訓練的教材經常是以一系列的練習題目為主，藉著反覆練習以達
到精熟的目的，因此應依據各種句型列出適當數量的句子作為練習題目。

2. 提供明確的學習策略解釋

　　教師與學生在學習之初，應先明白「斷句分詞策略」對閱讀的助益。因此在展開練習活動之前，先明白陳述策略的目的、道理、原則及實施方式，讓教師與學生能領會該學習策略對於學習漢語的幫助。

3. 提供明確的練習說明及例題

　　在練習之前必須有明確的實施方式說明，並且先列出一兩個例題與答題方式，供學生參考。

4. 附上教學指引供教師參照

　　教師在策略教學所扮演的角色與一般內容教學有極大的不同。教師基於習慣，很容易就忘卻策略教學的原則而回到一般內容教學，將斷詞活動變成詞彙解釋，因此需要在教師手冊中或教師版的教材中列出明確的教師指引。

5. 採用多元化而眞實的語料

　　儘量採用多元化而眞實的語料（Authentic Materials）當作練習文句，報紙上的標題是既現成方便又實用的練習句，可採用各版面不同類別的標題。而各種條列式的操作說明書亦是極適合的材料。

6. 提供補充教材與回家作業

　　閱讀練習是多多益善，除了課堂上的練習例句外，教師應準備補充教材作爲學生的回家作業，或可指定某些報刊文章讓學生自行剪取來練習畫線斷詞。

7. 將練習題的字元間隔加寬以利畫線

　　爲了畫線方便，可將練習句中的每個漢字之間多加半個空格，或將字元間距加寬。

例：（標準間距）　　斷句分詞策略教學

　　（加寬間距）　　斷　句　分　詞　策　略　教　學

二、教學步驟與教學法

　　教學方式建議採如下的步驟：介紹、解釋、示範、練習、講解、課後作業。教師先介紹什麼是斷句分詞的策略？並解釋該策略的道理與用途。接著進行策略活動的示範，將例句寫在黑板上，直接示範劃線斷詞的方式，待學生瞭解之後即開始按教材進行練習作答，學生作答之後的講解方式有如下的教學法：

1. 直接解釋法

　　在學生作答練習句之後，由教師直接解釋各句的正確斷詞方式。教師宜先將練習句書寫或投影於黑板（白板），直接面對學生分析斷詞的位置，並當場逐一持筆畫出分隔線，這種透過視覺的教學法簡單易行，學生也易於吸收，但無法瞭解學生斷詞的問題所在，並且易轉變成對於文句內容的解釋而非策略的訓練。

2. 輪流解答法

　　先將練習句書寫或投影於黑板，讓學生輪流上臺進行畫線解答，若有錯誤則大家當場指正，可促進學生的參與及表達。此法較適合於學生人數較多之班級。

3. 自我剖析法

　　針對某些較難題目，尤其是包含生字及生詞的句子，讓學生自行剖析自己是如何判斷該句的斷詞位置，此法可以增強其後設認知（metacognition）的能力。由於後設認知一向是學習策略訓練亟待培養的能力，此法是策略訓練最理想的方式。

4. 共同討論法

　　針對某些較難題目，尤其是歧義句，教師並不公佈答案，而完全讓學生共同討論甚至爭論其斷詞的方式，一則增進所有學生的參與感，並可藉由討論的發言更具體瞭解每位學生的閱讀能力及障礙之處。

　　策略的習得需要反覆而大量的練習，因此在課堂教學完畢後，應提供

補充語料，做爲學生的課後作業。

第四節　斷詞策略之課堂教學現象

　　本節介紹教學實驗（參閱第六章）中有關斷句分詞之教學實錄，採錄音轉寫的方式。此活動是由教師提供斷詞之例句，先由學生試著斷詞，之後再提出自己的斷詞法與理由。學生與教師的對話都註明發言人的姓名，對於現場的描述則以括號表示。

　　本試驗範例是以歧義句爲主，例句本身可以有幾種合乎文法的斷法，但只有其中一種的語意是合理的。爲了增進教學的輕鬆感讓年輕學生能多發言，故使用了一些不甚文雅的句子。

例一、此路不通行不得在此小便

課堂實錄：

　　　與芝XX（日本學生）：「此路不通行，不得在此小便。」
　　　兩個韓國女孩合作說出：「此路不通，行不得，在此小便。」
　　　司X華（烏拉圭學生）問：「此，是什麼意思？」
　　　老師答：「在這個句子裡就是「這裡」的意思。此路就是這條路」
　　　陳X才（越南學生）：「此路不通，行不得，在此就小便了！」（全班哄堂）

例二、奉上月餅八個父親享用

> 陳X才：「奉上月餅八個，父親享用。」
> 某學生：「奉上月餅，八個父親享用。」（全班哄堂）

例三、法國打敗了德國收復了失土

> 老師：「請說說你們的斷法！」
> （學生紛紛說出答案，但說不清楚）
> 教師問：「是誰收復了失土？」
> 學生說：是德國。
> 教師再問：所以應該怎麼斷？
> 學生齊聲說：法國打敗了，德國收復了失土。
> 師問：那如果是第二種呢？
> 陳X才同學率先開口，其他同學跟進：法國打敗了德國，收復了失土！
> （教師趁機提醒學生：標點符號多麼重要，可能會引起戰爭呢！）

例四、我今天帶了一個大便當作午飯吃

> 老師：「請一起唸出來！」
> 學生齊聲說：「我今天帶了一個大便，當作午飯吃。」
> 老師：「還有沒有其它的斷法？」
> 學生齊聲說：「我今天帶了一個大便當，作午飯吃。」
> （全班大笑，氣氛熱鬧歡樂！）

從上述的幾個斷詞教學實錄，可看出例句的選擇以趣味為主，或有不雅的句子，但有其實用性，也頗能引起學生的興緻並提高參與的動機。此教學法是應以學生為主，鼓勵他們發言，提出自己的斷詞法，不怕犯錯，教師只是提示，不主動講出答案，讓學生經過討論與思考，最後找到正確的斷詞法。

第五節　斷詞策略的教學原則

一、以掌握詞意為主，勿拘泥於分詞原則

由於此活動是策略的訓練，在進行斷詞活動時，無須太過計較學生的斷詞是否符合某些特定的原則，（例如，臺灣的計算語言學學會曾在一項「資訊處理用中文分詞規範調查研究及草案研擬」計畫中，訂有分詞的原則，並用於其「中文分詞語料庫」）。主要是以學生是否瞭解其詞意為主，例如，「我有一個好朋友」，學生是否將「好」與「朋友」斷開，皆無所謂，只要確定學生瞭解「好朋友」的整體意思即可。

二、語料與語文程度之搭配

除了零程度的初學者外，原則上，此活動可施行於其它各種中文程度的學生，所擷選的文句未必要與學生的程度一致，高於學生語文程度的文句亦可納入，生難字詞愈多的文句有時反而更有益於斷詞的訓練，也更能促進課堂的相互討論，因此取材範圍十分寬廣，可以儘量採用真實語料，不必受限於篇章的難度。

三、斷詞的速度要求

語言的能力其實皆包含了「速度」的因素，所謂聽力其實包含了對於快速語音的理解力，口語能力亦指口語表達的流俐速度，寫作能力包括了在固定時段內寫出文章的能耐，閱讀能力其實也包括了閱讀的速度與效率，而斷詞的速度其實也相當地反映了閱讀理解的速率，語言教學都必須

對於聽說讀寫的「速率」有所要求，因此在實施斷詞活動時，必須將斷詞的速度亦列為訓練的目標之一，要求學生斷詞的速度，並以時間來檢測學習者的學習效果。

四、在一般內容式教學的應用

僅管「斷句分詞」主要是作為閱讀策略的訓練手段，其目的並非在教授其文句篇章的語文內容，但亦可將此活動的實施方式略為轉化，應用在一般的課文教學方面：

第一，可作為詞彙教學的手段：藉著斷詞的活動，使學生瞭解詞彙與漢字在句子之中的角色作用，並熟習中文構詞方式，可增進判斷「詞彙」與「非詞」的能力，並有益於辭彙量的擴張。

第二，可作為語法教學的練習活動：在介紹特定的語法之後，藉斷詞的活動來反覆練習這些語法與句型。將被動的句型學習轉化為主動的句型判斷。

第三，可作為課文講解的熱身活動：即在開始進行課文研讀之前，先讓學生試行將課文的句子都加以斷詞，再隨著課文逐步進行生難字詞的解釋。

結語

此斷詞策略一則以訓練學生掌握文句閱讀的能力，讓學生養成習慣，另一方面也可將學生的閱讀理解能力藉此而呈現出來，類似Think Aloud的方式，讓教師看出學生對於文句的掌握程度。

由於外國學生學習華語時，當看到文句時就能夠自行試著斷詞，若人在華語地區，自然在日常生活中不斷看到各種文句，很容易順便利用零碎的時間來練習斷詞。若在海外，也很容易在課本上或任何華語的報章網站上看到中文，也可自我練習。尤其看到高於自己程度的文句（包含生詞或不熟悉的句法），更可藉以方式來克服困難並掌握該文句的大致意思。

　　事實上，第二語文的學習往往比學習母語更須依靠學習策略（O'Malley & Chamot, 1990），在閱讀方面，不僅是注重課文的書面內容，亦應著重訓練外籍學生可自行運用的中文閱讀技巧，因此斷詞的策略訓練有其簡便的作用，值得華語老師善加運用與推廣。

第八章
「篇章斷句」閱讀策略之教學規劃

本章仍基於第六章之教學試驗，接續第七章所探討的「文句斷詞策略」，再具體探討另一個「篇章斷句策略」，該策略則是在段落或篇章中進行斷句的策略教學，不同於分詞策略是以句子為主。本文將探討斷句訓練的理念與實施程序，並舉出實例。

前言

在文章中分詞斷句的能力一直是中國傳統的閱讀基本素養，在標點符號尚未為近代採用之前，數千年來的所有的中文篇章都是漢字連貫通篇到底，既不斷句亦不斷詞，儘管現代的中文寫作已加上標點符號，但仍然到處可看到不斷句的文體，例如現今所存的大量古刻本或摹寫本之古籍、石碑的碑文、寺廟門柱上的長聯、書法的字帖、以及國畫上的題字，即使是現代的書法作品及國畫題字亦從不斷句，因此閱讀這些不斷句文體的能力，不僅仍有其用途，也是中文閱讀能力的展現。

自古以來，培養讀書人之分詞斷句的能力一直是重要的閱讀傳統，所採用的訓練方式通常是「圈點」，即使用毛筆蘸朱砂在文章分句之處畫上紅色的句讀。「圈點」其本身並非閱讀的目的，而是閱讀訓練的一種手段，前人的圈點法其實是非常好的閱讀訓練策略，因為讀書人必須能徹底讀通並理解其文意，才能順利在正確的地方圈點，並且隨著大量的圈點練習，文言文閱讀認知能力亦愈加進步，則又促使判別句讀的速度愈行加快，形成良性的循環。這種方式往往又從精讀轉而成為「泛讀」，當讀書人面對大部頭的書籍時，既得句句圈點，又要省時間，因此必須採「略讀」的方式，而加快斷句的速度，往往一部書籍圈點下來，其閱讀能力可

自然到達爐火純青的地步。然而近代自從標點符號被廣泛使用後，固然讀者不必再費神判斷句子隔斷之處，減輕了閱讀時的認知負荷，但也減低了閱讀的心理認知活動，原本閱讀時所需的斷句分詞的認知活動，僅餘下分詞的活動，雖然閱讀的效率可提高，但漢語的閱讀能力反而不如古人。

　　目前在臺灣仍有不少大學的中文系要求學生「點書」，甚至圈點如十三經注疏之類的大部頭書籍，但由於現代印行的古書已多加註了標點符號，使得此手段僅成爲強制閱讀的方式，失去了斷句認知的訓練目的。

　　標點符號既已納入漢語，已不可能取消，但卻可用未加標點的篇章做爲閱讀訓練的手段。甚至可更進一步，將閱讀沒有標點符號文章之能力視爲中文閱讀能力的指標之一，更可將之應用於對外漢語教學。

第一節　何謂篇章斷句策略

　　所謂的「斷句」，是指在文章段落之中，將原本相連的句子將以分隔開，透過這種認知活動，使學習者能夠建立文句的概念，在閱讀時能快速判斷段落中的文句組合，以順利讀取文意並增加閱讀的效能。

　　斷句教學的實施的方式是先將整段或整篇文章的標點符號刪除，讓外籍學生閱讀沒有標點符號的文章，試圖判讀其文意，並且持筆將應斷句之處劃出標點符號，藉以訓練其閱讀能力。

　　實施的方式是先讓學生在閱讀文句時，試圖判斷其中的詞彙與子句，同時持筆在文句中凡是詞彙界限之處皆畫下斜線，將句中的詞彙逐一斷開，藉以讓學生練習辨識文句之中的漢字與詞彙的組合。

例如，
小林每次一看籃球賽就會激動地大喊大叫要是有三四場球賽他會一直看下去他平常很安靜大家都看不出來他是一個球迷他自己也覺得奇怪爲什麼一看球賽就念不下書吃不下飯

答案：

小林每次一看籃球賽／　就會激動地大喊大叫／　要是有三四場球賽／　他會一直看下去／　他平常很安靜／　大家都看不出來他是一個球迷／　他自己也覺得奇怪／　為什麼一看球賽就念不下書／　吃不下飯／

　　這種斷句的方式在表面上似乎是一種機械化的活動，然而它卻是一種「思考展示」（Think Aloud）的活動，透過執筆畫線的方式，將外國學生的中文閱讀認知能力具體展現。如果學生能理解文意並且能辨認這些文句的組合，則必能順正確地劃分句子，否則必然有斷句的錯誤，無法在正確的地方斷句。學生固然要進行文句判斷的認知練習，而教師亦可透過個別審視，瞭解學生的閱讀程度與閱讀困難之處，對於檢定學生的閱讀能力，以及診斷學生的語文障礙，均極有幫助。

　　特別注意的是：斷句的教學法在教學類型方面是屬於閱讀「策略」的教學，而非一般的閱讀「內容」教學。作為策略訓練的方式，其目的並不是藉著斷句來精密分析其語法句型結構，而是經由大量而有系統的練習，通過外在的活動，使閱讀者不斷進行文句形式操練，並且進行內在的判斷、組合、分隔、重組等中文認知歷程。

第二節　練習材料之教學次序

　　該閱讀策略之教學需提供相當多的各式篇章做為練習之用，這些練習文本應依照由簡入難之順序來逐步練習。依次序可分為：1.複合句斷句；2.段落斷句；3.選用適當的標點符號進行斷句；4.長篇斷句。

一、複合句斷句

　　選擇較長的複合句，內含三四個短句，並含有連接詞，由於其文意相關，所以較為簡單。

例：

「因為氣象報告說今天會下雨所以你最好帶把傘否則可能會淋到雨」

→「因為氣象報告說今天會下雨／所以你最好帶把傘／否則可能會淋到雨」

二、段落斷句

選取整個段落的文句，約兩百字左右，包含大約十來個句子，最好包括一些易前後混淆的詞彙，以增加斷句的困難。

例：

「我昨天收到一張名信片上面只寫了我家的地址沒寫是誰寄的我看著看著笑了起來原來這是姑媽三年前去墨西哥旅行的時候寄給我的姑媽和我都以為這張明信片早就丟了沒想到長途旅行了三年以後卻平平安安地寄到了我家」

這個練習目的只在訓練學生正確的斷句能力，因此學生只要用最間單的逗號和句號，將這類沒有標點符號的小文章斷出正確的句意即可。

三、選用適當的標點符號進行斷句

更困難的方式是要求學生不但要斷句，還要標出正確的標點符號，以訓練學生能更精準瞭解文意，才能適當標出逗點、句點、頓號、或驚嘆號等符號。這個練習目的在訓練學生熟悉更多種標點符號的使用方法，並能更加精確的使用它。下面是由幾個句子所組成的某個文章的小段落，請用所給予的標點符號斷句。

例如，

「生活就像調味料甜的酸的苦的辣的一罐罐融合在一起每一種調味料都必須加

得剛剛好生活才有美味」（。，，，，、、、）

→「生活就像調味料，甜的、酸的、苦的、辣的，一罐罐融合在一
　起，每一種調味料都必須加得剛剛好，生活才有美味。」

　　此題先在題目後列出標點的種類及數量，包括一個句點、四個逗點、
與三個頓號令學生按其數量找出斷句的位置並標出符號，數量必須一致。
　　若標點符號的種類增多，則困難度增加，例如，

「朋友就像一本一本的書有的書不好看看完了第一頁就不想再看了有

的書看了會有不好的影響有的書看了會引起我的喜怒哀樂有的書很好

看希望永遠也看不完」（、、、；；；，，，：。）

→「朋友就像一本一本的書：有的書不好看，看完了第一頁就不想
　再看了；有的書看了會有不好的影響；有的書看了會引起我的喜、
　怒、哀、樂；有的書很好看，希望永遠也看不完。」

　　此題比上一題更難，有五種不同的符號在內，但也更有訓練的價
值。目前已有漢教材將此活動納入練習的項目，例如，劉頌浩、林歡
（2000）核心閱讀。北京：華語文教學出版社。頁37。

四、長篇斷句

　　選用報章雜誌上的文章，長度至少一千字，甚至可達數千字，先經過
刪除標點的處理，供學生練習泛讀式的斷句，並考驗學生斷句的速度。例
如可選擇一長篇進行比賽，可限定學生必須在二十秒內快速斷句，再計算
每位學生正確標號的數量，並計算其正確率。

　　此活動應採「泛讀」的原則，要求學生在不求甚解的情形下，能找出斷句之處，這個活動可以明顯看出學生的閱讀理解程度，並可具體評分。

第三節　古代漢語的斷句教學

　　文言文一般都屬於高級漢語課程，由於學習者之白話文程度已達一定的水準，其閱讀難點主要在於詞彙及句法，但是由於文言文的單字詞多，大多的漢字多已為高級程度的學生所學過，再加上之乎者也等等的句末虛字反覆出現，容易辨別出句尾，因此在斷句方面不見得比白話文困難。但若有特殊的文句反覆出現，將是一大挑戰，例如，

例一：
「世有伯樂而後有千里馬千里馬常有而伯樂不常有故雖有名馬祇辱於奴隸人之手駢死於槽櫪之間不以千里稱也」（摘自唐朝韓愈雜說）
答案：
「世有伯樂／而後有千里馬／千里馬常有／而伯樂不常有／故雖有名馬／祇辱於奴隸人之手／駢死於槽櫪之間／不以千里稱也」

例二：
「秦人不暇自哀而後人哀之後人哀之而不鑑之亦使後人而復哀後人也」（摘自：唐朝杜牧阿房宮賦）
答案：
「秦人不暇自哀／而後人哀之／後人哀之／而不鑑之／亦使後人而復哀後人也」

例三：
「游人去而禽鳥樂也然而禽鳥知山林之樂而不知人之樂人知從太守遊而樂而不知太守之樂其樂也」（摘自：宋朝歐陽修醉翁亭記）

答案：

「游人去而禽鳥樂也／然而禽鳥知山林之樂／而不知人之樂／人知從太守遊而樂／而不知太守之樂其樂也」

以上各句雖然在詞彙方面並不深奧，但其困難之處在於相同的文辭反覆出現，並且有些的文句的句末詞與下一句的開頭詞可以合為一個有意義的片語短句，不過從其篇章涵義、語氣詞、句法及對仗等方面去解析，仍可順利斷句，這類型的文章往往是斷句練習的好材料。

更難的斷句材料是具有專業或哲理色彩之文本，其文意較為困難，例如，

「舍利子色不異空空不異色受想行事亦復如是舍利子是諸法空像不生不滅不垢不淨不增不減是故空中無受想行事無眼耳鼻舌身意無色身香味觸法」（摘自「般若波羅蜜多心經」）

答案：「舍利子，色不異空，空不異色，受想行事，亦復如是。舍利子，是諸法空像，不生不滅，不垢不淨，不增不減，是故空中無受想行事，無眼耳鼻舌身意，無色身香味觸法，」

此段落取自佛經，大致由排比句型構成，可以從其排比及對比的方式來斷句，但因牽涉到文句的哲理內涵，斷句比一般文言文更為困難。

第四節　斷句策略之課堂教學現象

斷句策略之教學已經過多次的教學試驗，一般進行的方式是由教師先提供斷句練習的篇章或段落，先由學生試著斷句，之後在課堂上進行討論，請學生分別提出自己的斷句法與理由。

一、多重斷法

例句本身可以有不只一種的斷句方式，並且每一種都合乎語意。

練習句：下雨天留客天留我不留

課堂實錄：

> 老師：「請同學輪流把這一句唸出來！」
>
> 司X華（烏拉圭學生）：「下雨，天留客，天留，我不留。」
>
> 理由：下雨，好像天留客人，天要求留客人，但是我不留。
>
> 馬場X（日本學生）：「下雨天，留客，天留我，不留。」
>
> 他說明理由：下雨的那一天，客人本來是留在宿舍，因為下雨天不方便走路，所以只好留在宿舍，即使天留我，我才不留呢！
>
> 眞由美（日本學生）：「下雨天，留客，天留，我不留」。理由：下雨的那天，天要留，可是我不要留。
>
> （司X華此時插話：天留是什麼意思？經老師解釋後，他的解釋為：天要留下來，明天不要來，好像那天很長，明天不要來，今天留很久，晚上很長，他們要留客，不留我就快要自殺，天氣很熱，還有客人要招待，眞麻煩，不想留客人。）
>
> 馬場X：「下雨天，留客天，留我？不留」。理由：下雨的天，是要把客人留下來的天，因為下雨了，你現在要走很麻煩，客人說要留我嗎？客人說感謝你，我不留，我要走！

（老師說他特別用到了問號！已經注意到了標點符號的功能）

陳X才（越南學生）：「下雨天，留客，天留，我不留」。理由：下雨的那天要留客，不過要留，只有老天要留，如果要留客的話，只有老天要留，我不留！我的心裡不要留你，是老天要留你！

陳X才又自行說了另一種斷法：「下雨，天留客，天留我不留？」。理由：如果下雨就是老天要留客，但不知道天留客，有沒有留我？

某韓籍學生：「下雨天留客，天留我不留。」
陳X才：「下雨天，留客天，留我不留？」理由：下雨天是留客的天，問主人，要不要留我？

　　學生已說出了八種斷法，此時老師在學生親自操作及討論中，感受到標點符號的重要性後，再適時地予以說明中文標點符號的重要性。
　　（此時引起司培華介紹他的國家（巴拉圭）的標點符號的興趣。即不管問句或感嘆句，整個句子前後都有該符號！）

二、採用兩種身份的斷句法

　　例句本身可以有幾種合乎文法的斷法，但因身份不同而有不同的斷法。

練習句：我死財產悉予我子我婿外人不得強佔

　　學生在解析下個句子之前，老師先對這個句子的背景故事作一說明：
這是一個老先生在去世之前所立下的遺囑，因為以前沒有標點符號，就這
樣寫下來，發現引起很大的爭論。你們知道這個爭論是什麼？故事裡的女
婿認為財產應該有他的一份，但兒子卻說沒你的份！

> 陳X才：我死財產悉予我子，我婿外人，不得強佔！
> 教師反問：我婿外人？陳回答：我婿是外人！
> 陳X才又說：我死財產悉予我子我婿，外人不得強佔。
> 教師：可見標點符號多重要，有可能引起法律糾紛！

練習句：無魚肉也可無雞鴨也可粗茶淡飯不可少

　　教師先說明下個句子的背景：以前讀書人都會到有錢人家裡當家教，
有一個書生到一個有錢人的家裡，告訴他可以教他兒子寫寫字、唸唸書，
主人說你要多少學費呢？書生說：我把條件寫在這張條子上，這就是我的
要求。不久後，就發生了一件事情，就是他每天吃到的東西都不太好，他
不知道為什麼？他心裡想，我這個家教也不是沒付出勞力，原來是主人的
想法跟書生的想法不一樣，這又是標點符號惹的禍！

課堂實錄：

> 老師說：你們想這位主人是怎麼解釋這個句子的？
> 陳X才：無魚肉也可，無雞鴨也可，粗茶蛋飯不可少。陳仲
> 才解釋：魚肉沒有也可以，雞鴨沒有也可以，可是粗茶淡飯要給
> 我吃。

司Ｘ華問：什麼是粗茶淡飯？司培華問後又自己回答：那是不太好的東西！

老師回答：茶是最不好的茶，飯是最爛最粗糙的飯。

司Ｘ華試著斷句：雞鴨也可粗。（斷錯）

教師反問：那麼接下來茶淡飯是什麼？司培華答不出來，

教師說：只有茶葉蛋，沒有茶淡飯！

教師問：那麼以書生的立場來說呢？

林Ｘ風（英國學生）：如果沒有魚，肉也可以；如果沒有雞，鴨也可以，後面的部份一樣。

練習句：我敢保證黑頭髮沒有麻子腳不大周正

老師先開始介紹媒人，及本句的基本背景介紹。

課堂實錄：

陳Ｘ才問：周正是什麼？

（學生一陣討論何為麻子？繼而有學生問什麼是麻子腳？經老師說明只有麻子臉，而沒有麻子腳，學生便懂得麻子和腳之間應該斷開。）

教師：如果是男子，他的斷法是甚麼？

學生齊說：男子的斷句應是「我敢保證，黑頭髮，沒有麻子，腳不大，周正。」

教師：如果是媒人呢？

學生齊說：其實媒人的說法「我敢保證，黑頭髮沒有，麻子，腳不大周正。」

（學生接著討論：所謂黑頭髮沒有的意思就是都是白頭髮的意思。）

> 老師告訴學生更慘的情況：「我敢保證，黑，頭髮沒有，麻子，腳不大周正。」
>
> 陳Ｘ才問：可以這樣斷嗎？
>
> 老師說：中國人回答問題時常常很簡短，所以用單詞回答也可以。

練習句：今年好霉氣全無財帛進門養豬個個大老鼠隻隻死作酒缸缸好作醋
　　　　滴滴酸

教師先介紹句子的背景：一個農夫請秀才幫他寫一副對聯，希望他的農莊越來越好。秀才寫的對聯很好，農夫卻很生氣，理由何在？還是斷句的問題！

> 師問：今年好霉氣，斷在此處是誰的看法？
>
> 生答：農夫！
>
> 師帶學生一起斷：今年好霉氣，全無財帛進門，養豬個個大老鼠，隻隻死，作酒缸缸好作醋，滴滴酸！
>
> 學生接著一起再斷秀才的斷法：今年好！霉氣全無，財帛進門，養豬個個大，老鼠隻隻死，作酒缸缸好，作醋滴滴酸！
>
> 陳Ｘ才說：這個資料很好！

三、教學分析

經訪談及課堂觀察，分析出下列現象：

1. 一般整段或整篇的白話文斷句，若其中無歧義句，則對於初級與中級學生並不構成困難，大多能順利斷出，但斷句所花的時間則明顯因學生的程度高下而有差別。因此在實施斷句練習時，教師應設定時間長

短，增加學生的緊迫感，較易達到效果。

2. 對於段落內容的難度安排不必太過受限於學生的程度，篇章中若有學生尚未學過的生難字詞亦無妨，如此一則考驗學生在閱讀上下文時的猜測能力，二則可讓此訓練活動具有挑戰性，如此更有助於學生閱讀能力之提昇。由於一般以內容為主的教學必須以階梯的方式來安排課文內容的難度（生詞與句法），甚至必須符合某些等級規範，但是策略訓練則應打破以內容為主體的考量及規範，而多以未分級的真實語料做為訓練材料。

3. 對於歧義句組的斷句，較能看出學生的語意掌握程度，最好能選擇兩種以上的歧義句型。以「下雨天留客天留我不留」為例，此句組考慮不同的語意及自我對話之情境，經過老師的帶領提示，學生找出了八種斷法。

又如練習句「無魚肉也可無雞鴨也可粗茶淡飯不可少」，該句組至少有兩種斷法，若再納入語氣的分別，則可延伸出五種以上的斷法：

1. 無魚／肉也可／無雞／鴨也可／粗茶淡飯不可少。
2. 無魚／肉也可／無雞鴨也可／粗茶淡飯不可少。
3. 無魚肉也可／無雞／鴨也可／粗茶淡飯不可少。
4. 無魚肉也可／無雞鴨也可／粗茶／淡飯／不可少。
5. 無魚肉也／可無雞鴨／也可粗茶／淡飯不可少。

經教學試驗得到的結果，若不經提醒，一般中級程度之學生多半以直覺方式找出其中的一種斷法，而未加深究或意識到其它的可能性，若老師事先提醒有不同的斷法，個別學生或可找出其中的兩種或三種斷法。若經過整班同學共同討論，集思廣義，可得到更多的斷法，似乎歧義句組最能引發同學的討論。

這類的教學試驗已實施多次，參與試驗的外國學生的中文程度多屬中高級，由教學經驗及訪談得知，斷句的教學法很受師生的肯定，也很方便

運用於教學，唯對於初級華語程度者尚需進一步之實驗。

第五節　斷句策略的教學原則

一、最適用於泛讀訓練

「精讀」與「泛讀」是語言教學的兩種路徑，傳統的正規語言教學其實多趨於「精」的方式，但已有華語教學人士開始持「泛」的觀點，認為中文的進步不僅靠少量而精細的分析，而得靠大量而經常性的泛讀（吳曉露，1991；鄭錦全，1998；信世昌，1999）。

斷句分詞的方法固然也可以實施於精讀的教學，然而就閱讀策略的訓練而言，此法更適合於泛讀的教學。此方法並非僅針對特定的文章內容來斷詞，而是欲藉著廣泛大量的閱讀與斷句分詞的活動，來不斷累積其對於構詞的快速判斷能力。尤其適用於當學生的語文程度尚不足以瞭解文章中所有的字詞時，可以藉著斷詞的方法來理解句子的文意，以增進其閱讀的理解力。

二、由整體至細部的程序

一般傳統的語言教學往往是由字詞進到篇章，從細部進於整體（part to whole），例如先學生字，再學生詞，再讀句型，再唸段落，最後才閱讀整篇文章。然而斷句分詞的教學卻是反其道而行，較偏向於「全語學習」（Whole language approach）的觀念，從整體進入細部（Whole to part），先求瞭解或猜測全句大意，再進行片語子句的分隔與字詞的判斷。事實上，根據研究者的教學實驗，在進行實際的斷詞練習時，學習者往往也是先試圖唸出整個句子，略為掌握文意之後，方才開始畫線斷詞。

結語

藉著類似古人圈點的方式來訓練外籍學生閱讀現代漢語的能力，是極

為可行的方式，一則以訓練學生掌握文句閱讀的能力，另一方面也可將學生在段落方面的閱讀理解能力藉此而呈現出來，這也可視為一種「思維發聲」（Think Aloud）的方式，藉著學生持筆斷句的活動，讓教師看出學生進行篇章與段落閱讀時，對於其文意的掌握程度。在閱讀方面，不僅是注重課文的書面內容，亦應著重訓練外籍學生可自行運用的中文閱讀技巧。因此斷句的策略訓練有其傳統與現代的作用，值得華語老師善加運用與推廣。

　　此外，此項閱讀策略訓練的方式雖是以對外漢語教學為主，但其中部份活動或可用於以中文為母語（L1）的教學，尤其在文言文的部份，可做為中學國文教學的活動。當然亦可針對海外漢學系的學生做為古代漢語閱讀訓練之活動。

註：本章內容原載於 信世昌（2006）「篇章斷句」之漢語閱讀策略教學。《對外漢
　　語研究》（上海師大出版）。第二期。頁18-25。另經作者修改而成

第九章
閱讀策略教學法之建構

　　經由前數章一系列對於閱讀策略的發展的探討與研究，本章針對華語文閱讀策略教學的設計進行歸結式的原則陳述，做為教學發展過程的總結。本章先結合語言教學的模式做為教學設計的架構，再分別就架構中各要素的原則加以陳述。首先陳述閱讀策略教學之語言觀與教學觀，再陳述有關設計的各項因素，包括目標的擬定與內容大綱的安排、教師與學習者的角色、教學活動的規劃、教材編製的原則、策略學習的評量方式，最後再探討教學實踐的原則。這些所陳述的原則都是根據本研究過程中曾進行的文獻探討、策略採集、教材分析、華語教師的經驗、與實驗課程的結論所歸納而成的原則。

第一節　閱讀策略教學設計的模式

一、依據的模式

　　許多學者曾提出第二語言教學設計的模式（Hutchinson & Waters, 1987；Dubin & Olshtain, 1986）。Hutchinson & Waters（1987）提出在規劃教學策略時，須先考慮以下幾個基本原則，然後再決定適當的教學方法：

1. 第二語言的學習是一個發展性的過程。
2. 語言學習是一個主動的過程。
3. 語言學習是一個決策性的過程。
4. 語言學習非僅事關語言分析的知識。
5. 語言學習並非學習者第一次與語言交關的經驗。
6. 學習是帶有情感的經驗。

7. 語言學習帶有許多的偶發情形。

8. 語言學習的過程並非系統性的。

　　Dubin & Olshtain（1986）特別探討如何藉由教學計畫來實踐第二語言教學的課程目標，該文闡述在第二語言課程中，連結一般性目標和特定性目標的關鍵在於「大綱層次」（the syllabus level），其包括三個範疇：

(一) 語言內容（language content）

1. 教學大綱中應納入哪些關於語言內容的元素、項目、單元或主題？

2. 這些元素又應該按照什麼樣的順序在教學大綱中呈現？

3. 選擇它們的準則又是什麼？

(二) 教學過程或途徑（process/means）

1. 語言應該如何被呈現來增進習得？

2. 在學習的過程中，教學者與學習者的角色如何扮演？

3. 課堂中的語言學習過程裡教材如何提供貢獻？

(三) 教學成果（product outcomes）

1. 學習者對課程的期待獲得成果是什麼？

2. 學習者在立即的未來或職業生涯所需要的特定語言技能是什麼？

3. 這些技能又如何在教學大綱中呈現？

4. 用來評估課程成果的目標語評鑑或測試的技巧是什麼？

　　而本研究所依據的架構主要參照 Richards & Rodgers 的語言教學法模式，再略加以修改做為分析與設計閱讀策略教學的架構。Richards & Rodgers（1986）將語言教學方法劃分成三大部分：第一部分為「教學觀」（approach），指對於語言的哲學觀，包括語言本質的理念與語言學習性質的理念。第二部分為「設計」（design），指教學的規劃，包括了六個主要項目：1.一般與特定的目標；2.教學綱要的模式；3.教與學的形式；4.學習者的角色；5.教學者的角色；6.教材的角色。第三個部分為

「過程」（procedure）一是指教學實施而言，包括教學資源、課堂上的師生互動與所運用的技巧與策略。

Richards & Rodgers根據此模式用以分析多種當代的語言教學法，十分適用於呈現教學法的面貌、設計觀念及其內涵。（參見本章結尾的附圖9-1）

二、模式的特點

此模式最大的特色是「理念」、「設計」與「實施」三者一貫，強調對於語文及語文教學的信念必須先行澄清，才能展開各項的教學規劃，每個規劃設計的面向都須與理念一致。

一般的教學規劃或課堂教學的設計，少有事先進行其上層理念的澄清，而許多的教材亦對於其背後所持的語言教學理念語焉不詳，而語言教師對於語言教學的理念若與教材編撰的理念不一致，則教學法的實施必會產生矛盾。Chu（1996）提及為何美國的中文教學領域仍少以功能式的語言觀（Teaching Chinese as a functional language）來教授中文？其認為主要是因為教學者在觀念上就未能全然釐清語言熟練度的本義，以致所使用的教學技巧與語言精熟度的精神不符，並且受到教師的觀念、考試測驗、教材與教學法等都是基於傳統的形式結構觀與聽說教學法（Audio-lingual method）的導引，以致於功能語言觀無法切實被施行。可見語言觀與各種教學因素及課堂技巧都要相互一致，才能完全實現某種語言教學的精神。因此欲發展閱讀策略教學的課程或教學法，就必須釐清各面向的內涵與原則，將語言觀、設計因素、與教學實踐三者統整，使觀念與設計因素相契合，將設計因素與課堂教學相搭配，才能保證閱讀策略教學的成功。

三、語文教學歷程的參與者

語言教學的所有具體因素都受到教學參與人員所持的理念所影響，這些參與人員可大致分為四種身份：1.語文課程規劃者、2.語文教學設計

者、3.語文教材編撰者、及4.語文教師（教學執行者）。其身份或有分離或有重疊，通常產生幾種形態：一是四種身份合一，二是四種身份各自獨立，三是教材編撰者與教學設計者不同，四是課程規劃者與教學執行者不同。

1. 身份合一

是指上述的四種身份為同一人或同一群體，例如，若某位語文教師對於其所教授的課程有全權的決定權，不但使用自己所撰寫的教材，並可以規劃設計自己的課程教學，則一人同時兼有四種身份。

這種情形對於理念貫徹而言是最理想的狀態，因此從理念到執行都可統一，不致於相互矛盾。但是在現實的教學環境中，能夠同時兼具四種身份之教學情況甚少。

2. 四類身份各自獨立

是指這四類的參與者都分別是不同的人士，若某課程的這四類人員是各自獨立的，就有賴於良好的統整與溝通，若彼此不相統屬或無法溝通，則課程的實施必然矛盾百出，教學失敗的機會很高。

3. 教材與教學設計分離

是指在規劃課程與教學時，無法一併規劃所用的教材，或是教材編撰者無法掌控教材被如何使用。教材與教學設計分離的情形是普遍的現象，例如某位語文教師雖然被要求採用某種教材，但可全權自行規劃設計自己的教學方式。這時教師必須了解該教材所根據的語文教學理念，若教材編輯的理念與教師的教學理念不一致，則教學時必然產生矛盾。

4. 教程規劃與教學執行分離

是指課程的教學方式已被學校或語文中心所排定，教師必須遵守的固定的教學規範，教師只是在課堂內按規範來執行而已。換言之，負責執行教學的教師無權去規劃課程或設計教學的方式。

對於大多數現實的華語文課程而言，第一種身份合一的情況並不多見，多半是語文中心的資深教師或領導人士才有可能具有兼任四種身份的

機會。第二種完全分離的情況實際也不多見，除非是大規模的語文中心，有專業的分工制度，否則多半會有兼容的身份，例如語文教師也就是自己任教課程的教學設計者，因此最多的情形是處於第三種或第四種的狀態，因為畢竟自行編撰教材的語文教師只佔少數，所以絕大多數的語文教師都是用他人編撰之教材來教學。語文教師或可選擇與自己理念相符之教材，但現實上，許多語文中心的華語文課程所使用的教材都是事先決定，語文教師被分派至某一門課，就必須採用已定案的教材，無法自行更換教材。

至於教學設計的權限空間也因各教學單位的政策而有所不同，某些單位對於教師在課堂上的教學方式有既定的規範，學生的學習評量亦由教學單位負責，例如使用統一的考試卷。目前屬於密集式的華語課程多略趨向於此，教師往往需接受較嚴謹的職前講習與訓練（林雪芳，1999）。

對於教學設計或教程規劃而言，理念不清也可能造成各項目之間的不協調，例如在教學目標上是基於認知學派的觀念，但在教學活動設計卻是基於行為主義學派，或是在學習目標上強調溝通交際能力的培養，卻在教學活動方面採取學生獨自背誦課文的方式。

對於第一線的華語教師而言，徒然只採用某種教學法或某本教材，卻懵然不知其背後所根據的理念，則必會發生觀念的衝突與實踐的矛盾，例如可能在課堂上使用結構式的語言教學法（例如文法翻譯法）來教授一本基於功能式理念所編定的教材；或抱持者傳統結構式的教學法來教授「全語言教學」式的語言教材。

第二節　閱讀教學的語言教學觀

一、語言觀的內涵

發展教學法最先要釐清的是對於語言與語言教學的信念為何？即所謂的「教學觀」（approach），指對於語言的哲學觀，Richards & Rodgers（1986）提出了兩個部份：語言本質的理念（A theory of the nature of language）、語言學習性質的理念（A theory of the nature of language learning）。

語言本質的理念是指「語文精熟度之本質的考量」（an account of the nature of language proficiency）與「語文結構之基本成份的考量」（an account of the basic units of language structure）。而語言學習性質的理念則是指「語文學習牽涉到有關心理語言與認知過程的考量」（an account of the psycholinguistic and cognitive processes involved in language learning）與「確保學習過程順利的考量條件」（an account of the conditions that allow for successful use of these processes）。

任何的教學課程背後都有其基本的信念，這些基本信念可概稱爲「教學觀」（approach），指對於語言的哲學觀，主要包含了兩個基礎的信念：第一是語言本質的理念，是指語文精熟度之本質與語文結構之基本成份的考量；第二是語言學習性質的理念，語文學習牽涉到有關心理語言與認知過程的考量，以及確保學習過程順利的考量條件。這些基本信念構成了教學課程與教學法的上層思維，也是語言教學各種外在形式的內在根源。（參見圖9-1）

在規劃教程之初，必須先澄清對於語言以及語言教學所持的基本信念，因爲觀點各異，其語言學習之重點與目的也就各不相同，其所衍生的教材與教學法自然呈現不同的規範與風格。

Richards & Rodgers（1986）亦將語言觀概分爲「結構性觀點」（Structural view）、「功能性觀點」（Functional view）、與「社交觀點」（Social interactional view）。「結構性觀點」認爲語言是由語素〔語音、單字、詞彙〕所構成，語言學習應學習這些語素及其構成的法則〔拼音、文法〕，並且遵照某些原則循序漸進；「功能性觀點」則強調語言是一種具有功能性質的工具，是表達功用含意的載具，語言教學應以語意理解與溝通能力爲其根本；「社交觀點」視語言爲人際關係及社交的工具，語言教學著重在維持人際關係與社會互動的實際應用。

教　學　觀	設　　　計	過　程
1. 語言本質的理念 — 語文精熟度之本質的考量 — 語文結構之基本成份的考量 **2. 語言學習性質的理念** — 語文學習牽涉到有關 　心理語言與認知過程的考量 — 確保學習過程順利的考量條件	**1. 一般與特定的目標** **2. 教學綱要的模式** — 選取與安排語言及學科內容的準則 **3. 教與學的形式** — 可納於課堂及教材中的 　課業項目及練習活動 **4. 學習者的角色** — 學習者的學習課業之形態 — 學習者在學習內容時所能 　自行掌控的程度 — 學習者編組方式的建議 — 學習者對於其他學習者的影響程度 — 認為學習者所應擔任之角色的觀點， 　例如處理者、表現者、開端者、問題解決者等等 **5. 教師的角色** — 教師所應擔負的功能形態 — 教師對於學習造成影響的程度 — 教師可決定學習內容的程度 — 師生間的互動方式 **6. 教材的角色** — 教材的主要功能 — 教材所展現的格式 — 教材和其它教學方式的關係 — 對於教師及學生的預設	可觀察到的課堂技巧、 練習、及行為 — 教師可使用的時間、 　場所及設備的資源 — 課內可觀察到的 　互動型態 — 教學實施時被師生 　運用的技巧及策略

圖9-1　構成教學法之主要因素及其次要因素摘要圖

資料來源：信世昌譯自 Figure 2.1 Summary of elements and sub-elements that constitute a method. In Richards, J. C. & Rodgers, T. S. (2014). Approaches and Methods in Language Teaching. 3rd Edition. Cambridge University Press. P 36.

　　這三種語言觀各有其切入點，也各有其論據，本身無所謂孰對孰錯，然而在設計教程及教材時，觀點必須前後一致，要全盤依據某一觀點來做整體設計規劃，以免教程的各部份互相錯亂牴觸。

二、對於閱讀策略教學的信念

　　本研究在閱讀策略教學方面主要採用「功能性」觀點，認為閱讀教學以瞭解篇章中所欲傳達的語意及思維為主，根據上述的思維，本課程設計時所依據的閱讀概念如下：

(一) 對於閱讀目標的概念

1. 閱讀的目的是為了理解篇章內容的涵義，而非語言結構（語法、句型）。
2. 語言結構的分析方式只是手段，而非閱讀的目的。
3. 閱讀是為了能夠閱讀世間各種的真實材料（Authentic Materials），而非僅為了瞭解人工式的課文與對話。

(二) 對於內容的概念

1. 真正的閱讀是在於整個篇章的理解能力，而非僅對於單字詞彙的了解。
2. 字詞和句子的認讀常被視為閱讀的基礎，但它並非必要條件。
3. 閱讀的訓練有時可以跳躍過學習生字生詞的過程，直指篇章。

(三) 泛讀與精讀

1. 促使中文閱讀能力快速進步的方式是靠大量的「泛讀」，而非少量的「精讀」。
2. 「精讀」應是在泛讀之餘，用以穩定閱讀能力的手段。

(四) 閱讀活動的本質

1. 閱讀是心理認知的活動，而非語言分析的活動。
2. 閱讀是整體理解的活動，而非語言切割解剖的活動。
3. 閱讀必須以增進理解的效率做為設計的原則。

三、閱讀內容的安排觀念

　　一般的語言課程常採用階梯式的設計，根據詞彙量、詞頻、語法難易度等排定內容順序，並採用「i + 1」的法則（Krashen, 1982），每課都以上一課的程度（i）為基礎，再新增加少量的生詞或語法點（i + 1），讓學生能循序漸進，有如爬樓梯般，一階一階而到達設定的語言程度。在這種觀念下，所有的課文多必須是人工製作的，不易採用眞實材料，因爲任何眞實材料當初都不是按詞彙量與語法點所寫成的，無法符合這些人工分級的條件。因此這一類的教學就不免趨向於結構式的語言觀，必須依據語文的結構因素將內容做精緻的分級與排序。（參見圖9-2）

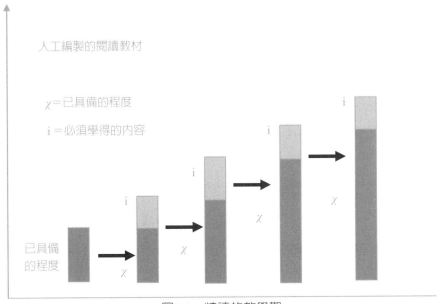

圖9-2　精讀的教學觀

　　學習這些根據語言結構的邏輯順序所編寫的教材，在理論上，學生應對於每一課都到達百分之百全盤精熟的程度，才能進入下一課，否則就會產生學習的漏洞，違反了「i + 1」的進度。因此這種類型的閱讀教學也不免偏向於「精讀」精神。

　　然而現實上，卻常常發生當學生還無法全盤精熟的情況下，就須配合時程而被迫進入了下一課，其漏洞就愈來愈大，逐漸落後愈多而無法彌補。

　　而基於泛讀語言觀所設計的教材，則不在於瞭解篇章中的每一個部分和細節，而在於獲取篇章的內容大意，所重視的是學生對於內容的理解比例是否逐漸增加，而非以百分之百的全盤精熟為目標，因此可能對於第一課能理解百分之二十即可進入第二課，第二課能理解百分之三十即可進入第三課，因此可以運用真實材料而不必受限於詞彙的難度，選材以文章的內容意義為主，而非空洞的文句堆砌。課程內容以讓學生涵泳於文章之中，著重學習者是否對於內容的領會體悟逐漸加深，因此以文意的掌握為主，而非語素的記憶及結構的熟練。（參見圖9-3）

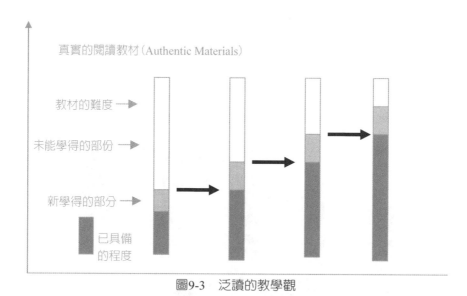

真實的閱讀教材（Authentic Materials）

教材的難度 ➡

未能學得的部份 ➡

新學得的部分 ➡

已具備
的程度

圖9-3　泛讀的教學觀

四、母語與外語閱讀策略的關係

　　教學的目的是任何教學課程所需優先確認的項目，李世之（1997）將「閱讀」與「閱讀課」的目的加以區分，指出「……閱讀教學的最終目

的並不是理解，而是語言能力的形成。……其最終目的是也是培養學生的交際能力」。然而李世之（1997）也提出了爭議的觀點，認為母語和外語閱讀理解有明顯的相關，兩種閱讀依賴的技能是一樣的，因此，「第二語言教學中的閱讀課沒有必要把訓練閱讀方法作為主要的教學目的」（頁78），因為學習者已經具有母語的策略。

　　但是楊育芬（1994）的研究發現屬於整體性的（Global）、或高層次語言的（macro-linguistic level）閱讀策略固然具有世界共通性，可以同時運用於中文閱讀（L1）與英文閱讀（L2）；但屬於局部性（local）或低層次語言的（micro-linguistic level）的閱讀策略，則因學習時間的長短與閱讀能力等因素而有所不同。此外，母語或第一語言的策略未必能自動轉移，必須考慮如下的因素：

1. 如何轉移（transfer）的問題，學習者如何把已知的母語閱讀策略轉移到第二語的學習上，須要加以訓練。
2. 許多學習者並未意識自己的母語學習策略。
3. 當學習者的第二語能力過低時，也阻礙了其第一語的有效策略轉移（Clarke, 1980）。
4. 需要區分自然習得（acquisition）與學習（learning）的差異。
5. 語言本質的不同影響語言學習策略的差異，例如英語為母語之人士不可能從英語中獲得象形字的習得法，不同語文的章法結構也有差異，例如同樣是抓主題句（Topic sentence）的方式，在英語段落中的主題句常採開門見山式而置於段首，對於中文畫龍點睛置主題句於段末的方式，凡此種種皆須特別的訓練，無法依賴自動的策略遷移。

第三節　閱讀策略教學的設計要素

　　設計要素是指發展語言教學法所需具體規劃的範疇，按 Richards & Rodgers的語言教學要素模式，教學設計所考慮的相關要素有六項，分別

是：
1. 一般與特定的目標。
2. 教學綱要的模式。
3. 教與學的形式。
4. 學習者的角色。
5. 教學者的角色。
6. 教材的角色。

　　本節逐一陳述基於閱讀策略教學的理念而形成的各項因素之設計原則。

一、目標的擬定

　　閱讀之目的到底是什麼一直是許多爭論的焦點，目的與目標是整理活動的先決條件，對於目標的概念不一致，就會導致整個課程設計方向的不同。

　　採用功能觀點的人士多以意義與溝通為目的，指出閱讀的最終目的是在於理解（趙賢洲、李衛民，1990），Walker（1996）指出中文的閱讀是指對於書面語詞彙及文法之特殊知識、認識由中文社群所產生出的文本、與這些文本相關的交際功能。

　　基於對於閱讀策略教學的理念，筆者認為閱讀的目的是以理解「文本」（text）內容中的涵義為主，而非文本的結構（語法、句型）。對於文本結構的分析，固然有助於了解文意，但是結構分析的方式只是閱讀的手段，而非目的；只是閱讀的過程，而非目標。

　　真正的閱讀能力是對於整個篇章的理解能力，而非僅對於句子和字詞的理解。字詞和句子的認讀往往被視為閱讀的基礎，對於整個篇章的理解有一定的幫助，但它僅是充分條件，而非必要條件。

　　根據上述的觀點，閱讀策略教學的目標原則如下：

1. 主要為了學習閱讀的策略及方法，而非學習文句的結構、發音等內容。
2. 不以教授漢語的語文知識為主，重點在提供漢語的學習策略，藉以幫助學生主動學習。
3. 以掌握文章的內容意義為主，而非語法的分析能力。
4. 以閱讀整篇文章為目的，而非片段零星的詞句。
5. 以泛讀練習為主，對於語素與結構可以不求甚解。

二、教學綱要的模式

　　教學綱要的模式是指選取與安排語言及學科內容的準則，對於閱讀策略教學而言就是指這些策略的選取與教學順序。基於前數章的探討，將閱讀策略分為漢字策略、詞彙策略、文句策略、段落策略、與篇章策略。其教學的原則如下：

1. 閱讀策略的教授可以從中間的「文句策略」先切入，再分頭擴充至上下層級。
2. 對於零起點的閱讀者，應先從漢字策略與詞彙策略入手。
3. 對於初級程度的閱讀者，應從詞彙與文句策略入手較有效果。
4. 對於中級程度的閱讀者，應注重文句策略與段落策略。
5. 對於高級程度的閱讀者，應注重段落策略與篇章策略。

　　課程內容安排次序的的可能種類極多，每一類都有其著重的因素，一般而言，閱讀教材可大致分為「類集型」與「螺旋型」的編排方式（劉正文，2000），所謂類集型是指不論教材有多少課，每一課的架構與內容排序都是一致，例如，課文 → 生詞 → 句型 → 練習 → 問題討論。絕大多數的華語文教材都是按此編排。

　　至於「螺旋型」是指相同或相似的內容反覆輪流循環出現，呈甲 → 乙 → 丙 → 甲 → 乙 → 丙 → 甲 → 乙 → 丙……的順序。

　　「螺旋型」的內容排序也十分常見，但多半是大範圍的內容，例如通

常歷史與地理課程多是典型的螺旋型，例如從小學開始即將中國歷史依朝代順序，從黃帝、夏、商、周、秦、漢、魏晉、南北朝、隋、唐、五代、宋、元、明、清、民國，從頭到尾全部簡介一次，到了初中的階段，又再介紹了一次，到了高中階段，又再度循環一次，甚至在大學的中國通史課也不可避免地重覆一次，從小學到大學循環了四遍，但一遍比一遍深入。

劉正文（2000）認爲螺旋式的課程容易使學生產生一定的興趣，但對於初級與中級階段，類集型的教材比螺旋型更有利於教學。事實上，螺旋式的課程一般是以大範圍的內容與較長的時間爲基礎，不利於短時間所使用，但是在策略教學時則較不受此限，一則是由於許多策略是個別獨立的，儘管有其歸類，但其內容並無一定的關連，二則是策略項目之間沒有固定的先後學習順序，當閱讀一篇文章時，各層級的策略都會同時施用，因此採用螺旋式的編排架構，有助於讓學習者早先接觸各種類別的策略。

三、教師的角色

所謂教師的角色具有四個涵義，包括：

1. 教師所應擔負的功能形態（types of functions teachers fulfill）。
2. 教師對於學習造成影響的程度（degree of teacher influence over learning）。
3. 教師對於學習內容的決定權（degree to which the teacher determines the content of learning）。
4. 師生間的互動方式（types of interaction between teachers and learners）。

根據閱讀策略教學之理念，教師應扮演如下的角色：

1. 由中文知識的提供者轉變爲中文學習策略的教導者。
2. 由中文聽說讀寫的教師轉變爲中文學習方法的訓練者。
3. 教師的角色有如教練（coach）和輔導者（counselor）。

4. 教師須時時提醒自己扮演引導者，而非傳統知識灌輸者的角色。

5. 教師須善於誘發學生的思考並鼓勵學生在課堂上發言。

6. 教師課前準備儘量充分，以備應付學生各式的討論內容。

7. 教師帶活動要扣緊主題，才能達到教學效果。

8. 教師在帶領討論時，要懂得提問技巧，方能引起學生對過去的學習方式做反思。

9. 教師對於策略教學的主導權及內容決定權皆廣於內容的教學。

10. 在教學時，教師應主動自行補充練習的材料，並設計練習題目。

　　根據前章所述的實驗教學的經驗，即使是經驗豐富的華語文教師，在剛開始教授以策略為核心的教學方式，都無法立即適應，會不知不覺偏回到語言內容或是語言知識的教學，因此教師在觀念的體悟與覺察非常重要。

四、學習者的角色

　　學習者的角色有四個涵義，包括：

1. 學習者的學習課業之形態

2. 學習者在學習內容時所能自行掌控的程度

3. 學習者編組方式的建議

4. 學習者對於其他學習者的影響程度

5. 認為學習者所應擔任之角色的觀點，例如處理者、表現者、開端者、問題解決者等等

　　根據實驗教學的經驗，學習者的編班不必太精確，因為語文程度參差不齊反而有助於策略的討論及學習。此外，將東方與西方學生混合編班更有助於策略的討論與觀摩，例如西方學生可觀摩日本學生的漢字策略。換言之，在編班時，學習者的背景愈多元愈好。

　　在進行參與閱讀策略訓練課程時，學習者的態度與學習方式也須做一番調整：

1. 事先得知策略學習的觀念，先做觀念調整。
2. 必須改變傳統只接受知識的學習習慣與態度。
3. 主動學習，藉認知內省與實際練習來自我融合這些策略。
4. 時刻反省或內觀自己的學習方式。
5. 要勇於嘗試並觀摩別人的閱讀方法。
6. 要樂意與同儕分享自己的閱讀策略。
7. 學習者要能夠做為閱讀材料之處理者。
8. 要自我要求去使用閱讀策略。

五、教與學的活動形式

　　教與學的活動形式是指可納於課堂及教材之中的課業項目及練習活動，依據策略教學的精神，教學活動安排的原則如下：

1. 活動目的在促使學生去思考自己的學習方式。
2. 以認識策略、練習、分享、討論、自述的方式為主。
3. 反覆練習，使學生對該策略有明確的認識。
4. 藉由活動讓學生儘量熟悉並靈活運用該策略。
5. 教師教學時應先對學生說明策略內容。
6. 與學生討論個人學習方式，可輪流發言，彼此觀摩對照。
7. 引導學生對閱讀方式做開放式及多方面的思考。
8. 每位學生所做全部之練習題，均當堂提出，並相互討論。
9. 教學討論不設標準答案，讓學生能以開放、輕鬆、自由的態度，激盪出各種不同的想法。
10. 以大量的練習題讓學生集中訓練各種策略，著重認知的理解和技能的熟練。
11. 鼓勵學生多做討論，增加師生間以及學生間的互動。

12.打破單向式的教學，希望藉由互動學習方式，刺激學生給予回饋，以增加學習成效。

六、教材編製的原則

　　教材的角色包括了：1.教材的主要功能（primary function of materials）、2.教材所展現的格式（the form materials take）、3.教材和其它教學方式的關係（relation of materials to other input）、4.對於教師及學生的預設（assumptions made about teachers and learners）。

　　基於閱讀策略教學的理念，策略教學的教材的編輯有下列的原則：

1. 篇章閱讀是最終目的，前面的「認字策略」、「識詞策略」等部份是為了支持篇章理解而用。

2. 教材內容以策略理解與練習為主，避免納入過多的內容輔助材料，如生詞表、語法點或句型等。

3. 篇章閱讀的材料皆以「泛讀」為主，而非字斟句酌的精讀，因此材料中的範文和例句不必太遷就詞彙量的分級考量。

4. 教材設計原則是以大量的練習題為主幹，讓學生熟悉策略使用。

5. 教材的版面以生動活潑為主，擺脫傳統刻板的版面安排。

6. 內容（文句篇章）的取材以具有意義為本，而非一些內容空洞卻合乎語文結構的文句。

7. 內容取材以真實語料為主，而非假性的人工範文。

8. 字彙可超出學習者的程度，如此反而更有助於策略的操練。

9. 教材應附上密接的教師指引，在每一個策略內容都應搭配有教學指引。

10. 教師於教學前應先概覽教學指引及策略說明，有助於統整自己的教學觀念。

11. 教師應視教學進行情況，適時補充相關練習材料。

　　具體而言，閱讀策略教材的每課中應至少包含如下的部份：

1. 學習策略解釋

　　教師與學生在學習之初，應先明白「斷句分詞策略」對閱讀的助益，因此在展開練習活動之前，先明白陳述策略的目的、道理、原則及實施方式，讓教師與學生能領會該學習策略對於學習漢語的幫助。

2. 練習說明及例題

　　在練習之前必須有明確的實施方式說明，並且先列出一兩個例題與答題方式，供學生參考。

3. 練習題目

　　策略訓練的教材經常是以一系列的練習題目為主，藉著反覆練習以達到精熟的目的，因此應依據各種句型列出適當數量的句子作為練習題目。

4. 教師版本：附上教學指引供教師參照

　　教師在策略教學所扮演的角色與一般內容教學有極大的不同，教師基於習慣，很容易就忘卻策略教學的原則而回到一般內容教學，例如將斷詞活動變成詞彙解釋，因此需要在教師手冊中或教師版的教材中列出明確的教師指引。

5. 採用多元化而真實的語料

　　儘量採用多元化而真實的語料（Authentic Materials）當作練習文句，報紙上的標題是既現成方便又實用的練習句，可採用各版面不同類別的標題。而各種條列式的操作說明書亦是極適合的材料。

6. 提供補充教材與回家作業

　　閱讀練習是多多益善，除了課堂上的練習例句外，教師應準備補充教材作為學生的回家作業，或可指定某些報刊文章讓學生自行剪取來練習畫線斷詞。

七、策略學習的評量方式

　　Richard & Rodger的教學模式未將評量列為設計的子項目，是該模式

美中不足之處。「評量」是教學不可或缺的一環，也是教學設計必須考量的重要項目。

　　策略學習效果的評量方式與傳統語文教學所習於的測驗方式有極大的差異，因為策略教學評量的目的是為了瞭解學習者是否學會了策略，並且是否熟練使用這些策略，而不是測驗學習者對於語文內容的掌握程度，經研究歸納出六種策略評量的方式：

1. 學生學習後自我評鑑，以瞭解何種策略能確實增進其語文程度。
2. 教師觀察學生學習情形，以了解學生是否能運用所習得的策略。
3. 教師對學生進行訪談，以了解學生學習策略的過程及使用情形。
4. 作紙筆測驗，並要求學生於測驗後當面解釋其作答思考方式。
5. 學生書寫札記，以記錄並瞭解其學習方法的變化。
6. 進行思維口述法（Think aloud）以瞭解學生的策略運用過程。

　　以上是根據Richard & Rodger的模式所陳述筆者在閱讀策略教學方面的具體原則。

第四節　閱讀策略教學的歷程

　　閱讀策略教學的歷程（Procedure）是專指教學實踐而言，包括了：

1. 可觀察到的課堂技巧、練習、及行為。
2. 教師可使用的時間、場所及設備的資源。
3. 課內可觀察到的互動型態。
4. 教學實施時為師生所運用的技巧及策略。

　　策略訓練的實施應有合理的步驟，Oxford（1990）提出了八個策略教學的實施步驟：

1. 決定學習者的需求與可用的時間

2. 謹慎選擇策略

3. 考量策略訓練的整合

4. 考量有關激勵的因素

5. 準備教材和活動

6. 執行完整的訓練

7. 評量該項策略訓練

8. 修正該項策略訓練

Weaver and Cohen（1994）則提出與Oxford類似的改良步驟：

1. 決定學習者的需求與可用的訓練資源

2. 選擇策略

3. 考量整合性的策略訓練之益處

4. 考量有關激勵的因素

5. 準備教材和活動

6. 執行明確的策略訓練

7. 評量與修正該項策略訓練

　　上述兩者的精神都是第一步先考慮教學的條件（Conditions），再從許多策略中選擇適於訓練的，才進行教學設計與實施。筆者認為一般陳述式（Descriptive）的教學，多是先決定了教學內容或是教學法，之後才依教學條件來進行調整，屬於「教學法先決」的設計，但上述的方式卻是「處方式」（Prescriptive）的教學設計原則，即「條件先決」的設計，比較能契合語言策略教學的實際情況。

第五節　閱讀策略訓練的原則

　　許多學者提出有關閱讀策略訓練的看法，Young（1993）提出精闢的

觀點：

1. 真實文本（Authentic Texts）指的是原本就是寫給說甲國語言的甲國人所看的文章，目的在傳達意義而非語言教學。因此沒有特意的簡化。
2. 從學習閱讀的開始，就以訓練學生閱讀策略為目標。
3. 用真實教材比用經過編寫的教材更能促進學生理解文意。
4. 真實的教材應當應用在教室課堂之中以提升學生策略性的閱讀。
5. 對於學習者（特別是初學者），最好選擇他們熟悉且有興趣的主題。
6. 外語閱讀學習應該在學習的一開始，就訓練學生使用觀念導向（conception-driven）的策略為目標，而不使用以字為導向的策略。
7. 成功的外語閱讀學習者常用全面性的策略（global strategies）；失敗的外語學習者則較常用局部性的策略（local strategies）。

Goodman（1996）也提出幾項的閱讀概念：

1. 閱讀是個動態的歷程，閱讀時讀者運用有效的策略來尋求意義。
2. 讀者的一舉一動都是他們要理解意義所做的嘗試。
3. 讀者變得很有效率，只用剛好足夠的訊息就能完成理解意義的目的。
4. 讀者帶到閱讀活動裡來的訊息，以及他們從文章取來運用的訊息，二者對成功的閱讀都很重要。（洪月女譯，頁159）

劉電芝（1999）歸納出策略訓練課程設計的原則：

1.針對學生自發使用的有效策略加以訓練；2.根據學習落後者之認知功能缺陷進行訓練；3.把專家思維策略教給新手；4.從哲學角度講授思維技巧。

梁榮源（1998）提出閱讀訓練的手段是告知與示範，包括三點知識的告知與兩點心理的示範：1.告訴學生關於閱讀策略的知識；2.告訴學生閱讀的概念；3.告訴學生問題和答案的關係；4.教師示範閱讀時的心理活動；5.教師示範閱讀理解檢查，譬如介紹預測策略時，可以把目的、如何做、為何這麼做告訴學生。

葉德明（民86）認為從閱讀的心理歷程來看，必須讓學生使用下列的策略：

1. 運用心理詞典的知識，臆測新詞意義。
2. 抓住文章中常出現的詞彙、關鍵字，提高理解。
3. 了解文章組織段落的連結、語法結構，使閱讀順暢。
4. 分析文章中所提供的線索，找出文章的重點。
5. 運用讀者本身背景知識推斷文章內容。
6. 從標示的提示總結文章整體的要意。

這些理念性的觀點對於此閱讀策略教學法的發展都頗具有啟示作用。可供語言教師及教學設計者加以融合採用。

結語

本章旨在建構出華語閱讀策略教學之教學法，針對華語文閱讀策略教學的設計進行歸結式的原則陳述，做為教學發展過程的總結。首先陳述研究者對於發展閱讀策略教學之語言觀與教學觀，再分別針對各項教學法的設計要素，逐一條列出研究者所持的觀點與信念，包括目標的擬定、內容大綱的安排、教師與學習者的角色、教學活動的規劃、教材編製的原則、策略學習的評量方式，最後再探討教學實踐的原則。並舉出與研究者觀念相近的其他學者之看法。這些所陳述的原則與觀念並非憑空而得，都是根據本研究過程中曾進行的文獻探討、策略採集、教材分析、與實驗課程的結論所歸納而成的原則，其中當然也包括了研究者自身所持的信念。

第十章
總結與建議

本書針對外籍人士的華語文學習，採取發展式研究法，經由一系列的階段研究，探討如何教導華語文的學習方法及策略，而以閱讀為研究探討的範圍。閱讀並非僅指漢字的識讀，而是指從漢字、詞彙、句子、段落、到篇章的整體範圍，閱讀的目標是對於各種真實文本的理解。

第一節　發展式研究法的體現

本研究是以發展式研究法〈Developmental research approach〉所進行的一系列相關研究的結果，發展式研究法的精神在於將學理探究與具體實踐相結合，由於任何的實踐結果都是從最初的觀念建立開始，一直到真實施行之間的過程累積，在這個過程之中，在不同的階段要因應不同的問題，而須進行一連串的小型研究，以逐步達成預設的目標，這些小型研究所採用的方式可能兼具質化與量化的方法，既可能採質化的訪談法與文獻分析法，也可能採量化實驗法及問卷調查法，有如一系列更為嚴謹的行動研究（Action Research）。

基於發展的觀念，無論是語言教學法、語言課程、或語言教材的發展，都是經由一連串的行動過程，在這個過程中須經過文獻蒐集、需求分析、規劃設計、製作雛型、實驗測試、修正評估、最後歸結出實踐的原則。

本研究即基於這個精神，試圖聯結策略教學之學理與真實的教學實踐過程，將全書分為三個部份，即觀念理論探討、教學設計研究與實徵、教學法架構。

在第一部份的第一章緒論中先解釋策略教學的需求及涵義，於第二章

探討一般的語言學習策略的教授與學習的學理。在第三章則進一步探討與「華語文」有關的閱讀策略教學。接著在第二部份按照策略教學發展的過程，從策略採集、現況分析、概念形成、製作、到實施與檢討，分別加以闡述，先於在第四章對於現有之漢語閱讀策略訓練之教程加以評析介紹，於第五章探討閱讀策略的分類與一項採集研究的範例，並隨即於第六章陳述一項教學實驗的經過與結果。第三部份是於第七章及第八章提出的閱讀策略的教學設計範例，以「斷句策略」及「分詞策略」作為範例，再基於各階段的探究而於第九章提出總體性的策略教學設計原則，並於此章提出總結與建議。

　　本書的章節順序也彰顯出教程發展的順序，其中每一階段除了探究其學理之外，均提出具體實施的研究實例，包括策略採集、策略教學規劃、策略教材編訂、真實的教學實驗，並提出策略教學法的範例，各章可分別視為獨立的小型研究，也可將全書視為一個完整的策略教學發展過程的真實記錄。

第二節　教程的設計與發展

一、符合系統化的教學發展觀念

　　本研究所探討的華語文閱讀策略訓練的教程發展，在策略文獻的探討、策略的分析採集、教材內容的分析、到實驗教學與教程範例，都是彼此相關。由於本書不僅有第一外語閱讀、第二外語閱讀及華語文閱讀的相關文獻探討，更有代表性的英語及華語文閱讀策略訓練教程的分析，乃至學習者所運用閱讀策略的採集，透過這些相關知識的探討、分析及資料的收集，研究者歸納整理出華語文閱讀策略訓練的教材的設計原則，並實際以斷句的策略分析為例，進行閱讀策略教材的設計。目前有關華語文閱讀策略訓練的教材，已愈來愈多，但有關策略教材的研究則相當有限。能進一步採集學習者的學習策略，並整合相關的知識來進行教材的設計，則更

爲有限。因此，本書在華語文閱讀策略的理論知識與實踐行動的整合，可視爲一項創新的嘗試。

二、實際應用

　　華語文閱讀的策略訓練，和許多領域的策略訓練皆有共同的特色，即藉由策略的訓練，引導學習者縮短嘗試錯誤修正的時間，並藉由策略的循環練習使學習者對閱讀技巧的運用能從生疏到熟練。有了策略的訓練，生手可以學會更多技能，以克服華語文閱讀的困難，並藉由閱讀能力的逐步提升，增進對華語文閱讀的主動學習。

　　然而，從前面篇章的敘述與分析，我們可以發現不同的閱讀策略訓練教材，往往會因爲教材的編寫與設計方式而有不同的面貌，華語文閱讀教材的編寫與設計，是一個創作的過程。其中，必需先具備豐富的華語文知識、華語文閱讀及閱讀策略的知識，乃至於華語文教學與學習的知識等種種知識爲基礎。其次，則要具備教材編寫的知識與能力，而這方面的知識與能力則有賴教學設計背景知識的充實。有了這兩方面的知識，方能充份設計出一套完整的教材。然而，由於編寫者或教材設計者在華語文閱讀教學知識框架，與教材編寫設計的知能，乃至對於學習者使用閱讀策略的瞭解程度等，皆有可能影響教材編寫的內容與方式，也由於每一本華語文閱讀教材的編寫者之知識與觀點皆有所不同，當選取教材作爲教學或學習時，也需考量教學者與學習者適合用哪一套或哪幾套教材。此外，每一種教材多有其特色，也有其限制，故在運用多種教材時，教學者尤需考量如何有系統的、有組織的運用不同的教材。若選用單一教材時，則需考量如何補其缺失或不足之處，因爲這些考量都將影響實際的教學過程。

三、研究與發展

　　華語文閱讀策略訓練教材，近來頗受華語教學界的肯定。其對於閱讀的引導方向以及成效，也非常重視。雖然相關教材所涵蓋的閱讀策略理論

上，應對閱讀理解有一定的效果，但是實際上，教師和學習者在開始用這些教材時則會發現，教師與學習者的實際使用行為，可以讓教材編寫者對於策略訓練的教學有更實際的體驗。換句話說，教師如何使用這些教材，學習者如何習得這些策略，都是值得瞭解的。因此，本研究認為教材使用的相關研究是相當重要的，因為策略教學與訓練的目的就是要增進閱讀的理解或閱讀的速度；固然可從教材的練習上看出學習者練習閱讀策略的結果，但對於學習者使用歷程的瞭解，則需藉由互動方式才能有深入的瞭解。

雖然大部份的華語閱讀策略訓練教材，都有詳盡的策略說明與策略練習，但在實際的閱讀過程，學習者是否都一直依循所提供的閱讀策略進行閱讀？而不同的學習者在習得這些策略的過程，是否也呈現不同的型態？更有甚者，學習者是否在策略學習的過程，也調整了正在學習的策略，乃至發展出自己的閱讀策略，都是值得探討的課題。從本書的第五章有關學習者的學習策略採集部份，即是希望透過學習者的實際閱讀過程，瞭解策略學習與策略運用的關係，並期望在未來的研究，可以針對這方面作更深入的探討。

第三節　閱讀理解歷程之反思

閱讀理解是複雜的認知歷程，對於閱讀理解進行的方式一般可歸納為三種模式，一是「由下而上」〈bottom-up〉的模式，二是「由上而下」〈top-down〉的模式，三是「交互模式」〈interactive models〉〈Young，1993；劉電芝，1999〉。「由下而上」〈bottom-up〉的模式重視外在的刺激感覺到內在表徵的認知歷程。「由上而下」〈top-down〉的模式重視閱讀者以既有知識將進入感官的資料加以組織的認知歷程。然而，不論是由下而上或由上而下，似乎都無法有效解釋閱讀理解複雜的認知歷程。近年來，探討閱讀理解者大都採用「交互模式」〈interactive models〉，認爲這兩種處理方式是同時而且交互發生的。

　　然而在閱讀教學與閱讀策略的訓練上，內在認知雖扮演重要的角色，但是也必須考慮其它的切入點，在此提出兩個值得考量的觀點：

一、智能訓練的誤導

　　學習有關語言的知識〈learning about language〉和學習語言〈learning language〉是兩種不同的智能，有關語言知識的學習是指瞭解語言的根源、架構、及構成語言的語素，包括語音、文法等知識；而學習語言是指對於聽說讀寫等語言技能的掌握。技能講求的是如何做，而知識所講求的是對於事實眞理的瞭解。許多教學觀念與實施方式卻將兩者混淆，以致教學活動朝向了知識分析的方向，而非技能訓練的方向，將知識的理解做爲語言學習的主要途徑，產生智能訓練的誤導現象。

　　Gagne〈1985〉將認知分爲認知策略〈Cognitive strategies〉、語文訊息〈Verbal information〉、智力技能〈Intellectual skills〉、態度〈Attitude〉、與心智動作〈Psych-motor〉。語言本身是多面向的，能理解由語文所表達的知識信息是屬於語文訊息，能執筆書寫漢字並寫得漂亮是一種心智動作，但是能熟練而有效率地運用聽說讀寫進行溝通卻屬於心智技能的範圍，語文技能是一種心智技能〈Intellectual skill〉的認知形態，是內在心理認知與外在實際動作的兩相結合，徒有知識並不保證技能的獲得，以發音爲例，在認知上知道漢字的正確拼音符號並不表示口裡就能發出標準的口音，對於文法條例的理解也並不保證寫作的品質，能掌握語法規則並不代表其口語就會流利。

　　換言之，現今的語文教學經常在訓練「語文訊息」的認知，而非「智力技能」的認知，產生了一種認知誤導的現象。

　　實際上，知識的理解分析對於心智技能是一種充份條件而非必要條件，有之或能幫助技能的習得，無之也不妨礙心智技能的學習，這也是爲何母語人士不靠語言分析的知識就能夠掌握語言的技能。

漢字肌動碼〈Graphomotoric Code〉的發現亦提供了啓示，心理學者研究發現失讀症的患者可以藉由反覆以以手指畫出筆順的練習而習得漢字〈曾志朗，1989〉，固然漢字肌動碼的產生仍是一種認知的歷程，但是卻非經由對於漢字的知識分析所得，而是必須經由適量的動作練習所產生。僅管這些語言知識有助於學習者更加知悉目標語言的組成道理，但是這種經由分析而得的知識理解，並不足以自動轉換成語言技能，因此仍要加上智能轉換的訓練才能奏效。換言之，聽說讀寫的技能也必須經由認知理解與心智動作的交互作用，與大量的反覆使用與練習，才能有效率的獲得。

二、「語言式」閱讀與「文學式」閱讀的交集

在語言教學領域，「語言」與「文學」的分際一直是爭議點，但是在閱讀的認知能力方面，卻實際可分爲這兩種不同的類型，分別是「語言式」的閱讀，與「文學式」的閱讀。

所謂語言式的閱讀是在語文結構的層次進行文意的理解，包括詞彙文句等的分析與解讀；而文學式的閱讀是對於文章內容的深究與鑑賞，包括文章中的微言大義、意境、美感、價值性、創新性等，其另有鑑賞的層次，此類別其實已進入文學的領域，素爲文學領域所專擅。

任何國家的本國語文教學，此兩類必然是必須兼顧的目標，一則由於本國語文的教育深度多可超越語言結構的層面，而達於深究與鑑賞的層面；二則由於本國語文教育包含有文化與價值傳承的本質，絕不僅止於溝通交際的層面。換種說法，L1〈第一語言〉的學習多半是兩者兼備的。

然而對於L2〈第二語言〉或外語的學習是否需要兩者兼顧，則頗有爭議，可能要依學習者學習外語的目的而定，絕大多數外國人學習華語的目的並不在於文學，因此應特別把握語言式的閱讀技能。然而高級的華語程度的閱讀能力多從注重文章的語言結構轉換到注重文章內容的深意，具有從語言式的閱讀逐漸轉移爲與文學式的閱讀的傾向。

第四節　對於未來發展的方向建議

衡諸本領域在華語學習策略訓練的既有研究狀況，研究者對於此領域的未來發展方向有如下的體認與建議：

一、全面發展華語聽說讀寫策略

目前英語為第二語的策略已發展頗為完備，在華語文方面仍只集中於閱讀與聆聽策略，在會話與寫作策略方面仍十分缺乏，聽說讀寫四項技能的策略必然有其交互的影響，需要全方位的採集與試驗。

二、研究以中文為第一語言〈母語〉之學習策略

目前華語為第二語言的策略固然尚待開發，但是連中文為母語的學習策略亦採集有限，研究不足使得華語文的策略研究無法從第一語言取得源頭活水，因此亟須進行以中文為第一語言的閱讀策略研究及開發，並研究將這些母語策略轉移於對外華語閱讀的可行性及適用性。

三、它語策略之借鏡

其它外國語的學習策略是否能遷移於中文的學習尚待研究。目前絕大多數的語言策略研究都是基於英語文的學習策略，對於其非英語背景的中文學習者，其本國語的策略研究或許能幫助他們轉移到中文的學習。

四、策略融入內化的行為

語言學習策略的學習者，如何將學得的策略從知識的理解逐漸內化，而成為一種自動的技能，尚有賴於大量的個案研究。

五、具體實行的效果研究

目前儘管已有許多語言學習策略的調查，也已有一些語言學習策略教材被出版，但尚少有具體實行的效果研究，未來應研究閱讀策略教學在學習者身上所產生的效果。

六、長期的追蹤研究

　　知識的學習可以立即展現並測知其結果，但是語言策略的學習卻需要一段養成習慣的時間，不易在短時間內就看出語言的進步幅度，因此需要長期追蹤的研究〈longitudinal study〉。

七、研究題目的建議

　　下列的具體研究題目都與現今部份中文學習者的情況有關，值得學者專家探究：

1. 具有中文口語能力但缺乏閱讀能力的華裔學生之閱讀策略。
2. 針對中文學習效率極佳之外籍人士進行訪談、觀察、與自述法的質化研究，以徹底瞭解其學習策略的來源與使用方式。
3. 外籍人士閱讀文言文及白話文所使用的閱讀策略。
4. 對於尚未掌握口語即開始閱讀文言文或白話文的歐洲漢學系學生所使用的策略。

結語：本研究之期待

　　世間的各種語言理應均有其學習的策略，語言學習策略也會發生在各種的語言學習過程中，然而在現實方面，因為研究的深度廣度不同而呈現語言訊息不均的現象，在英語為主的語言策略領域已有許多鉅著陸續出版〈例如，Weinstein, C.E., Goetz, E.T. & Alexander, P.A.,1988.; Oxford, R.L., 1990; Wenden, A.,1991; Meltzer, L.J., 1993.; O'Malley, J.M. & Chamot, A.U. 1993; McDonough, S.H., 1995〉，而以中文為第二語的閱讀策略相關的專著已逐漸問世〈例如信世昌，2001；周小兵等，2005；錢玉蓮，2007；江新，2008；陳賢純2008〉，但比之英語，該領域的普遍性猶待急起直追。

　　本研究之期待將策略教學〈strategy-based instruction〉發展成為

一套完整的語文教學觀，稱之為語言策略教學觀〈Strategic training approach〉，成為一套教學體系，類如自然學習法或全語言學習法〈whole language approach〉具有完整的學理及實踐方法。然而，一套語言教學法必須包含從上層的哲學觀到下層的實施技術，不僅包含有思維觀念與信念的源頭，也有系統化的原則與學理，更須有具體可行的方法與實踐時所需的技能，本研究期待能拋磚引玉，為這個發展方向鋪下一方墊腳石。

參考文獻

英文

Anderson, N.J. (1989). Reading Comprehension Tests Versus Academic Reading: What are Second Language Readers Doing?. Ph.D. Dissertation, The University of Texas, Austin.

Anderson, N.J. (1991). Individual Differences in Strategy Use in Second Language Reading and Testing. The Modern Language Journal, 75, p.460-472.

Barnett, M. A. (1988). Reading through Context: How Real and Perceived Strategy Use Affects L2 Comprehension. The Modern Language Journal, 72. 150-162.

Bialystok, E. (1980). On the relationship between formal proficiency and strategic ability. Paper presented at the annual meeting of TESOL, San Francisco, Calif., March 1980.

Bialystok, E. (1981). The Role of Conscious Strategies in Second Language Proficiency. The Modern Language Journal, Vol.65, p .24-35.

Bialystok, E. and Frölich, Maria (1978). Variables of Classroom Achievement in Second Language Learning. The Modern Language Journal, V. LXII, No.7, p .327-336.

Block, E. (1986). The Comprehension Strategies of Second Language Readers. TESOL Quarterly, 20. 463-494.

Brown, A. L. (1980). Metacognitive development and reading. In R.J. Spiro, B.C. Bruce, & W.F. Brewer (Eds.), Theoretical Issues in Reading Comprehension (p. 453-481). Hillsdale, NJ: Erlbaum.

Brown, James Dean. (1995). The Elements of Language Curriculum: A Systematic Approach to Program Development. Heinle & Heinle Publishers.

Chen, Y. F. (1995). Language learning strategies used by beginning students of Chinese in a semi-immersion setting, unpublished dissertation, Indiana University, USA.

CLTA (1999). CLTA1999 Chinese Envollment Survey. Chinese Language Teachers Association.

Dansereau, D. F. (1978). The development of a learning strategies curriculum. In H. F. O'Neil, Jr.(Ed.), Learning strategies (pp. 1-29). New York: Academic Press.

Dansereau, D. F. (1985). Learning strategy research. In J. W. Segal, S.F. Chipmen, & R. Glaser (Eds.), *Thinking and learning skills: Relating learning to basic research* (pp. 209-240). Hillsdale, NJ: Erlbaum.

Denzin N.K. & Lincoln Y.S. (1994). Handbook of Qualitative Research. Thousand Oaks, CA. USA: Sage Publications.

Dick W. & Carey L. (1993). The Systematic Design of Instruction. (Third Edition). Glenview (USA): Scott, Foresman and Company.

Dubin, Franda & Olshtain, Elite. (1986). Course Design-Developing programs and materials for language learning. Cambridge University Press.

Dunn, R. & K. Dunn, (1979). Learning styles / teaching styles should they be matched?. Educational Leadership 36: 238-244.

Ehrman, M. E., & Oxford, R. L. (1995). Cognition Plus: Correlates of Language Learning Success. The Modern Language Journal 79 (1995): 67-89.

Eills, R. (1986). Understanding Second Language Acquisition. Oxford University Press.

Everson M. E. & Ke, C. (1997). An Inquiry into the Reading Strategy of Intermediate and Advanced Learners of Chinese as a Foreign Language. Journal of the Chinese language Teachers Association. V. 32, 1, p.1-20.

Gagne R.M, Briggs, L.J. Wager, W.W. (1992). Principles of Instructional Design, (4th Ed.). New York: Holt, Rinehart and Winston, Inc..

Gagne, R. M. (1985). The Conditions of Learning. New York: Holt, Rinehart and Winston, Inc..

Gagne, R. M., and White, R. T, (1961). Abilities and learning sets in knowledge acquisition. Psychological Monographs: General and Applied 75: Whole No. 518.

Garner, R. (1988). Verbal-Report Data on Cognitive and Metacognitive Strategies. Learning and Study Strategies-Issues in Assessment, Instruction, and Evaluation. Academic Press. p63-76.

Hartmann P. & Mentel J. (1996). Interactions Access, Third Edition. Mcgraw-Hill-International Editions.

Hayes, E. (1988). Encoding strategies used by native and non-native readers of Chinese Mandarin. Modern Language Journal, 72(2), 188-195.

Jiang, X., Cohen, A.D. (2012). A critical review of research on strategies in learning Chinese as both a second and foreign language. Studies in Second Language Learning and Teaching 2 (1). 9-43.

Ke, Chuanren (1997). Effects of Strategies on the Learning of Chinese Characters Among Foreign Language Students. Journal of the Chinese Language Teachers Association. V. 33, 2, p. 93-112.

Ke, Chuanren. (1996). An Empirical Study on the Relationship Between Chinese Character Recognition and Production. Modern Language Journal 83(3); 340-350.

Ke, Chuanren. (1998a). Effects of Language Background on the Learning of Chinese Characters Among Foreign Language Students. Foreign Language Annals.31(1):91-100.

Ke, Chuanren. (1998b). Effects of Strategies on the Learning of Chinese Characters Among Foreign Language Students. JCLTA 33(2):93-112.

Keefe, J. (1987). Learning Styles: Theory and Practice. Reston, VA: National Association of Secondary School Principals.

Kemp, J. E. (1985). The Instruction and Design Process, New York: Harper & Row.

Kirn E. & Hartmann P. (1996). Interactions One: A Reading Skills Book, Third Edition. Mcgraw-Hill-International Editions.

Kletzien, S.B. (1991). Strategy use by good and poor comprehenders reading expository text of differing levels. Reading Research Quarterly, 16,1, 67-86.

Lee-Thompson, L. (2008). An Investigation of Reading Strategies Applied by American Learners of Chinese as a Foreign Language. Foreign Language Annals: Winter 2008, 41. 4, 702-721.

Lincoln Y.S. & Guba E.G. (1985). Naturalistic Inquiry. Newbury Park, CA., USA: Sage Publications.

Liu, I.C. (1999). Reading Comprehension and reading strategies. In M. Chu (Ed.) Mapping the course of the Chinese language field. Chinese Language Teachers Association, Monograph Series, Vol III. Kalamazoo: Chinese Language Teachers Association, Inc. pp.39-50.

Looney, Dennis & Lusin, Natalia (2019). Enrollments in Languages Other Than English in United States Institutions of Higher Education, Summer 2016 and Fall 2016: Final Report. Modern Language Association. Web publication, June 2019.

Mayer, R. E.(1988). Learning strategies: an overview. In C. E. Weinstein, E. T. Goetz, and P. A. Alexander(Eds.), Learning and study strategies (pp. 11-22).

McCombs, B. L. (1988). Motivational skills training: combining metacognitive, cognitive, and affective learning strategies. In C. E. Weinstein, E. T. Goetz, and P. A. Alexander(Eds.), Learning and study strategies (pp. 141-69). New York: Academic Press.

Michael, J., and O'Malley (1987). The Effects of Training in the Use of Learning Strategies on Acquiring English as a Second Language. In Wenden, A. L., & Rubin, J. (1987).

Learner Strategies in Language Learning. Englewood Cliffs, NJ: Prentice-Hall. 133-144.

Nisbet, J., and Shucksmith, J. (1986). Learning Strategies. Boston: Routledge & Kegan Paul.

O'Malley, J. M., & Chamot, A. U. (1990). Learning Strategies in Second Language Acquisition. N.Y.: Cambridge University Press.

O'Malley, J. M. & Chamot, A.U. (1990). Learning Strategies: model and materials, Learning Strategies in Second Language Acquisition N. Y.: Cambridge University Press. p. 198-199.

O'Malley, J.M., Russo, R. P., Chambot, A. U. & Stewner-Manzanares G. (1988). Applications of Learning Strategies by Students Learning English as a Second Language. Learning and Study Strategies: Issues in Assessment, Instruction, and Evaluation. Academic Press Co. p.215-222.

Olshavsky, J.E. (1976-1977). Reading as problem-solving: An investigation of strategies. Reading Research Quarterly, 12, 654-674.

Oxford, R. L. (1985). A new taxonomy for second language learning strategies. Washington, D. C.: ERIC Clearinghouse on Languages and Linguistics.

Oxford, R. L. (1986). Development of the strategy inventory for language learning. Manuscript. Washington, D. C.: Center for Applied Linguistics.

Oxford, R. L. (1989). "Use of Language Learning Strategies: A Synthesis of Studies with Implications for Strategy Trinity." System, 172:235-247.

Oxford, R. L. (1990). Language Learning Strategies. Boston: Heinle & Heinle Publishers.

Oxford, R.L. (1990). Chapter 1: Looking at Language Learning Strategies Language Learning Strategies. Heinle & Heinle Publishers, p .1-35.

Pritchard, R. (1990). The effects of cultural schemata on reading processing strategies. Reading Research Quarterly, 15-.4. 273-295

Reigeluth, C.M. (1983). Instructional-Design Theories and Models. Hillsdale, New Jersey, USA: Lawrence Erlbaum Associates, Inc. Publishers.

Richard, E. Mayer (1988). Learning Strategies: An Overview, In Claire E. Weinstein, E. T. Goetz, and P. A. Alexander(Eds.), Learning and Study Strategies: Issues in Assessment, Instruction, and Evaluation. Academic Press, Inc.

Richards, J. C. & Rodgers, T. S. (1995). Approaches and Methods in Language Teaching. Cambridge University Press.

Rigney, J. W. (1978). Learning strategies: A theoretical perspective. In H. F. O'Neil.(Ed.),

Learning strategies. New York: Academic Press.

Rohwer, W.D., Jr. (1971). Prime time for education: Early childhood or adolescence? Harvard Educational Review, 41, 316-341.

Rubin, J. (1987). Learner Strategies: Theoretical Assumptions, Research History and Typology. In Wenden, A. L., & Rubin, J. (1987). Learner Strategies in Language Learning. Englewood Cliffs, NJ: Prentice-Hall. 15-30.

Rubin, J. W. (1975). What the "Good Language Learner" can teach us, TESOL Quarterly, 9, 1, 41-51.

Rubin, J., and Thompson, I. (1982). How to be a more successful language learner. Boston, Mass.: Heinle & Heinle.

Stern, H. H. (1975). What can we learn from the good language learner?, Canadian Modern Language Review, 31, 304-18.

Thompson, I. (1987). Memory in language learning. In A. Wenden and J. Rubin (Eds.), Learner strategies in language learning (pp. 43-56). Englewood Cliffs, N. J.: Prentice-Hall.

Walker, Galal L.R. (1996). Designing an Intensive Chinese Curriculum. Chinese Pedagogy: An Emerging Field. National Foreign Language Resource Center. 181-213.

Weaver & Cohen (1997). Activity #1: Vocabulary Strategy Activity. Strategies- Based Instruction: A Teacher-Training Manual Session # 2. University of Minnesota.

Wegmann B. & Knezevic M.P. (1996). Mosaic One: A Reading Skills Book, Third Edition. Mcgraw-Hill-International Editions.

Wegmann B. & Knezevic M.P. (1996). Mosaic Two: A Reading Skills Book, Third Edition. Mcgraw-Hill-International Editions.

Weinstein, C. E., and Mayer, R. E. (1985). The Teaching of Learning Strategies. In Handbook of Research on Teaching, ed. M. C. Wittrock, (3rd ed.), New York: Macmillan.

Weinstein, C. E., and Underwood, V. L. (1985). Learning strategies: the how of learning. In J. Segal, S. Chipman, and R. Glaser (Eds.), Relating instruction to research. Hillsdale, N. J.: Erlbaum.

Weinstein, C. E., Schulte, A. C., and Cascallar, E. C. (1983). The Learning and Study Strategies Inventory(LASSI): initial design and development. Manuscript. Austin: University of Texas.

Wenden, A. (1991). Chapter 2: Learning Strategies, Learner Strategies for Learner Autonomy. Prentice Hall Europe. P.16-32.

Wenden, A. (1991). Learner strategies for learner autonomy. New York: Prentice Hall.

Wenden, A. L. (1987). Incorporating Learner Training in the Classroom. System. Volume 14, Issue 3, 1986, 315-325.

Wenden, A. L., & Rubin, J. (1987). Learner Strategies in Language Learning. Englewood Cliffs, NJ: Prentice-Hall.

Yang, N. D. (1998). An Interviewing Study of College Students' English Learning Strategy Use. Studies in English Language and Literature. 1998. v. 4. p1-11.

Young, D. J. (1993). Processing Strategies of Foreign Language Readers：Authentic and Edited Input. Foreign Language Annals, 26:4, 451-468.

Yu, Nai-Fen. (1987). Mnemonic strategies in learning Chinese as a second language (Unpublished doctoral dissertation). Indiana University, USA.

中文

中文建設研究組（1998）中文需要「隔詞號」。語文建設通訊，第57期，頁52-57。

中央研究院現代漢語平衡語料庫 http://asbc.iis.sinica.edu.tw/

王永炳（1998）劇本閱讀教學。閱讀指導：研究與應用。新加坡：萊佛士書社。頁79-97。

王明通（民78）中學國文教學法研究。臺北市：五南圖書出版公司。

江新（2000）漢語作為第二語言學習策略初探。語言教學與研究。2000年01期。61-68。

江新（2008）對外漢語字詞與閱讀學習研究。北京：北京語言大學出版社。

吳芳香（1998）國小二年級優讀者與弱讀者閱讀策略使用與覺識之研究。高雄師範大學特殊教育研究所碩士論文。

吳門吉（2012）從猜詞策略看歐美學生漢語閱讀能力發展過程。雲南師範大學學報（對外漢語教學與研究版）。2012, 10(06): 1-8。

吳勇毅（2007）不同環境下的外國人漢語學習策略研究。上海師範大學博士論文。

吳思娜（2016）詞彙、句法和元認知策略對日本學生漢語閱讀理解的影響。語言教學與研究。2016(02): 59-66。

吳曉露（1991）閱讀技能訓練—對外漢語泛讀教材的一種模式，語言教學與研究，1991年第1期，頁73-87。

吳曉露編著（1992）《漢語閱讀技能訓練教程》，北京語言學院出版社。

吳璧純、方聖平（1988）以中文字形的概念區辨性探討字詞辨識的基本單位，中華心理學刊，30卷，1期，頁9-19。

李中華（1998）神話閱讀教學。閱讀指導：研究與應用。新加坡：萊佛士書社。頁115-123。

李美鈴（1997）教學取向與閱讀能力對國小學童閱讀後設認知訓練成效影響之研究。高雄師範大學教育研究所碩士論文。

李振清（1994）藉國際性學術合作進行華語文師資培訓之探討。第三屆世界華語文教學研討會論文集，教學與應用（下冊），頁361-374。

沈毓敏（1995）英語文學習者文章閱讀過程研究。英語教學。22卷第一期，總號85號，p. 41-58。

沈薇薇（1997）字彙學習方法論：英國學生學中文的案例研究，第五屆世界華語文教學研討會論文集教學應用組上冊，11-20頁。

周小兵、張世濤 主編（1999）《中級漢語閱讀教程》〈I、II〉，北京大學出版社。

周小兵、張世濤、干紅梅（2008）漢語閱讀教學理論與方法。北京大學出版社。

周健（1999）探索漢語閱讀的微技能。第六屆國際漢語教學研討會論文。

周清海（1998）文言散文閱讀教學。閱讀指導：研究與應用。新加坡：萊佛士書社。頁37-45。

周漢光（1998）中學中國語文教學法（修訂版）。香港：中文大學出版社。

周質平、王學東（1992）人民日報筆下的美國。Chinese Linguistics Project, Princeton University。

林千哲（1997）中文字詞聯想研究與華語文詞彙教學，第五屆世界華語文教學研討會論文集教學應用組上冊，頁21-32。

林文韻（2000）中文為第三語言的實驗教學：採用可預測書與閱讀策略教學的行動研究。第六屆世界華語文教學研討會論文集。

林玟慧（1995）閱讀理解策略教學對國中閱讀障礙學生閱讀效果之研究。臺灣師範大學特殊教育研究所碩士論文。

林建平（1994）整合學習策略與動機的訓練方案對國小閱讀理解困難兒童的輔導效果。臺灣師範大學教育心理與輔導研究所博士論文。

林淑玲（1996）技職教育體系良好閱讀者的理解策略之研究。彰化師範大學英語研究所碩士論文。

林清山（民84）國中生自我調整學習因素與學習表現之關係暨自我調整的閱讀理解教學策略效果之研究。行政院國家科學委員會專題研究計畫成果報告，NSC 84-2413-H-003-009。

林蕙君（1995）閱讀能力、說明文結構對國小高年級學生的閱讀理解及閱讀策略使用之影響研究。新竹師範學院初等教育研究所碩士論文。

信世昌（1997）華語文教之「領域」思考。華文世界。第84期（June, 1997）頁17-24。

信世昌（1998）華語文學習方法與教材內容相互整合之教學課程設計（第一年）。國科會研究計畫（NSC 87-2411-H-003-010）。

信世昌（2000）以漢語為第二語言的學習方法分析及教程規劃。第六屆國際漢語教學研討會論文選集。頁92-99。北京大學出版社。

信世昌（2006）「篇章斷句」之漢語閱讀策略教學。《對外漢語研究》。第二期。頁18-25。

姜松（2003）中文第二語言閱讀策略教學與閱讀能力。世界華語文教學研討會論文集。第7卷。頁12-31。

柯華葳（1992）臺灣地區閱讀研究文獻回顧。中國語文心理學研究第一年度結案報告。

柯華葳（民88）中文閱讀成分與歷程模式之建立及其在實務上的應用--評量與診斷、課程與教材、學習與教學。國科會研究計畫報告。

胡永崇（1995）後設認知策略教學對國小閱讀障礙學童理解成效之研究。彰化師範大學特殊教育研究所博士論文。

胡志偉（1989）中文詞的辨識歷程，中華心理學刊，31卷，1期。

胡志偉、顏乃欣（1992）閱讀中文的心理歷程：80年代研究的回顧與展望。中國語文心理學研究第一年度結案報告。頁77-117。

胥彥華（1989）學習策略對國小六年級學生閱讀效果之研究。彰化師範大學特殊教育研究所碩士論文。

孫愛玲（1998）兒童文學閱讀教學。閱讀指導：研究與應用。新加坡：萊佛士書社。頁98-114。

徐子亮（2010）漢語作為外語的學習研究：認知模式與策略。北京：北京大學出版社。

徐忠明（2012）《老乞大》與《補通事》：蒙元時期庶民的日常法律生活。上海：上海三聯書店。

國語推行委員會（1997）重訂標點符號手冊。教育部國語推行委員會發行。

張晶、王堯美（2012）來華預科留學生閱讀策略調查研究。語言教學與研究。2012年第2期，頁25-32。

張學濤（1997）基本字帶字教學法應用於外國人漢字學習，第五屆世界華語文教學研討會論文集教學應用組上冊，頁207-214。

梁新欣（1997）眾口難調？美國高年及中文課程教學的新挑戰，華文世界，86期，

16-29頁。

梁源、葉麗靜（2019）傳承語學習者漢與學習策略初探─以義大利為例。收錄於施仲謀、何志恆主編（2019）中國語文教學新探。香港：商務印書館。頁311-326。

梁榮源（1998）閱讀指導：目的、策略、過程。閱讀指導：研究與應用。新加坡：萊佛士書社。頁37-45。

郭靜姿（1992）閱讀理解訓練方案對於增進高中學生閱讀策略運用與後設認知能力之成效研究。臺灣師範大學教育研究所碩士論文。

陳弘昌（民80）國小語文科教學研究。臺北市：五南圖書出版公司。

陳品卿（民75）國文教材教法。臺北市：臺灣中華書局。

陳建明（1997）閱讀理解策略教學效果之個案研究──以花蓮縣安通部落阿美族國小學生為例。國立花蓮師範學院教育研究所碩士論文。

陳秋蘭（民83）從心理語言學角度探討以英語為母語之讀者如何閱讀中文。國科會研究計畫NSC84-2411-H-029-001。

陳純音、葉德明（1998）外籍學生中文閱讀策略之研究（II）。國科會研究計畫。

陳曼麗（2000）臺灣在二十一世紀華語文教學發展中的重要地位。『第六屆世界華語文教學研討會』教學應用組論文集第四冊。頁2-5。

陳淑絹（1995）「指導─合作學習」教學策略增進國小學童閱讀理解能力之實徵研究。臺北師範學院教育心理與輔導研究所博士論文。

陳紹祖（1993）漢語構詞在閱讀歷程中對語義促發效應的影響。中正大學心理學研究所碩士論文。

陳賢純（1994）《現代漢語閱讀入門》，北京：現代出版社。

曾志朗（1988）漢語認詞歷程的建構與驗證。國科會研究計畫報告。

曾志朗、洪蘭（1978）閱讀中文字：一些基本的實驗研究，中華心理學刊，20期。

曾陳密桃（1990）國民中小學生的後設認知及其與閱讀理解相關之研究。臺灣大學教育研究所博士論文。

程朝暉（1997）漢字的學與教，世界漢語教學，總41期，3期。

黃超（2018）南非留學生群體初級漢語閱讀認知策略調查研究。武夷學院學報。2018, 37(02): 55-60。

黃瓊儀（1996）相互教學法對國小高年級學童閱讀理解能力、後設認知能力與閱讀態度之影響。嘉義師範學院國民教育研究所碩士論文。

楊憲明（民85）詞界限調整對中文閱讀的影響。國科會研究計畫報告。

楊翼（1998）高級漢語學習者的學習策略與學習效果之關係。世界漢語教學。1998

年第一期。頁88-93。

葉德明（1990）漢字認知基礎——從心理語言學看漢字認知過程，臺北：師大書苑有限公司。

葉德明（1996）華語對外教學之現在與未來。論文發表於「國際文教交流研討會」。教育部主辦。1996年6月14-15日。

葉德明（民86）外籍學生中文閱讀策略之研究。國科會研究計畫報告。

葉德明、陳純音（1997）外籍學生中文閱讀策略之研究（I）。國科會研究計畫。

詹文宏（1995）後設認知閱讀策略對國小閱讀障礙兒童閱讀理解能力研究。彰化師範大學特殊教育研究所碩士論文。

靳洪剛（民83）語言發展心理學。臺北：五南圖書出版公司。

暨南大學對外漢語教學系編（1996）《漢語快速閱讀—訓練與測試》，北京：華語教學出版社。

趙勳（2019）巴基斯坦大學生漢語學習策略研究。西北成人教育學院學報。2019(04): 45-50+59。

劉文正（2000a）推陳出新後出轉精—評10年來對外漢語閱讀教材的編寫。華文教學與研究。2000年第1期。

劉正文（2000b）對外漢語閱讀教材的創新—評《中級漢語閱讀教程》。第六屆世界漢語教學研討會論文選集。頁186-190。

劉玲吟（1994）後設認知閱讀策略的教學對國中低閱讀能力學生閱讀效果之研究。彰化師範大學特殊教育研究所碩士論文。

劉英茂、葉重新、王聯慧、張迎桂（民63）詞單位對閱讀效率的影響，中華心理學刊，16，頁25-32。

劉電芝主編（1999）學習策略研究。北京：人民教育出版社。

劉頌浩（2018）對外漢語閱讀教學研究四十年。國際漢語教育（中英文）。2018年04期。63-75。

劉頌浩、林歡（2000）《核心閱讀》，北京：華語文出版社。

劉曉南（2008）從歷史文獻看宋代四川方言。四川大學學報（哲學社會科學版)，2008年第2期，頁36-45。

鄭良偉（1997）臺、華語的時空、疑問與否定。臺北：遠流出版社。

鄭谷苑，洪蘭，曾志朗（1995）漢字辨識過程中語言訊息的自動類發歷程，第三屆世界華語教學研討會論文集：理論與分析篇（下），81-93。

鄭昭明（1978）漢字記憶的語言轉換與字的回譯，中華心理學刊，20期。

鄭昭明（1981）漢字認知的歷程，中華心理學刊，23卷，2期。

鄭涵元（1994）詞的閱讀學習策略對國小兒童閱讀理解影響效果之實驗研究。臺灣
　　師範大學教育心理與輔導研究所碩士論文。

鄭博真（民85）閱讀歷程理論及其對教學的啟示。教育資料與研究，第八期。

錢玉蓮（2004）第二語言學習策略研究的現狀與前瞻。暨南大學華文學院學報。
　　2004年03期。36-43。

錢玉蓮（2007）韓國學生和與學習策略研究。北京：世界圖書出版公司。

附錄一

1990～2019年出版之華語文閱讀教材

一、臺灣歷年出版之對外華語閱讀教材表

書名全名	年代	責任者	出版社
高級華文讀本	1996	Li, T.-y. & R.F. Chang	南天書局有限公司
進階文言文讀本	1997	美國各大學中國語文聯合研習所編著	南天書局有限公司
華語文綜合讀本第一冊	1998	國立編譯館	南天書局有限公司
華語文綜合讀本第二冊	1998	國立編譯館	南天書局有限公司
中級讀報學中文	1988	吳連英編著	先鋒國英語文中心
華語文綜合讀本（第一冊）	2002	吳玉蓮編著	南天書局有限公司
華語文綜合讀本（第二冊）	2002	吳玉蓮編著	南天書局有限公司
從精讀到泛讀	2003	凌志韞編著	南天書局有限公司
讀寫學中文—第1冊	2010	王慧娟、黃資芳、郭芳君、蔡蓉芝編著	新學林出版股份有限公司
讀寫學中文—第2冊	2011	郭芳君、王慧娟、黃資芳、蔡蓉芝編著	新學林出版股份有限公司
讀報學華語I	2012	張莉萍、陳立芬主編	國立臺灣師範大學國語教學中心
讀寫學中文-第3冊	2013	蔡蓉之、黃資芳、郭芳君、王慧娟編著	新學林出版股份有限公司
讀報學華語II	2014	張莉萍、陳立芬主編	國立臺灣師範大學國語教學中心
看報學中文	2014	許英英編著	正中書局股份有限公司
新聞華語	2019	楊琇惠編著	五南圖書出版股份有限公司

資料來源：筆者蒐集整理

註：以中文為第二語言的純閱讀教材為主，不包括綜合教材及屬於讀本（讀物）類型的閱讀書籍。教材按出版年代排序，共計10套，15本。

二、中國大陸歷年出版之對外漢語閱讀教材列表

教材名稱	年代	責任者	出版社
通向漢語之路，現代漢語閱讀教程（上、下）	1990	徐縵華主編	江蘇人民出版社
漢語閱讀技能訓練教程	1992	吳曉露編著	北京語言文化大學出版社
讀報刊、看中國（高級本）	1992	潘兆明、陳如編著	北京大學出版社
讀報刊、看中國（中級本）	1992	潘兆明、陳如編著	北京大學出版社
讀報刊、看中國（初級本）	1992	潘兆明、陳如編著	北京大學出版社
序列短文閱讀（共四冊）	1994	鄭國雄、金路、王新文、陶煉編寫	華語教學出版社
趣味漢語閱讀	1994	劉德聯、高明明編著	北京大學出版社
漢語快速閱讀——訓練與測試	1996	暨南大學對外漢語教學系編	華語教學出版社
中級漢語閱讀	1997	劉頌浩、黃立、張明瑩編	北京語言文化大學出版社
閱讀課本（第一冊）	1997	郎雙琪編著	北京語言文化大學出版社
精讀課本（第一冊）	1997	程相文主編	北京語言文化大學出版社
閱讀課本（第二冊）	1998	李宏編著	北京語言文化大學出版社
精讀課本（第二冊）	1998	李潤新、甘宗銘編著	北京語言文化大學出版社
現代漢語閱讀入門	1998	陳賢純主編	現代出版社
漢語系列閱讀（第一冊）	1998	張麗娜主編	北京語言文化大學出版社
漢語系列閱讀（第二冊）	1999	沈蘭主編	北京語言文化大學出版社
報刊閱讀教程（上）（三年級教程）－對外漢語本科系列教材	1999	王世巽、劉謙功、彭瑞情編	北京語言文化大學出版社

教材名稱	年代	責任者	出版社
報刊閱讀教程（下）（三年級教程）—對外漢語本科系列教材	1999	彭瑞情、王世巽、劉謙功編	北京語言文化大學出版社
報刊語言教程（上、下）（二年級教程）—對外漢語本科系列教材	1999	白崇乾、朱建中編	北京語言文化大學出版社
漢語閱讀教程（第一冊）（一年級教程）—對外漢語本科系列教材	1999	彭志平編	北京語言文化大學出版社
中級漢語閱讀教程（I、II）	1999	周小兵、張世濤主編	北京大學出版社
中級漢語精讀教程（I、II）	1999	趙新主編	北京大學出版社
中國視點——中級漢語閱讀教程（上、下）	1999	餘寧編著	北京語言文化大學出版社
高級漢語讀寫教程	2000	宋樂永編著	北京語言大學出版社
漢語閱讀教程 第二冊（對外漢語本科系列教材）	2000	彭志平編著	北京語言大學出版社
核心閱讀	2000	劉頌浩、林歡編著	華語教學出版社
新編漢語報刊閱讀教程（初級本）	2000	吳麗君編著	北京大學出版社
新編漢語報刊閱讀教程（中級本）	2000	吳麗君編著	北京大學出版社
新編漢語報刊閱讀教程（高級本）	2000	黎敏編著	北京大學出版社
中國傳統文化與現代生活：留學生高級文化讀本	2000	張英、金舒年編著	北京大學出版社
漢語閱讀教程（第三冊）	2001	彭志平編著	北京語言大學出版社
漢語閱讀教程：初級‧（A種本）	2002	熊文編寫	北京語言大學出版社

教材名稱	年代	責任者	出版社
漢語閱讀教程（二年級）（上）	2002	陳田順、朱彤、徐燕軍編寫	北京語言大學出版社
漢語閱讀速成・基礎篇	2002	鄭蕊編寫	北京語言大學出版社
漢語閱讀速成・中級篇	2002	朱子儀編寫	北京語言大學出版社
漢語閱讀速成・提高篇	2002	鄭蕊編寫	北京語言大學出版社
漢語閱讀速成・高級篇	2002	朱子儀編寫	北京語言大學出版社
北語對外漢語精版教材：中級漢語閱讀	2002	劉頌浩、黃立、張明瑩編著	北京語言大學出版社
初級漢語閱讀教程（II）	2002	張世濤、劉若雲編著	北京大學出版社
初級漢語閱讀教程（I）	2003	張世濤、劉若雲編著	北京大學出版社
讀報章 學漢語	2003	孟國編著	北京語言大學出版社
漢語閱讀教程 二年級（下）	2003	陳田順、朱彤、徐燕軍編著	北京語言大學出版社
中國傳統文化與現代生活：留學生中級文化讀本（I）	2003	張英、金舒年編著	北京大學出版社
當代話題：高級閱讀與表達教程（對外漢語本科系列教材 語言技能類）	2003	劉謙功編著	北京語言大學出版社
讀報紙，學中文 —— 中級漢語報刊閱讀（上、下冊）	2004	吳成年編著	北京大學出版社
階梯漢語.中級閱讀（共四冊）	2004	周小兵主編	華語教學出版社
階梯漢語・中級精讀（共四冊）	2004	周小兵主編	華語教學出版社
漢語新視野——標語標牌閱讀・I	2004	張世濤編著	北京大學出版社

教材名稱	年代	責任者	出版社
漢語易讀（I）課文（附練習冊）	2004	陸慶和、除菊秀、姚曉琳、葉翔、俞稔生、高山乾忠編著	北京大學出版社
漢語閱讀教程 第一冊（對外漢語本科系列教材 語言技能類）	2004	彭志平編	北京語言大學出版社
漢語閱讀教程（中級）（A種本）（上）	2004	傅億芳等編著 楚海洋 譯	北京語言大學出版社
漢語閱讀速成・入門篇	2004	朱子儀、鄭蕊編著	北京語言大學出版社
今日中國話題：高級閱讀與表達教程	2004	劉謙功編著	北京大學出版社
中高級漢語泛讀（上、下冊）	2004	王祝斌編著	北京大學出版社
中國傳統文化與現代生活：留學生中級文化讀本（II）	2004	張英、金舒年編著	北京大學出版社
發展漢語：中級漢語閱讀・（上冊）	2004	徐承偉編寫	北京語言大學出版社
發展漢語：中級漢語閱讀・（下冊）	2004	張慶旭編寫	北京語言大學出版社
中文報刊閱讀教程（德文注釋）	2004	周上之、Susian Staehle編著	北京大學出版社
中文基礎讀本（上、下）	2004	王之容編寫	北京大學出版社
報紙上的天下——中文報紙閱讀教程（上、下）	2004	王海龍編著	北京大學出版社
讀報知中國・上：報刊閱讀基礎	2005	吳雅民編著	北京語言大學出版社
發展漢語：高級漢語閱讀・（上冊）	2005	羅青松編寫	北京語言大學出版社

教材名稱	年代	責任者	出版社
發展漢語：高級漢語閱讀·（下冊）	2005	薛侃、蔡永強編寫	北京語言大學出版社
漢語階梯快速閱讀（一~五級）	2005	李祿興、么書君編著	北京語言大學出版社
漢語新視野——標語標牌閱讀（II）	2005	張世濤編著	北京大學出版社
漢語新聞閱讀教程	2005	劉謙功、王世巽編著	北京大學出版社
漢語易讀（II）課文（附練習冊）	2005	陸慶和、除菊秀、姚曉琳、葉翔、俞稔生、高山乾忠編寫	北京大學出版社
漢語易讀（III）	2005	陸慶和、除菊秀、姚曉琳、葉翔、俞稔生、高山乾忠編寫	北京大學出版社
輕鬆讀報：中文報刊泛讀教程·（中級）（I、II）	2005	朱建中編著	北京大學出版社
輕鬆閱讀：初級漢語泛讀	2005	蔣錦文、李莉、周玉潔、石梅、馬錦萍、馬蘭編寫	北京大學出版社
閱讀訓練（第一冊）	2005	周健等編寫	人民教育出版社
步步高—漢語閱讀教程（第二冊）	2005	張麗娜、沈蘭、顧慶、龐晨光編著	北京語言大學出版社

教材名稱	年代	責任者	出版社
初級漢語精讀（第一冊）	2005	史建偉、李增吉、劉平、向東編寫／南開大學漢語言文化學院、施向東編著	南開大學出版社
讀報知中國・下：報刊閱讀基礎	2006	吳雅民編著	北京語言大學出版社
讀報紙，學中文：准高級漢語報刊閱讀（上冊）	2006	吳成年編著	北京大學出版社
高級漢語精讀教程（I）	2006	鄧小寧編寫	北京大學出版社
漢語報刊閱讀教程	2006	劉謙功、田琨編著	北京語言大學出版社
漢語精讀課本預科	2006	馬燕華編寫	中國社會科學出版社
漢語精讀課本（一年級）（上冊）	2006	汝淑媛編寫	中國社會科學出版社
漢語精讀課本（一年級）（下冊）	2006	王健昆編寫	中國社會科學出版社
漢語精讀課本（二年級）（上冊）	2006	李煒東編寫	中國社會科學出版社
漢語精讀課本（二年級）（下冊）	2006	白荃編寫	中國社會科學出版社
漢語精讀課本（三年級）（上冊）	2006	馮建明編寫	中國社會科學出版社
漢語系列閱讀（第一冊）	2006	張麗娜編著	北京語言大學出版社
漢語新聞線上閱讀教程	2006	曹賢文、陳源編著	北京大學出版社
科普漢語閱讀（上、下冊）	2006	王碧霞、王瑞烽編著	北京語言大學出版社
媒體漢語高級閱讀	2006	趙昀暉編著	北京大學出版社

教材名稱	年代	責任者	出版社
輕鬆漢語：初級漢語精讀（上冊）	2006	王堯美編著	北京大學出版社
輕鬆閱讀：中級漢語泛讀（上）	2006	石梅、馬蘭、李莉、周玉潔、馬錦萍編著	北京大學出版社
輕鬆閱讀：中級漢語泛讀（下）	2006	於鵬、焦毓梅、李知炫、白迪迪編著	北京大學出版社
時代‧中級漢語報刊閱讀教程（上冊）	2006	吳卸耀編著	北京語言大學出版社
中文廣角：中級漢語泛讀教程（上）	2006	戴蓉編寫	北京大學出版社
中文廣角：中級漢語泛讀教程（下）	2006	王景丹編寫	北京大學出版社
步步高－漢語閱讀教程（第三冊）	2006	張麗娜、顧慶、沈蘭、巨偉編寫	北京語言大學出版社
初級漢語精讀（第二冊）	2006	施向東編寫	南開大學出版社
初級漢語精讀（第三冊）	2006	桑寶靖等編寫施向東、南開大學漢語言文化學院編著	南開大學出版社
高級漢語精讀教程（II）	2007	鄧小寧編著	北京大學出版社
漢語系列閱讀（第二冊）	2007	張麗娜編寫	北京語言大學出版社
橋：多功能漢語讀本	2007	厲振儀、（德）魏格林編著	上海大學出版社
輕鬆讀報：中文報刊泛讀教程（高級）（I）	2007	朱建中編著	北京大學出版社

教材名稱	年代	責任者	出版社
輕鬆讀報：中文報刊泛讀教程（高級）（II）	2007	朱建中編著	北京大學出版社
輕鬆漢語：初級漢語精讀（下冊）	2007	王堯美、蔡燕、連佳編著	北京大學出版社
時代・中級漢語報刊閱讀教程（下冊）	2007	吳卸耀編著	北京語言大學出版社
拾級漢語・第5級・精讀課本	2007	高順全等主編 徐曉羽等編著	北京語言大學出版社
拾級漢語・第6級・精讀課本	2007	高順全等主編 李曉娟等編著	北京語言大學出版社
拾級漢語・第7級・精讀課本	2007	高順全等主編 劉海霞等編著	北京語言大學出版社
拾級漢語・第8級・精讀課本	2007	高順全等主編 許國萍等編著	北京語言大學出版社
新編漢語中等閱讀教程（上冊）	2007	李增吉編寫	南開大學出版社
新編漢語高等閱讀教程（上冊）	2007	李增吉編寫	南開大學出版社
這樣閱讀（1～3）（三冊）	2007	陳賢純編著	北京語言大學出版社
中文廣角：高級漢語泛讀教程（上、下）	2007	朱彥、何瑾編寫	北京大學出版社
步步高－漢語閱讀教程（第一冊）	2007	楊浩亮、李豔編著／張麗娜編著	北京語言大學出版社
風光漢語：初級讀寫（I）	2007	方緒軍編著	北京大學出版社
風光漢語：初級讀寫（II）	2008	方緒軍、齊滬揚、張新明編著	北京大學出版社
科技漢語：高級閱讀教程	2008	安然主編	北京大學出版社
雙效漢語快速閱讀(1)	2008	李寧編寫	北京語言大學出版社

教材名稱	年代	責任者	出版社
閱讀中文（第二冊）	2008	朱子儀、鄭蕊編著	高等教育出版社
這樣閱讀（4～6）（三冊）	2008	陳賢純編寫	北京語言大學出版社
讀故事學漢語	2008	李錦、田志華編著	北京語言大學出版社
標準漢語教程（第二版）‧閱讀篇I、II	2008	黃政澄等編著	北京大學出版社
步步高—漢語閱讀教程.第四冊	2008	楊少戈等編寫張麗娜編著	北京語言大學出版社
感悟漢語——高級讀寫	2009	朱志平、劉蘭民編寫	北京師範大學出版社
中級漢語閱讀教程‧I‧（修訂版）	2009	徐霄鷹、周小兵編著	北京大學出版社
漢語快速閱讀訓練教程一、二冊：漢英對照	2009	楊俐編寫	華語教學出版社
漢語閱讀教程‧第二冊（第二版）	2009	彭志平編著	北京語言大學出版社
拾級漢語‧第5級‧泛讀課本	2009	李曉娟編寫高順全、吳中偉、陶煉編著	北京語言大學出版社
拾級漢語‧第7級‧泛讀課本	2009	王蕾編寫高順全等編著	北京語言大學出版社
拾級漢語‧第8級‧泛讀課本	2009	李鈺編寫高順全、吳忠偉、陶煉編著	北京語言大學出版社
拾級漢語‧第6級‧泛讀課本	2009	何瑾編寫高順全、吳中偉、陶煉編著	北京語言大學出版社
新概念漢語閱讀‧初級本（英文注釋本）	2009	張園編寫	北京大學出版社

教材名稱	年代	責任者	出版社
閱讀中文（第三～五冊）	2009	朱子儀、鄭蕊編著	高等教育出版社
中國人的故事：中級漢語精視精讀（上、下冊）	2009	余寧編寫	北京語言大學出版社
最新報刊選讀：俄文注釋	2009	李發元編著	華語教學出版社
高級漢語閱讀教程（I）	2009	張世濤編著	北京大學出版社
中級漢語閱讀教程（II）（修訂版）	2009	周小兵、徐霄鷹編寫	北京大學出版社
漢語閱讀教程（第一冊）（第二版）	2009	彭志平編寫	北京語言大學出版社
步步高－漢語閱讀教程（第五冊）	2009	梁靜編寫	北京語言大學出版社
漢語快速閱讀訓練教程（一冊、二冊）	2009	楊俐編著	華語教學出版社
讀報紙，學中文——准高級漢語報刊閱讀：（下冊）	2010	吳成年編著	北京大學出版社
漢語天天讀（初級篇）	2010	胡盈盈 等編寫	北京大學出版社
漢語天天讀（准中級篇）	2010	胡盈盈、李芳編寫／毛悅編著	北京大學出版社
閱讀中文（第六冊）	2010	朱子儀、鄭蕊編寫	高等教育出版社
中級漢語精讀教程I（第二版）	2010	趙新、李英編著	北京大學出版社
漢語分級閱讀3	2011	史跡編著	華語教學出版社
漢語快樂讀寫（附CD）（英語注釋）	2011	范增友編著	應用寫作雜誌社
閱讀中國（阿語版）	2011	金帛編著	五洲傳播出版社

教材名稱	年代	責任者	出版社
漢語閱讀速成 入門篇 第二版（英語注釋）	2011	朱子儀、鄭蕊編寫	北京語言大學出版社
漢語閱讀速成 基礎篇 第二版（英語注釋）	2011	鄭蕊編寫	北京語言大學出版社
漢語閱讀速成 提高篇 第二版（英語注釋）	2011	鄭蕊編寫	北京語言大學出版社
漢語閱讀速成 中級篇 第二版（英語注釋）	2011	朱子儀編寫	北京語言大學出版社
漢語閱讀速成 高級篇 第二版（英語注釋）	2011	朱子儀編寫	北京語言大學出版社
時代 ── 高級漢語報刊閱讀教程上冊（英語注釋）	2011	吳卸耀、常志斌、石旭登編寫	北京語言大學出版社
讀報紙，學中文：高級漢語報刊閱讀（上冊）（英語注釋）	2011	吳成年編著	北京大學出版社
漢語天天讀（中級篇）（英語注釋）	2011	毛悅、胡盈盈、李芳編著	北京大學出版社
發展漢語高級閱讀2（第2版）	2011	蔡永強、薛侃編著	北京語言大學出版社
發展漢語高級閱讀1（第2版）	2011	羅青松編寫	北京語言大學出版社
發展漢語中級閱讀1（第2版）	2011	徐承偉編寫	北京語言大學出版社
拾級漢語‧第9級‧精讀課本	2012	高順全，吳中偉，陶煉主編，劉海霞編著	北京語言大學出版社
拾級漢語‧第10級‧精讀課本	2012	高順全，吳中偉，陶煉主編，許國萍編著	北京語言大學出版社

教材名稱	年代	責任者	出版社
發展漢語初級讀寫1（第2版）	2012	李泉、王淑紅、麼書君編著	北京語言大學出版社
縱橫商務漢語—— 准中級閱讀教程（英語注釋）	2012	陳珺、許晶編著	高等教育出版社
時代——高級漢語報刊閱讀教程下冊（英語注釋）	2012	吳卸耀、石旭登編著	北京語言大學出版社
基礎科技漢語教程——閱讀課本（下冊）（英語注釋）	2012	杜厚文編著	華語教學出版社
基礎科技漢語教程——閱讀課本（上冊）（英語注釋）	2012	杜厚文編著	華語教學出版社
漢語天天讀（高級）（英語注釋）	2012	毛悅主編	北京大學出版社
發展漢語中級閱讀2（第2版）	2012	徐承偉編寫	北京語言大學出版社
讀報紙,學中文：中級漢語報刊閱讀（下冊）（第二版）（英語注釋）	2013	吳成年編著	北京大學出版社
商貿漢語系列教材——商務漢語閱讀與表達1（英語注釋）	2013	姚晶晶編著	華語教學出版社
商貿漢語系列教材——商務漢語閱讀與表達2（英語注釋）	2013	崔淑燕編著	華語教學出版社
商貿漢語系列教材——商務漢語閱讀與表達3（英語注釋）	2013	周磊編著	華語教學出版社
商貿漢語系列教材——商務漢語閱讀與表達4（英語注釋）	2013	許曉華編著	華語教學出版社
商貿漢語系列教材——商務漢語閱讀與表達5（英語注釋）	2013	欒育青編寫	華語教學出版社
縱橫商務漢語——中級閱讀教程(1)（英語注釋）	2013	陳珺、陳澤涵編著	高等教育出版社

教材名稱	年代	責任者	出版社
縱橫商務漢語—中級閱讀教程(2)（英語注釋）	2013	陳珺、陳澤涵編著	高等教育出版社
漢語古籍選讀（中文）	2013	徐宗才、李文編著	北京語言大學出版社
發展漢語初級讀寫2（第2版）	2013	李泉、王淑紅、麼書君編著	北京語言大學出版社
漢語分級閱讀‧500詞（英語注釋）	2013	史跡編著	華語教學出版社
讀報紙,學中文：中級漢語報刊閱讀（上冊）（第二版）（英語注釋）	2013	吳成年、唐柳英編著	北京大學出版社
漢語分級閱讀‧1500詞（英語注釋）	2013	史跡編著	華語教學出版社
21世紀對外漢語教材：閱讀教程（第四冊）	2013	邢鐵生主編	上海外語教育出版社
樂在中國—初級漢語閱讀	2013	林秀琴主編	中央廣播電視大學出版社
科技漢語閱讀教程（中文）	2014	劉冬編著	高等教育出版社
絲綢之路學漢語系列教材‧大學漢語閱讀（吉爾吉斯文注釋）	2014	梁雲、安德源編著	新疆教育出版社
絲綢之路學漢語系列教材‧大學漢語閱讀（哈薩克文注釋）	2014	梁雲、安德源編著	新疆教育出版社
當代中文（修訂版）閱讀材料1	2015	吳中偉主編	華語教學出版社
當代中文（修訂版）閱讀材料2	2015	吳中偉主編	華語教學出版社
新實用漢語課本-同步閱讀1（英文注釋）（第3版）	2015	劉珣編著	北京語言大學出版社
職通漢語（閱讀5）	2015	張麗娜主編	北京語言大學出版社
樂在中國—中級漢語閱讀（上、下）	2015	林秀琴主編	中央廣播電視大學出版社

教材名稱	年代	責任者	出版社
高級漢語閱讀（下冊）	2015	于紅梅主編	西安交通大學出版社
職通漢語（閱讀2）	2016	張麗娜主編	北京語言大學出版社
高級漢語閱讀（上冊）	2016	于紅梅、何玲主編	西安交通大學出版社
新編讀報紙學中文-漢語報刊閱讀-准高級.上-	2016	吳成年主編 吳成年、王瑞珊、張爽編著	北京大學出版社
職通漢語（閱讀4）	2017	張麗娜主編	北京語言大學出版社
留學生漢語分級閱讀指南	2017	姜麗萍主編	北京語言大學出版社
新編讀報紙學中文-漢語報刊閱讀-准高級.下	2017	吳成年主編 吳成年、張潔、馬嵐編著	北京大學出版社
《新編初級漢語閱讀教程 II》	2017	張世濤 劉若雲編著	北京大學出版社
《新編初級漢語閱讀教程 I》II	2018	張世濤 劉若雲編著	北京大學出版社
實用漢語閱讀教程中級（下）	2018	張美霞 吳霄嶽編著	北京語言大學出版社
漢語新聞報刊閱讀教程	2018	郭鳳英、張東贊編著	西南交通大學出版社
絲路新風 漢語閱讀 跨越篇	2018	徐芳主編	北京語言大學出版社
《漢語閱讀教程》（第三版）第三冊	2019	彭志平編著	北京語言大學出版社

資料來源：筆者蒐集整理

註：以閱讀教材為主，不包括綜合教材及屬於讀本類型的閱讀書籍。教材按出版年代排序，
　　同一系列的教材若其等級、作者或年代有異，則分開列出。1990～1999年有32本；
　　2000～2009年有139本；2010～2019年有63本。共計234本，其中包含了62套系列型的教
　　材。

附錄二
華語閱讀策略教材範例

第一課

　　第一部份：認字策略 —— 人部的字

　　第二部份：認詞策略 —— 反義詞

　　第三部份：閱讀語句策略 —— 斷詞的訓練

　　第四部份：閱讀篇章策略 —— 組句訓練

第二課

　　第一部份：認字策略 —— 衣部的字

　　第二部份：認詞策略 —— 合詞

　　第三部份：閱讀語句策略 —— 斷句的訓練

　　第四部份：閱讀篇章策略 —— 認識書面語的訓練

第三課

　　第一部份：認字策略 —— 手部的字

　　第二部份：認詞策略 —— 同義詞、近義詞

　　第三部份：閱讀語句策略 —— 閱讀長句的訓練

　　第四部份：閱讀篇章策略 —— 掌握篇章重點的訓練

說明：

1. 本教材是本書作者所主持之國科會研究計畫之部份成果，曾經過實際
   試用並作為教學試驗的工具。

2. 本教材之目的在傳授中高級華文程度的學生學習華文之策略，教材的

內容是以閱讀策略的訓練為目的。

3. 本教材總共三課，每一課都包含四個部份：第一部份 —— 認識字的策略；第二部份 —— 認識詞的策略；第三部份 —— 認識句子的策略；第四部份 —— 篇章閱讀策略。

4. 本教材並非傳統的自學教材，須透過老師的指導，而老師亦必須具備策略教學的概念或是策略教學法的訓練。

第一課

第一部份　「識字」策略──「人」部的字

策略說明

　　「人」部為什麼很重要？因為以「人」為部首的字非常多，如果多學這個部首的字，是很有用的。

字　　形：「人」部出現在字中的形式有「人」、「亻」（通稱單人旁）兩種。

字　　源：「人」字最早的字形是這樣的──「𠨃」，像一個人側面站立的樣子。

字　　音：ㄖㄣˊ（rén）

字　　義：指人類。

組字方式：「人」部是很常用的部首，多半有「人」（亻）部的字，是以「左右」（▯▯如：你）或「左中右」（▯▯▯如：倒）的組合形式構成的字形，但是也常有「上下」組字的形式（日如：今），當然也有很不容易認出的例外形式，如：來。

練習活動

練習一　教學指引：

重點1：溫故知新，能指認出「人」部的字。

重點2：了解「人」部的構字形式。

重點3：帶領學生閱讀策略說明。增加學生文字方面的知識，其實就是一種很好的策略。

重點4：舉例說明什麼是部首。

重點5：帶領學生做練習一。

練習一

找部首的練習

請從下面的許多字中找出有「人」（亻）部的字，並請寫下來：

復　伯　得　念　你　佳　徑　個　後　企　律　會

倍　從　徒　假　側　很　但　今　令　合

答案是：伯、你、佳、個、企、倍、假、側、但、今

練習二　教學指引：

重點1：舉例說明「人」部可能出現的部位。指導學生找出「普遍性的原則」，就是一個很好的策略。

重點2：舉例說明，讓學生有部件的概念。

重點3：舉例說明兩個或三個已認識的部件，可以組合成新的字。

重點4：帶領學生做練習二。

練習二

部件的練習

1. 從練習一的答案中找出像「位」這樣，是由左右兩部份拼合的字，並請寫下來：

   答案是：伯、你、佳、個、倍、但

2. 從練習一的答案中找出像「做」這樣，是由左中右三部份拼合的字，並請寫下來：

   答案是：假、側

3. 從練習一的答案中找出像「今」這樣，是由上下兩部份拼合的字，並請寫下來：

   答案是：企

練習三　數學指引：

重點1：告訴學生，「人」部也有一些不易認出的例外構字情形。

重點2：帶領學生做練習三。

練習三

尋找不易辨認之部首的練習

請仔細觀察下列的字，並請圈出部首。例如，例

今　　來　　修

答案是：今、來、修

練習四　教學指引：

重點1：舉例說明「人」部與「亻」部其間的分別。

重點2：帶領學生做練習四。

練習四

分辨容易混淆之部首的練習

很多學生在學習中國字的時候，常不能分辨「亻」部和「彳」部是不同的，
藉著下面的練習，建立起不同部首的概念，以辨認清容易混淆的部首。

(A) 請寫出「　」中的字音：

  1. 今天下午，我要前「往」他的「住」處拜訪他。

    答案是：「往」（ㄨㄤˇ）、「住」（ㄓㄨˋ）

  2. 就算你把老闆服「侍」好，老闆也不會好好對「待」你。

    答案是：「待」（ㄉㄞ）、「侍」（ㄕˋ）

(B) 請仔細看下面每一句中有沒有錯字，如果全對，請寫「○」，如果有錯
  字，請把正確的字形寫出來。

1. 後天的考試我已經準備好了。┄┄┄┄┄┄┄┄┄┄┄┄┄┄（　）
2. 從今以後，我再也不敢偷懶貪玩了。┄┄┄┄┄┄┄┄（　）
3. 工作了一天，他伸了一個懶腰，想恢復一點兒精神。┄┄（　）
　答案是：1.（○）2.（偷）3.（伸）

練習五　教學指引：

重點1：不刻意介紹什麼是形聲字，只舉例說明：一個字的部件可能有表音的功能；而部首則常不表音，只是表示意義上的大分類而已。

重點2：帶領學生做練習五。

練習五

形聲字的練習

中國字有很多字的讀音和該字的某一部分，有同音（如：「錶」和「表」是同音）或者發音相近（如：「想」和「相」只有聲調不同）的情形。如果能多注意這樣的關係，對找出這個生字的讀音是很有幫助的。

1. 不查字典，請立刻寫出下面每個字的讀音：
　答案是：仆（ㄆㄨ）、伙（ㄏㄜˇ）、伍（ㄨˇ）、伴（ㄅㄢˋ）、佈（ㄅㄨˋ）

2. 下面哪些字的讀音，正好跟這個字右邊部件的讀音一樣的，請圈出來，並且寫出這些字。

價　他　倖　仲　偉　傳

　答案是：倖、偉

3. 請找出下面每一個字表示聲音的部份，並且圈出來。經過觀察以後，請寫出這些表示讀音的部份出現在字的哪一邊？

偵　像　湖　蝶　試

　答案是：偵、像、湖、蝶、試　右邊

評量提示：

　　教師可用觀察的方法，評量學生參與課堂活動，或實際做練習的情形，做為他們是否學到策略的依據。

第二部份　「認詞」策略——反義詞

策略說明

　　在這個單元裡，我們要來認識一下形成反義詞的四種情形，會有什麼樣子的組合。並加強認識反義詞的能力，還要練習自由組合新詞。我們用這個策略認識詞與詞之間的相對關係，希望能增加了解文句篇章意義的能力。

練習活動

練習一　教學指引：

重點1：總而言之，學生應以第一種情況的練習為主。只要先掌握住一個單字的相反詞是什麼，就很容易了。老師儘量蒐集辭彙來增加學生的認知能力，並利用練習題讓學生熟悉，以致產生類化的認知力，達到舉一反三的效果。

重點2：老師要引導學生找到這些關鍵字詞。特別是「卻」這個字，是常用的反義詞提示字。對找到反義詞有關鍵的作用。

練習一

第一類反義詞的練習

> 這裡的「正」和「反」只是一個相對的概念，並無好壞的分別。

首先，我們介紹第一類反義詞的情形。這類反義詞又分兩種，第一種的情形是：

	「正」＋固定字	「反」＋固定字
例如，	好　人	壞　人
	直　接	間　接
	主　人	客　人
	高　級	低　級
	動　物	植　物
	樂　觀	悲　觀

第二種情形是：

	固定字＋「正」	固定字＋「反」
例如，	國　內	國　外
	年　長	年　幼
	歡　迎	歡　送
	事　先	事　後

(A) 請一邊閱讀一邊在正、反詞下畫線，最後再抄寫一遍：

我有兩個兒子，大的是急性子，小的是慢性子。急性子的哥哥做事比較積極，慢性子的弟弟就消極一點。哥哥從小唸書就很自動，弟弟卻總是要我一叫再叫，被動得很。不過哥哥因為做事快，所以容易粗心，弟弟雖然慢，但是卻細心。說也奇怪，這次考試哥哥退步了十名，弟弟居然進步了十名。弟弟得意的把成績單拿給我們看，哥哥卻只是失意的低頭不語。我有點兒擔心，但我先生卻很放心。他說：「人生有高潮，也有低潮。老大向來就好，讓他吃點兒苦頭吧！不會有什麼負面的影響。老么這次吃到甜頭，應該有正面的效果，說不定能激發出他的信心呢！」聽了先生的一番話，我覺得他很理性，而我太感性了！

答案是：大的、小的。急性子、慢性子。哥哥、弟弟。積極、消極。自動、被動。粗心、細心。退步、進步。得意、失意。擔心、放心。高潮、低潮。苦頭、甜頭。負面、正面。理性、感性

⒝再仔細閱讀上文，看看句中有沒有哪些字或詞，可以幫你更容易的從上
　下文裡找到反義詞呢？如果有，請把它們寫下來。
　　答案是：卻、居然

練習二　教學指引：

重點1：看完例子，老師須再提醒學生，這些詞： 1.以書面用語居多。
　　　　 2.文言的成份居多。 3.構詞的情形是，前一字修飾後一字，但仍
　　　　以後一字的字義為主。

重點2：原則上，仍應以第一種為學習的主幹。第二種要學會認識。老
　　　　師要說明第二種構詞的情況是：後一字補充前一字的字義。正、
　　　　反詞的後一字，不是相似，就是相反。如：真情、假意。分工、
　　　　合作。群居、獨處等例中，情、意。工、作。居、處，有相似、
　　　　相近的意思。又如：忙碌、閒暇。早出、晚歸。高超、低劣等例
　　　　中，碌、暇。出、歸。超、劣，有相反的意思。

練習二

第二類反義詞的練習

第二類的反義詞，比較有一點文言的形式。不過，認識了關鍵字就不難
了。這類反義詞也分兩種情況：

第一種：佔大多數，重點在後一字的變化。

	「正」		「反」
例如，安	靜	吵	鬧
傍	晚	清	晨
筆	直	彎	曲
衝	動	冷	靜
店	主	顧	客
革	新	守	舊

第二種：佔少數。重點在前一字的變化

	「正」		「反」
例如，安	全	危	險
得	到	失	去
分	工	合	作
高	尚	下	流
懶	惰	勤	勞
古	板	新	穎
冷	淡	熱	情
忙	碌	閒	暇
群	居	獨	處
早	出	晚	歸
眞	情	假	意
高	超	低	劣
喜	訊	惡	耗

⒜ 請先閱讀左邊的詞，再從右邊的詞當中找到適當的反義詞，並畫線把它們連起來。

答案是：

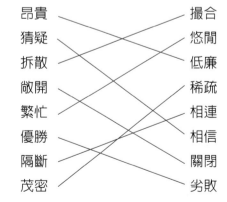

昂貴　　　　撮合
猜疑　　　　悠閒
拆散　　　　低廉
敞開　　　　稀疏
繁忙　　　　相連
優勝　　　　相信
隔斷　　　　關閉
茂密　　　　劣敗

(B) 請選出正確的反義詞號碼：

1. （1）文雅 ←→ （(1)庸俗　(2)高級　(3)美好）
2. （2）面前 ←→ （(1)事先　(2)背後　(3)事後）
3. （3）漆黑 ←→ （(1)黑暗　(2)昏黃　(3)雪白）
4. （2）親近 ←→ （(1)靠近　(2)疏遠　(3)近親）
5. （3）稀少 ←→ （(1)疏遠　(2)減弱　(3)眾多）

練習三　教學指引：

　　這一類的反義詞不多，大約有三、四十個左右。但在口語與書寫中卻經常被使用。所以應指導學生明白這類詞的結構。

練習三

第三類反義詞的練習

第三類的反義詞很特別，可以叫做加強型的反義詞。因為這類的反義詞，都是由「近義詞」緊密組合成不可分割的合詞，必須當做一個整體來了解。

A B	C D	
（A＝B）	（C＝D）	
例如，　生存	死亡	（「生」與「存」義近，「死」
冰冷	火熱	與「亡」義近。）
肥大	瘦小	
光明	黑暗	
減少	增加	
陸地	海洋	

(A) 請一邊閱讀，一邊找出正、反義詞，並在詞下面畫線，最後再抄寫出來。

寒冷的冬天過去了，炎熱的夏天，腳步還早得很。當春風吹過大地，寂靜的世界變得喧譁起來。遙遠的山頂上，冰雪漸漸融化了。鄰近的小溪裡，魚蝦開始活動了。

答案是：寒冷、炎熱。冬天、夏天。寂靜、喧譁。遙遠、鄰近

(B) 請再A、B兩組中選出一組適當的正、反義詞，填進句子當中。

1. 有人說：「親情是＿＿＿的，愛情是＿＿＿的。」你同意嗎？

A：緩慢、迅速　B：永恆、短暫

答案是：永恆、短暫

2. 這麼一個純真＿＿＿的小女孩，怎麼可能做出如此＿＿＿的殺人案件呢？

A：堅強、脆弱　B：善良、惡毒

答案是：善良、惡毒

3. 正午時候的溫度會＿＿＿一點，但是到了夜裡，溫度自然就會＿＿＿一些。

A：增進、減退　B：升高、降低

答案是：升高、降低

練習四　教學指引：

這一類的反義詞是最難的。字面上似乎無跡可循，但仔細推敲每一字的本義，仍可以找到代表正、反義的關鍵字。不過關鍵字的出現，沒有一定的位置，有時在前，有時在後；也有一前一後，一後一前的情況。老師除了多加解釋字的本義，幫助同學記憶以外，多帶領學生做練習，以求自實際使用中，獲得解讀的能力。

練習四

第四類反義詞的練習

第四類的反義詞，是最不容易認出的。表面上，正、反詞之間沒有任何一字是相同的，學生必須徹底了解每一字的本義，才能找出反義詞。如果學生識字能力強、了解本義的能力強，就比較容易學會這類反義詞。

	A B		C D
例如，	保守	⟷	開明
	悲傷	⟷	快樂
	表面	⟷	內心
	錯誤	⟷	正確
	敵對	⟷	友好
	地獄	⟷	天堂
	將軍	⟷	士兵
	光榮	⟷	恥辱
	人工	⟷	天然
	討厭	⟷	喜歡
	黃昏	⟷	黎明

⑷ 請選出正確相反詞的號碼。

1. （1）小人 ⟷ （(1)君子　(2)丈夫　(3)妻子　(4)大人）
2. （3）中央 ⟷ （(1)中心　(2)旁邊　(3)邊緣　(4)兩邊）
3. （3）嚴厲 ⟷ （(1)嚴格　(2)溫暖　(3)溫和　(4)嚴肅）
4. （2）形式 ⟷ （(1)形狀　(2)內容　(3)內人　(4)格式）
5. （4）驕傲 ⟷ （(1)傲慢　(2)輕慢　(3)空虛　(4)謙虛）

⑻ 請先閱讀左邊的詞，再從右邊的詞當中找到正確的反義詞，並畫線把它們連成一條線。

答案是：

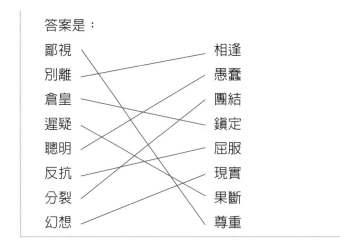

第三部份　「閱讀語句」策略──斷詞的訓練

策略說明

傳統的中國古文並沒有標點符號，有時連分段也沒有。古代讀書人閱讀書籍先得學會正確的斷詞與斷句，才能讀懂文章的意思，要是斷的位置錯誤，就可能弄錯了書中作者的原意。因此，斷詞及斷句的工夫可說是古代讀書人的一項基本能力。

　　中文是一字一義、一字一音節的語言。當這些詞彙連結成句或成篇的時候，如果不加以斷句隔開，就很不容易了解意思。若以句子為單位，在一個很長的敘述句中，只要斷詞的位置不同，句子就可能有不同的意思，如果能訓練自己熟悉中文的詞義劃分方式，以培養正確的斷詞能力，那麼就能有效提升你的閱讀能力。

練習活動

練習一　教學指引

重點1：教師簡單說明古文篇章無任何標注的特點。

重點2：教師舉例說明斷詞位置不同所導致的歧義性，如：下雨天留客天天留我不留。

重點3：本練習無標準答案，請老師自行判斷詞義劃分位置。

練習一-(A)

短句斷詞的練習

本練習目的在訓練學生正確斷詞並熟悉劃分詞義的位置。請用斜線將下列各句的詞彙斷出正確的位置來。

例：父母反對小李從家裡搬出去

　　→父母／反對／小李／從／家裡／搬出去

1. 學 哲 學 不 容 易 找 工 作
2. 孩 子 那 麼 小 離 得 開 母 親 嗎
3. 售 票 處 前 頭 有 不 少 人 排 隊
4. 校 園 裡 的 課 外 活 動 種 類 很 多
5. 私 立 學 校 學 費 比 公 立 的 貴 多 了
6. 我 不 願 意 將 來 整 天 跟 病 人 打 交 道
7. 這 裡 每 層 樓 都 有 洗 衣 機 和 烘 乾 機
8. 現 在 離 開 演 的 時 間 還 有 十 五 分 鐘
9. 成 功 的 畫 展 將 留 給 人 們 深 刻 的 印 象
10. 希 望 我 們 畢 業 以 後 還 繼 續 保 持 聯 絡

練習一-(B)

長句斷詞的練習

這個練習和前面一個練習基本相同，只是句子加長了一些，請直接在句子上面斷出詞彙來。

例：80年後中國當局深深體會到發展對外漢語工作的重要性。

　　→80年後／中國當局／深深／體會到／發展／對外漢語／工作的／重要性。

1. 我無法說出在那場車禍中究竟有多少人因此喪命。
2. 她幾乎每天都是收到報紙之後便隨手扔進垃圾桶裡。
3. 我朋友幾年前曾在嘉義縣民雄鄉的一所小學教書法及作文。
4. 米老鼠在美國經濟大衰退期間成了美國人的開心果。
5. 迪士尼明白一般人的實際能力往往超過他們自己所能想像的。
6. 她打開飯盒狼吞虎嚥地把那份美味的烤牛肉三明治給吃了。
7. 研究人員相信做夢可以幫助我們承受白天一些令人精神緊張的事情。
8. 整天穿著華麗而遊手好閒的富貴人家子弟叫做紈褲子弟。
9. 救護車立刻把傷折者送往最靠近市中心的那家私立醫院。
10. 我中學一個十分要好的同學常在學校圖書館二樓來回走動背文學作品。

練習二　教學指引：

重點1：告訴學生，要先畫線斷詞，再寫出造成歧義的兩個詞。

重點2：學生寫好答案後，老師可以一題一題比對，看學生們有什麼不同的意見。

重點3：本練習無標準答案，請老師自行判斷詞義劃分比置。

練習二

由於中文詞彙都是由一個個中國字形成的，詞彙在句中的位置有時會巧妙的重疊在一起，因而造成句子分歧的不同意思，形成許多有趣的情形。例如，大家都說她外遇是個性問題。其中【性問題】是一解；【個性問題】又是另一解。

歧義句的練習

這個練習目的在訓練你分辨中文句子裡的歧義情形。下面這些句中的某字，既可與前一個字合成一個詞，也可與後一個字合成一個詞，請你正確地斷出詞彙的位置，並且找出使你混淆的詞彙來。

請先替句中的詞彙斷出正確位置，然後再找出造成歧義的關鍵字，並寫出造成歧異的兩個詞彙來。

例：老 師 說 不 可 以 用 功 課 代 替 考 試
→<u>老 師</u> 說 <u>不 可 以</u> 用 功 課 代 替 考 試
　　　　　　　（用功、功課）

1. 他們過的簡直是非人的生活。

　→

2. 從此兩人心結果然打開了。

　→

3. 凡事應該求自己不可以靠別人。

　→

4. 圖書館是閱讀書報雜誌的好地方。

　→

5. 這種改變成功地克服舊有的生活形態。

　→

6. 音樂廳經常演出動人好聽的歌舞劇。

　→

7. 要是找不到出口就走回頭路好了。

　→

8. 過去中國那些煉丹術同化學沒有什麼兩樣。

　→

9. 她計畫將病死亡故的眾親友安葬一起。

　→

10. 分數低是因為學生猜錯誤解答題的方式了。

　→

練習三　教學指引：

重點：本練習(A)部份無標準答案，請教師自行判斷詞義位置

練習三

先斷詞後找句型的練習

本練習目的在訓練你快速找出句型，以便釐清句意。

(A) 請試著將下列長句斷詞

　a. 她 時 常 忙 到 連 喝 水 的 時 間 都 沒 有

　b. 除 非 大 減 價 否 則 我 媽 媽 絕 不 上 百 貨 公 司

　c. 現 代 化 的 社 會 連 幼 稚 園 的 小 孩 子 都 懂 電 腦

　d. 今 天 我 非 把 這 部 冷 氣 機 修 理 好 不 可

　e. 你 跟 這 種 人 做 生 意 非 出 問 題 不 可

　f. 她 害 羞 得 連 關 心 我 的 話 都 說 不 出 口

　g. 這 麼 難 的 問 題 連 天 才 都 不 知 道 該 怎 麼 回 答

　h. 除 非 太 陽 從 西 邊 出 來 否 則 我 是 不 會 借 錢 給 他 的

　i. 她 連 刀 子 都 不 敢 拿 怎 麼 敢 殺 人

　j. 老 闆 告 訴 他 買 內 衣 非 買 純 棉 的 不 可

(B) 根據上面的題目，你是否已經發現這些句子有幾種固定的表達方式？請
　　將上面的十個句子歸納出三種句型，並寫出這三種句型（或連接詞）
　　來。

　　例： 1. c、d、f → 不是……就是……

　　　　 1. a、c、f、g、i → 連……都

　　　　 2. d、e、j → 非……不可

　　　　 3. b、h → 除非……否則

第四部份　「閱讀篇章」策略——組句訓練

策略說明

　　一般學生在學習閱讀時，多先從生字、生詞開始，再經由文法了解文意。然而，如果想要提高語言學習成效，大量閱讀長篇而完整的文章是一個有效的方法。不過閱讀文章的方法不只要先認識字詞、文法，也要了解文句如何連貫，語意如何連接和如何抓出主題來。因此我們利用改變段落、句子的前後順序和刪除段落的標點符號，練習找出文句前後的關係和主旨，而了解整篇文章大概的意思。

練習活動

練習一　教學指引

重點1：這些議題是為了引導學生藉由討論，先對所要學的內容有一定的了解，因此教師應該盡量引導學生提出看法。

重點2：本練習應該要求學生先讀完每一段，再做答，然後討論他們用什麼方法排列出自己的答案。

重點3：當學生在閱讀時，如果遇到了生詞太多而無法做段落重組的困境，就個別提示學生該段的重點，並請學生注意(1)該段起始和結尾用的是什麼詞(2)這些詞一般會跟什麼詞搭配(3)用了什麼語氣結束。

練習一

排列段落的練習

請先討論下列議題，然後配合議題閱讀下面七段短文，再排列這七段短文的先後順序。

議題：

1. 你覺得樂觀的人是個怎麼樣的人？他對身邊的人、事、物有什麼幫助？

2. 你認為樂觀的思想對身體有什麼好處？

3. 不健康的人有可能是不太樂觀的人嗎？為什麼？

4. 悲觀會帶給別人或自己什麼樣的影響？

5. 如果悲觀真的對人生不好，應該如何改善呢？你有什麼好方法或經驗可以提供給大家做參考？

重組下面各段落：

中國人自古就用天干（甲、乙、丙、丁、戊、己、庚、辛、壬、癸等十個）和地支（子、丑、寅、卯、辰、巳、午、未、申、酉、戌、亥等十二個）來排列順序、時間和優劣。

例如在順序方面，就用甲、乙、丙、丁…代表1、2、3、4…

在優劣方面，如果學校作業得了「甲」，就表示成績得了優等。

在時間方面，現在我們說一天是二十四小時，但是古代的中國人用十二地支來計算一天的時間，一個地支代表二個小時，叫做「一個時辰」、「子時」是第一個時辰，相當於現在二十四小時裡的晚上十一點到凌晨一點。

至於「年」，中國人就用「天干」配上「地支」來計算。例如，西元一九八四是中國的甲子年，而西元一九八五年就是乙丑年，以此類推，六十年後又回到甲子年。如果用這個方法來計算「年」，你能算出今年是什麼年嗎？

甲、因此如果發現自己時時埋怨命運、責怪自己、對挫折失敗耿耿於懷，那麼你可能已經中了悲觀的「毒」了，必須盡快「解毒」。至於該如何解毒呢？首先要停止自我貶損，隨時對自己做適當的評價，然後尋找解決的辦法。「把失敗看成策略或方法出錯，而非性格有缺陷。」如此就不會感到無助，而可以積極採取行動了。

乙、樂觀者也比較不容易得到憂鬱症或其他生理上的疾病，心理學家認為有證據證明樂觀思想可增強免疫系統。換句話說，樂觀的思想會使人精神暢適、身體健康；它也是激發體內細胞活潑的要素，對於一些由心理造成的毛病，能夠產生神奇的治療效果。

丙、最後則要訂立目標。這些目標要具體一些，否則空泛的計畫常讓人無法見到實際的成績；且要把大目標分成小目標，這樣，每達到一個短程目標，你就會看到進步，而令你感到充滿活力，通體舒暢。

丁、反之，悲觀者總是相信壞事是由既定的條件所造成的。例如，認為自己數學不好是因為沒有數學天分，所以自己再怎麼努力也無濟於事，而不會設法去改善情況，甚至他會讓這些不如意的感覺蔓延到人生其他方面或其他人。久而久之，不但他所看到的未來總是昏暗的，連周遭的親朋好友也無法忍受與他相處時的愁悶氣氛，最終可能還賠上自己的身心健康。這是多麼的划不來呀！

戊、只要能盡力做到以上的這幾點，就能具備樂觀的特質及功力，那麼人生也就會跟著變得光明而且健康了。

己、世上最有建設性力量的人，就是具有智慧的樂觀者。樂觀的人永遠對自己和世界抱著濃厚的希望和堅強的信心，他不但有強烈的意志能使自己成功，同時還會以自己的榜樣，鼓勵旁人一同努力去創造快樂幸福的人生。因此，樂觀可以說是一種積極的思想，能引導人走想光明之路。

庚、再就是要承認自己過去的成功，不羞於讚美自己，並且慶祝自己的成就。這樣就有助於建立自尊自重的感覺，從而培養出自信心來。

段落先後順序為：己、乙、丁、甲、庚、丙、戊

練習二　教學指引：

重點1：以下的練習（二、三、四）是按難易程度排列練習的先後順序。

重點2：大致介紹一些常用標點符號的用途，如句號（。）是結束一段完整的句意。逗號（，）是在一段完整語意中，為了字數、口氣及閱讀等的考慮和需要，最好稍作停頓的記號，等等。

重點3：不能讓學生看後面的選擇項目，一定要求學生先做完斷句再說。

練習二

先斷句後重組的練習

請先閱讀下面這段沒有標點符號的文字，並試著加上標點符號：

「世上最有建設性力量的人就是具有智慧的樂觀者一個樂觀的人遠對自己和世界懷抱著濃厚的希望和堅強的信心他不但有強烈的意志能使自己成功同時還會以自己的榜樣鼓勵旁人一同努力去創造快樂幸福的人生因此樂觀可以說是一種積極的思想能引導人走向成功光明之路。」

重組下列文句：

甲、因此，樂觀可以說是一種積極的思想，

乙、他不但有強烈的意志能使自己成功，

丙、一個樂觀的人永遠對自己和世界懷抱著濃厚的希望和堅強的信心：

丁、世上最有建設性力量的人就是具有智慧的樂觀者。

戊、能引導人走向成功光明之路。

己、鼓勵旁人一同努力去創造快樂幸福的人生。

庚、同時還會以自己的榜樣，

文句先後順序為：丁、丙、乙、庚、己、甲、戊

練習三　教學指引：

重點：本練習不提供學生段落導引，而直接排序，所以困難度較高。

練習三

單純重組文句的練習

下面的練習，請先看完每個單句，再利用各句語意、語氣和標點符號等線索，排列出它們的先後順序來。

甲、讓我們身體健康，

乙、同時樂觀者也比較不容易罹患心理方面的疾病，

丙、對於生活中所產生的壓力，

丁、證明樂觀的思想可以增強抵抗力，

戊、減少產生病痛的機會。

己、根據心理學家的研究，

庚、樂觀者比較能找到宣洩的管道。

辛、也就是說，

文句先後順序為：己、丁、戊、甲、乙、辛、丙、庚

練習四　教學指引：

本練習更為困難，必須直接排列無標點符號的句子，重點是要學生注意文意是否完整、是否該停頓或結束。

練習四

判斷文意停頓及重組文句的練習

以下的句子都沒有標點符號，請在排列句子的時候，自己加上標點符號。但是其中有些句子是從完整的長句分開來的，不一定需要加標點符號，請小心！

甲、那麼，想當然

乙、影響到自己人生的其他方面

丙、一定是「命中註定」、「命該如此」的

丁、就根本不會出現在一個悲觀者的腦海中

戊、他的人生必將顯得昏暗無望了

己、一個悲觀者總是認定壞事會發生

庚、甚至他會讓這種消極、逃避的態度

辛、因此自己再怎麼奮鬥也於事無補

壬、一旦如此

癸、「設法改善和補救」的想法

文句先後順序為：己、丙、辛、庚、乙、壬、癸、丁、甲、戊

第二課

第一部份　「認識字」的策略──「衣」部的字

策略說明

　　「衣」部爲什麼很重要？以「衣」部爲部首的字雖然不算非常多，卻是學生最容易出錯的一個部首。如果學會這個部首的意思，再學會容易和「衣」（衤）部混淆的「示」（礻）部，是很有用的。

字　　　形：「衣」部出現在字中的形式有：「衣」、「衤」，兩種。

字　　　源：「衣」字最早的字形是這樣的──「夼」，代表衣領和袖口的樣子。

字　　　音：一（yi）

字　　　義：人可以穿在身上遮蓋並且能保暖的東西。

組字的方式：「衣」部是常用的部首，多半有「衣」（衤）部的字，是以左右或左中右的組合形式構成字形，但是也有上下組字的形式，更有上中下組字的形式，當然也有很不容易認出的例外形式。

練習活動

練習一　教學指引：

重點1：帶領學生閱讀策略說明。增加學生文字方面的知識，其實就是一種很好的策略。

重點2：了解「衣」部的構字形式，舉例說明「衣」部的字。

重點3：溫故知新，能指認出「衣」部的字。

重點4：帶領學生做練習一。

練習一

認識「衣」部和左（中）右拼合的字

1. 請從下面的許多字裡，找出有「衣」部的字，並請寫下來：

衽　社　被　祕　祖　袒　祥

裙　福　褲　禮　襯　祈

答案是：衽、被、袒、裙、褲、襯

2. 從第一題的答案中找出像「衽」這樣，由左右兩部份合成的字，並請寫下來：

答案是：被、袒、裙、褲

3. 從第一題的答案中找出由左中右三部份拼合的字，並請寫下來：

答案是：襯

練習二　教學指引：

重點1：舉例說明「衣」部可能出現的部位。指導學生找出「普遍性的原則」，就是一個很好的策略。

重點2：舉例說明，請學生有部件的概念。

重點3：舉例說明兩個或三個已認識的部件，可以組合成新的字。

重點4：帶領學生做練習二。

練習二

認識「衣」部和上（中）下拼合的字

(A)「衣」部也有上中下（日）的組合形式，下面的字中有四個字是「衣」部的字，你能找出來嗎？

展　衰　交　裏　依

銥　滾　哀　裹

答案是：衰、裏、袞、裹。

(B)

1. 請找出「衣」部的字：

袋　票　裂　禁　裔　裝

答案是：袋、裂、裔、裝

2. 請寫出第一題答案的字裡面，「衣」部多半出現在哪一個位置？

答案是：「衣」部的部首，多半都出現在整個字的下方。

3. 根據第一題的答案，請寫出與第二題的「衣」部出現位置不同的字。

答案是：是「裔」字。

練習三　教學指引：

重點1：告訴學生，「衣」部也有一些不易認出的例外構字情形。

重點2：帶領學生做練習三。

練習三

辨認「衣」部的字

仔細觀察下列兩個字。你覺得它們都是「衣」部的字嗎？請說出理由。

表　裁

答案是：這兩個字都是「衣」部的字，「表」字是很不容易認出的特殊情形，「裁」字的左下方有「衣」部。

練習四　教學指引：

重點1：舉例說明「衣」部與「示」部其間的分別。

重點2：帶領學生做練習四。

練習四

「衣」部字辨認練習

外國學生在學習中國字的時候，常不能分辨「衣」（衤）部和「示」（礻）部的不同，所以容易寫錯字。其實多一「點」少一「點」有很大的不同。藉著下面的練習，我們要建立起不同部首的概念，並認清容易混淆的部首。

請讀一讀，然後選出一個最正確的字，並且寫下號碼：

（1）　1. 全身沒有穿衣服，那就叫做「ㄌㄨㄛˇ」體。

　　　　　（(1)裸　(2)棵　(3)渠　(4)猓）

（3）　2. 穿過的「ㄨㄚˋ」子，應該拿去洗。

　　　　　（(1)蔑　(2)幭　(3)襪　(4)懱）

（4）　3. 我買了一件新的中國式棉「ㄠˇ」。

　　　　　（(1)奧　(2)懊　(3)澳　(4)襖）

（2）　4. 在臺灣，到處可以看到教英文的「ㄅㄨˇ」習班。

　　　　　（(1)甫　(2)補　(3)捕　(4)哺）

練習五　教學指引：

重點1：不刻意介紹什麼是形聲字，只舉例說明：一個字的部件可能有表音的功能；而部首則常不表音，只是表示意義上的大分類而已。

重點2：帶領學生做練習五。

練習五

「衣」部字與形聲字觀念的結合

中國字裡有不少形聲字，但是我們在這裡不特別介紹，只藉著下面的練習，建立起這樣一種初步的概念：中國字的部件常有表音的功能。學會這樣的概念，能幫助你把認字、記字，變成一種有意義的學習，並且不容易遺忘。

(A) 不查字典，試著寫出下面每個字的讀音：

衿（ㄐㄧㄣ）、裌（ㄐㄧㄚ）、裱（ㄅㄧㄠ）、裘（ㄑㄧㄡ）、裟（ㄕㄚ）

(B) 下面哪些字的讀音，正好跟這個字右邊部件的拼音、聲調完全一樣，請圈出來，並且寫出這些字。

褙　襟　褥　附　鋼　神

答案是：褙　襟　褥　附　鋼

第二部份　「認識詞」的策略──合詞

策略說明

　　這種情形你碰過嗎？閱讀一篇短文時，明明裡面的每一個字都認識，但是整篇的文義卻不明白。

　　這是因為中文的「詞」可以是一個字，也可能是兩個字、三個字、四個字的合詞（compound word），所以在學中文的時候，除了要認識一個一個的單字以外，像建立合詞的概念、熟悉合詞有不同的構成形式、學習了解合詞詞義的方法，和建立自由組合新詞的能力，這些都是必需的。沒有這些能力，就比較難真正讀懂一段文義。

練習活動

練習一　教學指引：

重點1：將強集中識詞的練習。

重點2：練習一(A)圈出來的字，單獨一個字不構成完整的意思，必須與前一字合在一起，才具有完整的意思。

重點3：練習一(B)圈出來的字，單獨一個字不構成完整的意思，必須與後一字合在一起，才具有完整的意思。

練習一

短文識詞

(A) 下面是一篇短文：

早⬚起⬚，第一件事就是：看看我新買的摩托車。這是我考⬚大學，爸爸送我的禮物。本⬚我不夠專心向⬚，在班⬚的成績總是趕不⬚別的同學。自從我看⬚了這輛摩托車以後，爸爸就宣布要送給我當進大學的禮物。我想：世⬚真有這麼好的事，真是太棒了！所以馬⬚就發奮用功。不管走在路⬚，坐在公車⬚，手⬚一定拿著書，總之，從早⬚念到晚⬚，一切以念書至⬚，終於我的功課後⬚居⬚，聯考每科的成績都八十分以⬚。現在我就要騎⬚這輛車，享受飛在天⬚的感覺了！

(1) 請先找到：「上」、「來」這兩個字，並且圈出來。

(2) 請仔細觀察這些圈出來的字，如果與前一字成為合詞，具有完整的意思，那麼就請把這個合詞畫線，並寫下來。如：早上。起來。

　　答案是：早上、考上、向上、班上、趕不上、看上、世上、馬上、路上、公車上、手上、早上、晚上、至上、後來居上、以上、天上。起來、本來、後來

(B) 下面是一篇短文：

⬚位先生從來沒有⬚過國，這⬚回他去美國玩了⬚次，回來了以後，覺得美國什麼都⬚。一早起來，⬚門看見太陽，就說：「臺北的太陽沒有美國的⬚！」

回家看見桌上的早飯，就說：「這早飯也沒有美國的⬚吃！」看見他太太從廚房⬚來了，就說：「臺北的女人，也沒有美國的女人⬚看！」他太太聽了就打了他⬚巴掌，然後很生氣的說：「這⬚巴掌是不是也沒有美國的⬚呢？」

(1) 請先找到這幾個字：「一」、「好」、「出」。並且圈出來。

(2) 請仔細觀察這些圈出來的字，如果與後一字成為合詞，具有完整的意思，那麼就請在這個合詞底下畫線，並寫下來。如：一位。

答案是：一位、一回、一次、一巴掌。好吃、好看。出國、出門、出來

(C) 下面是一篇短文：

百貨公司的商品，價格多半偏高。只有特價的時候才比較便宜，價錢還算合理。要想講價就得到路邊攤去，地攤的東西沒有標價，所以你可以還價。不過，如果老闆價碼開得太高，你就算殺價殺了半天，恐怕還是買不到價廉物美的貨品。

(1) 請把包含「價」這個字的詞圈出來。並寫下來。

答案是：價格、特價、價錢、講價、標價、還價、價碼、殺價、價廉物美

(2) 請說出第一題的答案裡，「價」字出現在詞的哪個位置。

答案是：不一定。有出現在前面的情形。如：價格、價錢、價碼、價廉物美。

(3) 從第一題的答案裡，寫出既是四個字，又包含「價」的合詞。

答案是：價廉物美

(4) 這四個字的合詞，每個字你都認識嗎？四個字合在一起的意思你明白嗎？如果不明白，請先思考一下，再請老師講解。

答案是：價廉物美就是價錢便宜，東西的品質也好的意思。

練習二

新詞合成

中文的字，互相組合的能力很強。常常幾個已經認識的字，又可以組成一個全新的詞，比方：「奶」、「茶」，可以組成「奶茶」。任意兩個字，都可能組成新的合詞。如果懂得使用最常出現的一些字，組合詞的能力也會增強。

下面有七個中國字，請試著合成新詞，然後請老師改正，並參考其他同學自組的詞。

國　一　好　中　口　本　大

答案是：國一、國中、本國、大國、好國、中國、國本、一口、一本、好
　　　　大、中本、口大、大口、大本、大一

練習三

解釋合成詞的意義

有了「合詞」、「組字」的觀念以後，還要了解：「中文構詞很重視字義的合成」。這與英文「一個單字就是一個字義」，很不相同。

有些合詞的詞義，是由兩個字（或三個、四個字）的字義組合而成，這一類的合詞比較容易了解。例如，「病人」就是「生病」的「人」。

但是有些合詞的詞義，不是由字面上的字義組合而成，而是另有一種特定的意義，這種合詞就必須多閱讀、多背、多記。

(A) 連連看：請先閱讀左邊的合詞，從字面上猜想出這個詞的意思，再看右邊簡易的說明，找出一個合適的解釋，然後把它們連接起來。

後門　　　　　　　　　　價錢很貴
停課　　　　　　　　　　牛的肉
高價　　　　　　　　　　人的努力一定可以勝過自然的力量
牛肉　　　　　　　　　　後面的門
人定勝天　　　　　　　　暫時停止上課

(B) 請閱讀左邊的合詞，再從右邊的答案中選出一個最合適的解釋。

1. （3）健談：(1)健康的談話　(2)談話的時候很健康　(3)很能跟人聊天
2. （2）五花入門：(1)五朵花和八個門　(2)各種各樣　(3)很多花做的門
3. （3）本人：(1)本來就是人　(2)基本上是人　(3)自己

4.（3）不見得：⑴看不見　⑵得不到　⑶不一定

5.（1）待遇：⑴工作賺到的錢　⑵等待遇見某人　⑶待一會兒會遇見

練習四

詞的規律

有些詞可以集中學習，因為它們的結合是很規律的。了解這種規律性，對記憶中國字、了解中文，甚至創造詞彙，都能有所幫助。比方說，跟「電」有關的東西，我們就常用「電」這個字和其他的字組成「合詞」。例如，電視、電燈、電冰箱、電腦、電話、電影、電動玩具、電子、電線……等等。

下面的練習，我們以「化」字為例，來看看詞彙衍生（　　）的情形。

「化」字如果出現在某一個詞或「合詞」的後面，常常有：「使……變成……」的意思。例如，「美化」就有「使……變（成）美麗」的意思。請用這種方法去了解下面每個選項的意思，然後按照句義，選出一個最合適的答案。

1.（3）俄國的政治情形不好，俄幣的幣值持續_____。

　　⑴進化　⑵退化　⑶惡化　⑷強化

2.（4）美國總統對他的誹聞案件，儘量_____。

　　⑴硬化　⑵軟化　⑶液化　⑷淡化

3.（1）市政府想_____整個城市，所以在路邊種了很多樹和花。

　　⑴綠化　⑵醜化　⑶歐化　⑷老化

4.（3）非洲仍有不少的地方，不跟外界來往，生活水準很不_____。

　　⑴神化　⑵同化　⑶開化　⑷僵化

5.（2）對現代的人而言，飛機已經是一種很_____的交通工具了！

　　⑴企業化　⑵大眾化　⑶規範化　⑷電器化

第三部份　「認識句」的策略──斷句的訓練

策略說明

　　中文是一字一義、一字一音節的語言。說話時，我們可以借助語氣的停頓來幫助了解意思，但是閱讀一整篇書面資料的時候，假如中間沒有用任何符號或空間隔開，那麼，文章裡的中國字每一字都有一義，緊密組合起來就很不容易看得懂，有時還可能因斷句位置不同而產生誤解。因此，現代中文是以一套完整的標點符號，將句意斷開，來幫助閱讀；而用錯標點符號，更會影響不同的人解釋出來的意思。如果能訓練自己培養正確的斷句能力，並且完全了解標點符號的使用方式與它的作用，那麼就能有效提升你的閱讀能力。

> 從小學寫作文開始，中國老師就會告訴學生標點符號的重要性又經常拿來作為範例解說的便是下面這個有名的例句：【下雨天留客天天留我不留】。試試看用標點符號斷句，這個例句你可以有幾種斷句的方法？

練習活動

練習一　教師指引：

重點1：教師簡單說明正確斷句的重要性。

重點2：本練習無標準答案，請教師自行判斷。

練習一

句子的正確斷句與標點符號的使用

這個練習目的在訓練學生正確斷詞、斷句及使用簡單的標點符號。

下面這些長句，每一句依照句意都可分為兩小句。請先幫下面十題長句用畫底線的方式斷好詞，再以一個逗號（，）隔開，最末尾加上一個句號（。）的方法來斷句。

例：我的專業是統計學但我實在沒什麼興趣
　→我的專業是統計學，但我實在沒什麼興趣。
1. 爸爸認為學商學醫都好就是不要學文
2. 他跟女朋友吵架結果把鏡子打碎了
3. 我是一年級的新生對校園不太熟悉
4. 你得答應我聽了不生氣我才說給你聽
5. 按照郵局的規定寄支票一定得用掛號
6. 從小父母就不給她裙子穿只讓她穿牛仔褲
7. 看場電影要排兩個鐘頭的隊太浪費時間了
8. 沒想到在報上登了廣告房子還是賣不出去
9. 名師出高徒怪不得你的中文說得這麼流利
10. 這場球賽一點都不精彩只好陪太太看連續劇

練習二　教師指引：

重點：教師提醒學生本練習並無標準答案。

練習二

段落的正確斷句與標點符號的使用

這個練習目的只在訓練學生正確的斷句能力，因此學生只要用最簡單的逗號和句號，將下列這幾段沒有標點符號的小文章斷出正確的句意就可以了。

1. 小林每次一看籃球賽就會激動地大喊大叫要是有三四場球賽他會一直看下去他平常很安靜大家都看不出來他是一個球迷他自己也覺得奇怪為什麼一看球賽就念不下書吃不下飯

2. 王小姐今年大學剛畢業現在在一家人壽保險公司上班他被分發在營業部門今天他跟進公司已經三年的前輩蘇小姐約好了第一次去訪問客戶並推銷保險

3. 我昨天收到一張名信片上面只寫了我家的地址沒寫是誰寄的我看著看著笑了起來原來這是姑媽三年前去墨西哥旅行的時候寄給我的姑媽和我都以為這張明信片早就丟了沒想到長途旅行了三年以後卻平平安安地寄到了我家

4. 我們不用去上課也不用去露營或運動因此我們有大量時間做白日夢和仰望天空常常從早到晚都在懶洋洋中渡過我們必須說服自己有時候什麼事都不做比一天到晚忙的團團轉更有意義

5. 我們在城裡找裡找去就是找不到停車位到處看到的都是禁止停車的標誌好不容易找到一塊空地卻看到幾個交通警察正忙著給違規開車的車輛開罰單

練習三　教師指引：

重點1：教師說明標點符號的重要性。

重點2：教師介紹標點符號的種類及作用。

重點3：本練習無標準答案，請教師自行判斷。

練習三

多種標點符號的使用

這個練習目的在訓練學生熟悉更多種標點符號的使用方法、更加精確地使用它。下面各題是分別由不同文章中選取出來的小段落，請用所給予的標點符號斷句。

1. 生活就像調味料甜的酸的苦的辣的一罐罐融合在一起每一種調味料都必須加得剛剛好生活才有美味（。，，，，、、、）

2. 中國人的寫作一點也不是為了功利的目的相反地中國人喜歡把寫作當成是一種業餘可以用最自由的心情來發抒自己的想法和情感出發點很少是為了賺錢（。。，，，）

3. 朋友就像一本一本的書有的書不好看看完了第一頁就不想再看了有的書看了會有不好的影響有的書看了會引起我的喜怒哀樂有的書很好看希望永遠也看不完（、、、；；；，，，：。）

4. 孩子感冒時做母親的最是憂心如焚了所以當您的寶寶有咳嗽發燒流鼻水鼻塞等感冒初期症狀時應該盡量讓她服用經醫師指示治療小兒感冒較有效的藥來治療（，，，、、、。）

5. 只要在兩三天前預先通知你就可以到檔案館去免費聽你所想聽到的任何聲音包括流行歌曲古典音樂鯨魚的噴氣聲森林的鳥叫聲甚至太空人阿姆斯壯在月球上所講的那句有名的話（，，、、、。）

6. 身為隱形眼鏡族的您天天面對瓶瓶罐罐的清潔亦即繁瑣的清洗過程很煩吧沒關係只要試試一瓶博士輪保養液便可將清潔沖洗消毒保存等所有步驟一次完成（，，，，？、、、。）

第四部份　特殊策略——認識書面語的訓練

什麼是文言文

　　所謂文言文指的是過去中國人所使用的一種古老文體。文言文要表達的意思豐富又深刻，但所用的詞語卻非常的簡短而精要。由於文言文詞句簡短，每一個字意思都很深遠，很能表現中國字「一字一義」的特色，過去中國幾千年來的文化與智慧，可說都濃縮在文言文的篇章詞句中。

什麼是白話文？

　　所謂白話文指的是用接近說話的口語所寫下來的一種文體。「白話文」是和「文言文」相對的一種文體，過去中國書幾乎全是用文言文所寫成。西元1919年經過胡適先生大力提倡以後，白話文才普遍流行起來。白話文的特色是詞句比較清楚明白、容易了解，所用的詞語比文言文長得多，很接近說話時所用的語言。現在報紙、雜誌、書籍等所有文章全部是用白話文寫成。可以說文言文是古老中國的語言；而白話文則是現代中國的語言。

策略說明

　　高級中文的一項難點就是所閱讀的文章詞語很精簡。有些詞句很接近古老的文言文；有些則是文言、白話夾雜一起，增加了不少閱讀上的困難。閱讀時若能看出來哪些詞是類似文言的精簡詞彙，再將詞彙翻譯還原成所學過的白話詞彙，那麼就能很快掌握文意。

練習活動

練習一　教學指引：

重點1：本策略目的不在教學生文言文，而是在透過對文言文的粗淺認知來認識書面語。

重點2：學生做完題目後，與學生共同討論其所依據的答題線索爲何？

重點3：提示學生文言文中「一字一義」的特色，若能了解該字字源，將
　　　　有助於閱讀精緻的文言文。

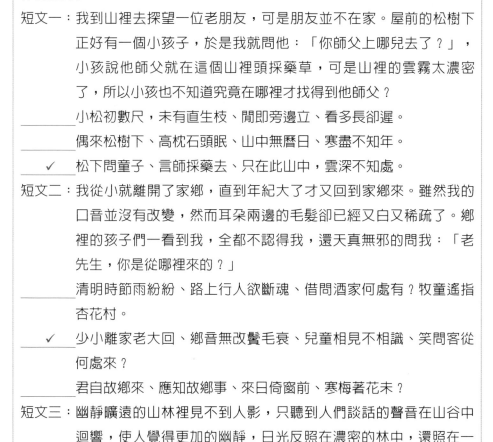

練習一

熟悉基本文言形式

下面這個練習的目的除了帶你認識文言古詩外，也在訓練你了解文言形
式，及其在現代中文文章中的應用情況。下面將給你幾篇白話短文，請你
根據文章的內容及意思，選出原來最可能的詩作是哪一首（請在正確的詩
作前打鉤）。

短文一：我到山裡去探望一位老朋友，可是朋友並不在家。屋前的松樹下
　　　　正好有一個小孩子，於是我就問他：「你師父上哪兒去了？」，
　　　　小孩說他師父就在這個山裡頭採藥草，可是山裡的雲霧太濃密
　　　　了，所以小孩也不知道究竟在哪裡才找得到他師父？

_____　小松初數尺，未有直生枝、閒即旁邊立、看多長卻遲。

_____　偶來松樹下、高枕石頭眠、山中無曆日、寒盡不知年。

__✓__　松下問童子、言師採藥去、只在此山中，雲深不知處。

短文二：我從小就離開了家鄉，直到年紀大了才又回到家鄉來。雖然我的
　　　　口音並沒有改變，然而耳朵兩邊的毛髮卻已經又白又稀疏了。鄉
　　　　裡的孩子們一看到我，全都不認得我，還天真無邪的問我：「老
　　　　先生，你是從哪裡來的？」

_____　清明時節雨紛紛、路上行人欲斷魂、借問酒家何處有？牧童遙指
　　　　杏花村。

__✓__　少小離家老大回、鄉音無改鬢毛衰、兒童相見不相識、笑問客從
　　　　何處來？

_____　君自故鄉來、應知故鄉事、來日倚窗前、寒梅著花未？

短文三：幽靜曠遠的山林裡見不到人影，只聽到人們談話的聲音在山谷中
　　　　迴響，使人覺得更加的幽靜，日光反照在濃密的林中，還照在一
　　　　片青苔上，這景色真是十分優美啊！

_____　獨坐幽篁裡，彈琴復長嘯。深林人不知，明月來相照。（唐、王維、竹里館）

___✓___　空山不見人，但聞人語響。返景入深林，復照青苔上。（唐、王維、鹿柴）

_____　人閒桂花落，夜靜春山空。月出驚山鳥，時鳴春澗中。（唐、王維、鳥鳴澗）

練習二

擴充句子（詞彙與四字格）

(A) 下面這個練習目的在訓練你把精簡的短句擴充成為長句，畫線的地方表示可以將句子拉長。

例如，法治　並非　萬能，亦　非　毫無　缺陷 → 法治並不是萬能；也不是一點都沒有缺點

1. 此人　家富，然　年老　無子
   →家庭富裕　然而年紀老沒有孩子…

2. 為免　造成不良影響，因而　決　採　五項措施
   →為了免得　決定　採取…

3. 因　恐　大雨不停，明　將　取消　該場　演唱會
   →因為　恐怕　明天　將要…

4. 北京堅守幣值，美方　再表　謝意
   →堅持守住，美國方面　再次表達　感謝之意…

5. 廣告　已　登　數日，仍　僅　一人報名
   →已經　刊登　好幾天，仍然　只有…

6. 本廠　若　需　增產，首　當　注重員工素質
   →若定　需要　增加生產，首先　應當…

　　7. 這名考生　自覺　無法　通過測驗，竟　跳樓自殺

　　　→自己感覺　沒有辦法，竟然…

　　8. 真品與仿冒品兩者　幾無　分別，消費者　恐難　辨識。

　　　→幾乎沒有，恐怕很難…

(B) 請將下面畫線的四字格擴充成長一點的詞語。

　　1. 跟朋友聊天可以消愁解悶

　　　→消去憂愁，解除煩悶

　　2. 知足常樂的道理人都懂，卻不一定做得到。

　　　→知道滿足就會常常快樂

　　3. 他每天辛苦地工作，你憑什麼說他好吃懶做？

　　　→喜歡吃東西，懶得工作

　　4. 李先生見多識廣，問他什麼都知道。

　　　→見過的事情很多，知識很廣博

　　5. 老闆最討厭員工好逸惡勞。

　　　→喜歡安逸的生活，厭惡勞累（勞動）

　　6. 這次水管修理好了，保證永遠滴水不漏。

　　　→一滴水也不會漏出來

　　7. 這個女孩子非常善體人意，總是處處替人著想。

　　　→善於體會別人的心意

　　8. 老王公司財務有問題，求助無門，只好宣告倒閉。

　　　→尋求幫助卻沒有門路

練習三　教學指引：

重點1：提醒學生文章欲精練而不囉唆，首在鍛鍊精簡文字的能力。

重點2：提示學生文字精簡並無一定標準，何時、何處該精簡亦無標準，
　　　　端視文句整體是否平衡而定。

重點3：提示學生此種文白夾雜的平衡語感，並非一朝一夕可養成，需靠

　　長時間大量閱讀方可成就。

重點4：本練習無標準答案，請教師自行判斷。

練習三

精簡句子

上面的練習是訓練你把文白夾雜的句子擴充為更白話的句子。但是下面的這個練習則是相反的情況，要請你把句子盡可能簡化成較短的句子。畫線的地方是提醒你可以簡化，請你將精簡後的完整句子寫出來。

例：如果　兩個國家　起了戰事，百姓將　永遠　沒有　安寧　日子。

　　→如　兩國　起了戰爭，百姓將　永　無　寧　日。

1. 這個學生　應該　可以　自己　選擇　日期　考試。

　　→此生應可自己擇日考試。

2. 漢娜　到了　今天　還是　不知道　親生　母親　是誰？

　　→漢娜至今還不知生母是誰？

3. 我們　學校　曾經　想要將校園賣給商人，以便　建設　成為　超級市場。

　　→我校曾想將校園賣給商人，以便建成超市。

4. 最近　幾年　以來　電腦在　臺灣　銷售成績　已經　達到　高峰。

　　→近幾年來電腦在臺銷售成績已達高峰

5. 有些人在　學校　努力學習，只是　為了　步入社會　以後　發展　比較　順利。

　　→有些人在校努力學習，只為步入社會後發展較順利。

6. 該名教員　尤其　能夠　掌握教學，或許　可以　邀請　他參與教材編輯。

　　→該名教員尤能掌握教學，或可邀他參與編輯教材。

7. 張大山　尋找　親人　一事　雖然　經由　高人指示，如今　仍是　無所獲。

　　→張大山尋人一事，雖經高人指示，今仍無所獲。

8. 該公司　除了　生產　原來　有的　產品以外，另外　研究　發明　出

最新產品，預定　於　明年春天　上市。

→該公司除生產原有產品外，另研發出最新產品，訂於明春上市。

練習四　教學指引：

重點：提醒學生注意中文因為有文言白話合成的書面語，而書面語最注重
　　　平衡，也就是語言色彩的平衡及協調，是不能參雜非常口語的文字
　　　的。

練習四

判斷句意通順與否

我們都知道一個人上面穿西裝，下面穿拖鞋，是很不相稱的打扮。同樣
的，在一個句子中，同時有口語成份太重的詞，和文言成份太重的詞，也
會不協調。所以這個練習要請你判斷，什麼才是真正通順的句子。

下面有十個句子，如果你覺得通順的，就打（○），如果覺得不通順的，
就打（×）。

___×___ 1. 王大年沒錢是眾所皆知道的。

___○___ 2. 消費者如需資料，請來電索取。

___×___ 3. 建商未將此大的事項告知購屋者。

___○___ 4. 任何廠商均可公平競爭。

___×___ 5. 此法公佈實施後，仍有好多的人不明瞭。

___○___ 6. 請你稍加考慮，才不會有誤。

___×___ 7. 隨著國民所得的提高，國內旅行的人數也日漸漸增多了。

___×___ 8. 他敲了門以後，就開啓門進來。

___×___ 9. 他幫助我一臂之力，我十分感激他。

___×___ 10. 時間不夠了，我們選擇快一點！

第三課

第一部份　「認識字」的策略──「手」部的字

策略說明

　　「手」部為什麼很重要？因為以「手」部為部首的字在字典裡最多，多學這個部首的字，一定很有用。

字　　形：「手」部出現在字中的形式有「扌」、「手」，兩種。

字　　源：「手」最早的字形是這樣的──「⼿」，代表五根手指頭的形狀。

字　　音：ㄕㄡˇ（shǒu）

字　　義：手，手掌，或人身體的上肢。

組字方式：「手」部是常用的部首，多半有「手」（扌）部的字，是以左右的組合形式（□□如：打），或左中右的組合形式（□□□如：搬）構成字形；但是也有上下組字的形式（日如：拿），當然也有很不容易認出的例外形式。

練習活動

練習一　教學指引：

重點1：溫故知新，能指認出「手」部的字。

重點2：了解「手」部的構字形式。

重點3：帶領學生閱讀策略說明。增加學生文字方面的知識，其實就是一種很好的策略。

重點4：舉例說明手部的字。

重點5：帶領學生做練習一。

練習一

找部首的練習

請從下面的許多字裡，找出有「手」部的字，並請寫下來：

扛　拿　杠　批　搬　枇　析　折　槳　掌　掛　摩　拍

撒　柏　挑　撕　桃　推　搴　椎　寨　樂　擎　攣

答案是：扛　拿　批　搬　折　掌　掛　摩　拍　撒　挑　撕　推　搴　擎　攣

練習二　教學指引：

重點1：舉例說明「手」部可能出現的部位。指導學生找出「普遍性的原則」，就是一個很好的策略。

重點2：舉例說明，讓學生有部件的概念。

重點3：舉例說明兩個或三個已認識的部件，可以組合成新的字。

重點4：帶領學生做練習二。

練習二

部件的練習

1. 從練習一的答案中，找出像「打」這樣由左右兩部份合成的字，並請寫下來：

   答案是：扛、折、拍、挑、推

2. 從練習一的答案中，找出像「撒」這樣由左中右三部份拼合的字，並請寫下來：

   答案是：批　搬　掛　撕

3. 從練習一的答案中，找出像「拳」這樣由上下兩部份拼合的字，並請寫下來：

   答案是：拿　掌　摩　搴　擎　攣

練習三　教學指引：

重點1：告訴學生「手」部也有一些不易認出的例外構字情形。

重點2：帶領學生做練習三。

練習三

尋找部首位置的練習

請仔細觀察下列三個字，然後寫出屬於「手」部的字，並請圈出部首的位置。

掰　拜　承

答案是：掰、拜、承

練習四　教學指引：

重點1：舉例說明「手」部與「木」部其間的分別。

重點2：帶領學生做練習四。

練習四

分辨容易混淆之部首的練習

外國學生在學習中國字的時候，常不能分辨「手」部（扌）和「木」部（木）的不同，其實多一筆少一筆有很大的不同；甚至於筆畫書寫的方向不一樣也代表不同的字。

下面的練習目的是讓學生建立起不同部首的概念，以便認清容易混淆的部首。

(A)請寫出「」中的字音：

　　1.「挑」一些新鮮的「桃」子送給朋友吧！

　　　答案是：「挑」（挑）、「桃」（逃）

2. 明天我們學校的「棒」球隊比賽，你不去「捧」場嗎？

　　答案是：「棒」（棒）、「捧」（捧）

(B) 請仔細的找一找下面每一句中有沒有錯字，如果全對，請寫「○」，如果有錯字，請把正確的字形寫出來。

1. 我真擔心流行病的病情會擴大。……（○）。

2. 她檯起頭來，笑著跟我擺擺手，打招呼。……（抬）。

3. 那個小偷不但槍走了教授的錢，還揍了教授幾拳。……（搶）。

練習五　教學指引：

重點1：不刻意介紹什麼是形聲字，只舉例說明：一個字的部件可能有表音的功能；而部首則常不表音，只是表示意義上的大分類而已。

重點2：帶領學生做練習五。

練習五

形聲字的練習

中國字有不少形聲字，但是在這裡我們不特別介紹。下面這個練習目的在幫助你建立一個概念：中國字的部件常有表音的功能。學會這樣的概念，能幫助你把認字、記字變成一種有意義的學習，並且不容易遺忘。

(A) 不查字典，試著寫出下面每個字的讀音：

　　答案是：抖（ㄉㄡˇ）、拌（ㄅㄢˋ）、拂（ㄈㄨˊ）、拇（ㄇㄨˇ）、拒（ㄐㄩˋ）

(B) 下面哪些字的讀音，正好跟這個字右邊部件的拼音、聲調完全一樣，請圈出來，並且寫出這些字。

採　控　描　挽　捶　握　揉　擠

　　答案是：採、描、捶、揉

(C) 請找出下面每一個字表示聲音的部份，並且圈出來。經過觀察以後，請
寫出這些表示讀音的部份常常出現在字的哪一邊？表示聲音的另一半表
示什麼意思呢？

拱　捆　接　摸　摔　把

答案是：拱　捆　接　摸　摔　把，表示讀音的部份常常都在右邊，不
表示聲音的另一半表示與手的動作有關。

評量提示：

　　教師可用觀察的方法，評量學生參與課堂活動，或實際做練習的情
形，做為他們是否學到策略的依據。

第二部份　「認識詞」的策略──同義詞、近義詞

策略說明

　　一般來說，語言裡同義詞（意思完全相同的詞）不多，近義詞（意思
差不多、很相近的詞）卻很多。例如，天天、每天，是同義詞；高興、愉
快、快樂，是近義詞。懂得找出同義詞、近義詞，最大的好處就是：在閱
讀時，可以減少困難，有助於了解句義和文義，增加閱讀的速度；將來寫
作的時候，也可以增加文句的變化性。

練習活動

練習一　教學指引：

重點1：認識同義詞與近義詞。

重點2：了解學習同義詞與近義詞的功用。

重點3：舉例說明容易認出的同意詞或近義詞。

重點4：舉例說明不容易認出的同意詞或近義詞。

重點5：帶領學生做練習一

練習一

同義詞、近義詞的辨識練習

有些同義詞、近義詞很容易認出，因為只有一個字不同。例如，「常常」和「經常」、「抱怨」和「埋怨」。有些同義詞、近義詞就以完全不同的字組合出現，例如，「把持」和「控制」、「失敗」和「挫折」、「往日」和「以前」、「馬虎」和「粗心」……等等。

(A) 請閱讀下面的句子，然後選出畫線部份的同義詞、近義詞：

1. （4）這麼多的禮物，你只能挑選一個。

　　　(1)選美　(2)選舉　(3)選票　(4)選擇

2. （1）請多多指教！

　　　(1)指導　(2)指揮　(3)指望　(4)指使

3. （4）他提倡「一人一信給總統」的運動。

　　　(1)提升　(2)提高　(3)倡言　(4)倡導

4. （3）經濟學家推測，最近的物價會上漲一點兒。

　　　(1)推行　(2)推理　(3)推想　(4)推託

5. （2）外國的總統來訪，我們應該好好的接待他。

　　　(1)招手　(2)招待　(3)招引　(4)招見

(B) 請閱讀下面的句子，然後選出畫線部份的同義詞、近義詞：（答案可能不只一個）

1. （4）抱歉！公司臨時有事，所以來晚了！

　　　(1)道歉　(2)歉意　(3)欠錢　(4)對不起

2. （2）六十歲的人，身材還保持得那麼好，真難得！

　　　(1)把持　(2)維持　(3)支持　(4)操持

3. （3、4）各國都在尋找解決經濟恐慌的措施。

　　　(1)實施　(2)施行　(3)辦法　(4)方法

4. (1、3) 他企圖掩蓋自己的過錯。

  (1)掩飾 (2)蓋上 (3)遮掩 **(8)蓋住**

5. (2、3) 他對電腦的操作還不太熟悉。

  (1)作為 (2)使用 (3)操縱 (4)操持

練習二 教學指引：

重點1：舉例說明二字詞與四字詞同義或近義的例子。

重點2：講解四字詞的構詞情形。

重點3：帶領學生做練習二。

練習二

四字格的同義詞練習

同義詞、近義詞一定是兩個字的嗎？那倒不一定，也可能是四個字的形式。這四個字的組合有時也有規則性。通常一定有一、兩個字是構成這個詞義的主要部份，另外的兩、三個字只有形容或說明的作用。例如，「人多」和「人山人海」是同義詞，「人山人海」的「人」是主要的意思，「山」和「海」是形容「人」的，具有：廣、大、多的意思。又如：「多福」和「福如東海」是近義詞，「長壽」和「壽比南山」也是近義詞。「福如東海」和「壽比南山」的主要意思在「福」字和「壽」字，而「如東海」、「比南山」，具有補充說明的作用。

千方百計 山珍海味 街頭巷尾

手忙腳亂 接二連三 提心弔膽

1. 請先閱讀上面的四字詞，然後在下面各題解釋前，填入適合的四字詞。

 (山珍海味)   各種美味的食物

 (手忙腳亂)   做事慌亂的樣子

（提心弔膽）　　　時時刻刻都很擔心

（千方百計）　　　很多的方法

（接二連三）　　　連續不斷

（街頭巷尾）　　　到處、處處

2. 請找出每個四字詞的關鍵字（key word），並請在關鍵字的下面畫線。

如：「<u>人</u>山人海」、「<u>福</u>如東海」、「<u>壽</u>比南山」

答案是：山珍<u>海</u>味　千方<u>百</u>計　手忙<u>腳</u>亂

街頭<u>巷</u>尾　接二<u>連</u>三　提心<u>弔</u>膽

練習三

組詞的練習

中文的字，互相組合的能力很強。常常幾個已經認識的字，又可以組成一個全新的詞，比方：「奶」、「茶」，可以組成「奶茶」。任意兩個字，都可能組成新的合詞。如果懂得使用最常出現的一些字，組合詞的能力也會增強。

下面有六個中國字，請試著把它們合成新詞，然後請老師改正，並參考其他同學自己組成的詞。（答案可以是二到五個字的合詞）

放　快　開　打　手　心

答案是：放心、放開、放手、快放、快開、快手、快打、開放、開心、開打、打開、打手、手放、手心、手快、快放手、手放開、打開手、快放心、快打手、放手打、放心打、放心開打、放心打開、放心快、開打、放心快打開。

第三部份　「認識句」的策略——閱讀長句的訓練

策略說明

　　中文程度越高，越需具備閱讀長句的能力。本策略目的在訓練你儘早適應閱讀中文長句，因為許多很長的中文句子，其實是句中修飾的語句太長，要是你可以找出句中被修飾的重點詞語是什麼，就可以將句子簡化，來幫助閱讀與理解。

練習活動

練習一　教學指引：

重點1：提醒學生修飾語子句只是各種長句中的某一類型，並非所有長句均為此種類型。

重點2：提醒學生此類子句可能出現於句中任何一處、目的在修飾名詞，只要找出該重要名詞，就可簡化長句。

練習一

找出長子句的練習

本練習目的在訓練學生於長句中找出被修飾的主要詞語和修飾的長子句，並能因此學得簡化長句的方法。例：這種用水果作成各種卡通人物模樣的糖果很受小朋友歡迎。上句中，糖果是主要名詞，而用水果作成各種卡通人物模樣的框起來的這一大串文字則是修飾糖果的子句，只要能找出主要名詞，其他修飾部分不管多長，也都能簡化句子並且很快地看懂句意。

請從下面的練習裡找出這些長句的主要名詞，然後將主要名詞畫線，再將修飾的部份框起來。

1. 沒有錢買制服的那個學生不敢上學。

2. 一刻也無法獨處的小孩比較缺乏安全感。

3. 留著山羊鬍、穿著中山裝的那個人是我老爸。

4. 替我媽媽做全身健康檢查的那個醫生今天沒來。

5. 缺乏理論基礎和實務經驗的新手都可以來這裡接受訓練。

6. 他一手抱起出生才三個月大的這一對雙胞胎。

7. 警察已經抓住了那個滿手贓物、神情緊張的小偷。

8. 他昨天去看了暑假最受青少年歡迎的兩部電影。

9. 弟弟把跟了他好幾年、向來準時的手錶給弄丟了。

10. 這學期他選了一門教人如何活在世上及坦然面對死亡的課。

答案：

1. 沒有錢買制服的那個學生

2. 一刻也無法獨處的小孩

3. 留著山羊鬍、穿著中山裝的那個人

4. 替我媽媽做全身健康檢查的那個醫生

5. 缺乏理論基礎和實務經驗的新手

6. 出生才三個月大的這一對雙胞胎

7. 那個滿手贓物、神情緊張的小偷

8. 暑假最受青少年歡迎的兩部電影

9. 跟了他好幾年、向來準時的手錶

10. 一門教人如何活在世上及坦然而對死亡的課

練習二　教學指引：

重點1：帶領學生做完本練習後，詢問學生並與學生討論A與B部份有何不同？

重點2：提醒學生名詞修飾子句通常出現於主詞或賓語的位置。

練習二

找出長子句的練習

你是否已經注意到這些句子，其實意思並不複雜，那是因為你已經為這些句子做了簡化的工作了。

下面這些句子也請你找出主要名詞畫線，再將修飾部分圈起來。

例：一個盡職又認真的職員最需要老闆的肯定與鼓勵。

　→一個 盡職又認真的 職員 最需要老闆的肯定與鼓勵。

A部份（主要名詞是主語）：

1. 想在學業上爭取優良成績的年輕人最需要這種協助
2. 這些日本海軍士官學校畢業的高材生都穿著十分整齊的制服
3. 每年從寒冷北方飛向溫暖南方過冬的這些家燕又來我家築巢了
4. 因為車禍造成四肢嚴重癱瘓的這名工程師已經昏迷好幾天了
5. 剛出爐就被送到各麵包店出售的這些新鮮麵包最受顧客歡迎了
6. 那些需要你在短時間立刻處理完畢的重要文件都放在桌上
7. 負責送他去機場坐飛機的專車突然拋錨了
8. 參加無數次大型跑馬比賽的牠因腿傷而退出總決賽

答案：

想在學業上爭取優良成績 的 年輕人

日本海軍士官學校畢業 的 高材生

每年從寒冷北方飛向溫暖南方過冬 的 這些家燕

因為車禍造成四肢嚴重癱瘓 的 這名工程師

剛出爐就被送到各麵包店出售 的 這些新鮮麵包

需要你在短時間立刻處理完畢 的 重要文件

負責送他去機場坐飛機 的 專車

參加無數次大型跑馬比賽 的 牠

B部份（主要名詞是賓語）：

1. 我們必須重新面對長久以來從未正視的這些問題
2. 老師要我們在男生經常群眾聊天的學校交誼廳裡罰站
3. 職員說了一個聽起來有趣實則沒什麼道理的藉口給老闆聽
4. 他決定放棄那匹不論毛色體型都十分均勻好看的棕色馬
5. 漁夫把這些在深水海域難得一見的魚類全部一網打盡
6. 他終於賣掉倉庫裡堆放著好幾年卻不容易賣出去的那些寶物
7. 他手裡提著剛從店裡買回來連包裝都還沒拆掉的新皮包
8. 他最討厭天天站在陽臺上吞雲吐霧的這些癮君子

答案：

1. 長久以來從未正視 的這些問題
2. 男生經常群聚聊天 的學校交誼廳裡
3. 一個 聽起來有趣實則沒什麼道理 的藉口
4. 那匹 不論毛色體型都十分均勻好看 的棕色馬
5. 這些 在深水海域難得一見 的魚類
6. 倉庫裡堆放著好幾年卻不容易賣出去 的那些寶物
7. 剛從店裡買回來連包裝都還沒拆掉 的新皮包
8. 天天站在陽臺上吞雲吐霧 的這些癮君子

練習三　教學指引：

重點1：提醒學生盡量改寫成較短但是合理的詞句。

重點2：提醒學生有時修飾詞語越長越能清楚表達意思，詞彙少、句子短，句意就可能越模糊。

重點3：本練習沒有標準答案，可與學生共同討論，可告知學生除非文筆佳，一般來說，修飾的子句越長，越有助於清楚表達所要表達的事物。

練習三

簡化長句的練習

你是否已經發現上面A部分練習的題目，主語的修飾語都很長；而B部份則是賓語的修飾語很長。事實上，中文的任何一部份都可能有過長的名詞修飾語，若要簡化長句，只要你能找出重點詞彙，在不影響句義的情況下，刪除過長的修飾語，就能很快看懂句子。

下面這些句子，請你找出重點詞語，然後改寫成精簡的短句。

例：已經不抱任何希望的他打算放棄這個千載難逢的好機會

　　→他　打算放棄　機會（句意較為模糊）

　　→不抱希望的他　打算放棄　這個機會（句意較為清楚）

1. 這部價值百萬的電腦在大部分不懂電腦的人眼中並不值得購買

　　→

2. 如此聰明絕頂的天才竟然埋沒在這樣雞不生蛋鳥不拉屎的窮鄉僻壤中

　　→

3. 這句上千年的中國古老格言實在有十分深遠而又深刻的意義

　　→

4. 只考慮到個人利害及安危的自私者不在乎別人受打擊和挫折的痛苦

　　→

5. 那種受啓發和鍛鍊而逐漸成熟的思想一定經得起烈火般的考驗

　　→

6. 他為了實現完美充實的理想人生而去親近具有真善美內容的文藝作品

　　→

7. 一位在補習班教西語的外國老師直誇臺灣學生的發音很好

　　→

8. 詞性分陰陽、動詞變化多達六十多種的西語文法可真叫國內學生吃足了苦頭

　　→

參考答案

1. 這部電腦在不懂電腦的人眼中不值得購買。

2. 天才竟然埋沒在窮鄉僻壤中

3. 這句中國格言有很深刻的意義

4. 自私者不在乎別人受打擊的痛苦

5. 逐漸成熟的思想經得起考驗

6. 他為了實現理想人生而接近文藝作品

7. 一位西語老師誇臺灣學生發音好

8. 複雜的西文語法叫學生吃足苦頭

第四部份　特殊策略 —— 掌握篇章重點的訓練

策略說明

　　中文的文章雖然沒有一個固定而嚴格的寫作模式，卻非常重視文意的貫通。尤其句與句的銜接，和段落與段落之間的連貫，可以說是很有邏輯性（logical），而這也就是掌握整篇文章的重要關鍵。所以本策略的目的在訓練你了解上下文、上下句或上下詞之間的關係，以便迅速掌握文意。

> 一般來說，中文的文章起碼要分成三段，也有以「起、承、轉、合」四個重點分為四段等等，因此各段雖相關連，卻要有獨立的重點。且各段的字數也最好要達到一個平衡。

練習活動

練習一　教學指引：

重點1：給學生簡單說明作文的分段方法。

重點2：提醒學生適當的分段，對閱讀及了解整篇文章有極大幫助。

重點3：給學生約十分鐘閱畢本文，之後與學生稍作討論以增進理解。

重點4：請學生直接在文章上用鉛筆做下分段記號。

練習一

分段練習

本練習目的在訓練你的分段能力。請先閱讀下面這篇沒有分段的文章，你可以從這篇文章的標點符號、上下文意、文體、各段大概的字數……等，按照自己的理解來推想分段的地方在哪裡？然後做下記號。

文章：

五百年前一樁成功的交易，不僅讓哥倫布（Christopher Columbus）實現遠航探險的夢想，也使西班牙穩穩登上十六世紀最大殖民地國的寶座。直到今日，雖然西班牙顯赫國力不在，但在殖民地國家紛紛獨立的情況下，不論自使用國家數目或自人口數量上來看，西班牙語都可以算是世界三大語言之一。臺灣和西班牙目前並無邦交，但在臺灣為數有限的邦交國中，就有十六個國家是使用西語的中南美洲國家，約佔二分之一的比例。而從外交部負責中南美事物部門的忙碌情形，就可以看出臺灣與這些邦交國的緊密關係。表面上看來，官方政治事物交流頻繁，似乎應該帶動國內學習西的熱潮，但事實上，目前除了一波波的移民潮會暫時提高學習西語的人數外，學習西語的人口在國內歐語市場中始終敵不過德、法兩大歐語。由於西班牙在本世紀的國際政經舞臺上並非強勢國家，而中南美國家又多是開發中的務農國家，在不具立即可得的市場利益，也見不著可能有的市場遠景下，大部分的人只是抱著「備而不用」的心態學習西語，因此，學習西語的市場一直無法擴大。因為學習西語的人數不多，所以西文書籍並非書市上隨處可得的外語書籍，只有在國內專門經營歐語書籍批發零售的中央圖書出版社，是學習西語的學生比較熟悉的購書處。這家出版社的副總理根據情況估計：每年投入西語學習市場的人口約二千人左右，這期中還包括臺灣各大學西語系的學生。雖然有時因一波波的移民潮，而有遽增的銷售量及短暫的補習風潮，但是一般來說，西語仍是國內主要歐語市場中，成長速度慢、不穩定、正等待我們去開發的一個語言市場。

練習二　教學指引：

教學重點1：提示學生文章分段並無一定的標準答案。

教學重點2：強調做這個練習以前，要先確認自己的分段點，如此比較容易選出適合的段落大意。

教學重點3：提醒學生段落大意的內容通常涵蓋全段重點，而非只是其中的部份句意。

練習二

找出段落大意練習

請利用上文自行分出的段落，選出各段的大意。但請注意一定要先分好段落，並選好你認為應該分出的段數，才能開始回答下面的問題。

下面共有五題，如果你認為：

㈠ 適合分成三段，就做甲、乙、丙題。

㈡ 適合分成四段，就做甲、乙、丙、丁題。

㈢ 適合分成五段，就做甲、乙、丙、丁、戊題。

問題：

甲＿＿＿＿：第一段大意是：

　　　1. 世界上使用西語的國家很多，臺灣目前與這些使用西語的邦交國來往頻繁。

　　　2. 雖然西班牙的國勢不再強大，她的語言仍然在世界上佔有極重要的地位。

　　　3. 沒有哥倫布冒險犯難的精神，就沒有今天西班牙強大的國力。

　　　4. 西班牙時至今日，已失去了原來的世界地位。

乙＿＿＿＿：第二段大意是：

　　　1. 臺灣和西班牙雖無邦交，卻和使用西語的其他國家有很緊密的關係。

    2. 臺灣並不因為與許多使用西語國家有邦交關係，而有西語的學習熱潮。

    3. 臺灣雖然與中南美洲國家來往頻繁，但由於無立即可見的利益，所以學習西語的人數一直不能增加。

    4. 學習西語的人數不多，所以西語書籍銷售市場不大。

丙＿＿＿＿：第三段大意是：

    1. 因為有一波波的移民潮，所以西班牙語和德法語同受學習者喜愛。

    2. 臺灣學習西語的人口不因為官方關係和移民熱潮，而有持續增加的趨勢。

    3. 由於學習西語看不到立即和長遠的利益，使得學習西語的人非常少。

    4. 由於學習西語人數少，西文書籍銷售量不大，如此的西語市場仍待開發。

丁＿＿＿＿：第四段大意是：

    1. 從西文書籍銷售情形看得出來，西語是一個成長不穩定的市場，仍有待我們去開發。

    2. 由於學習西語不具立即可得的利益，學習西語只是備而不用，所以西語市場仍然不大。而不用，所以西語市場仍然不大。

    3. 因為中南美洲不值得開發，所以學習西語的人數不多。

    4. 強盛的國家其文化並不一定強勢，所以不見得有很多人要學習他們的語言。

戊＿＿＿＿：第五段大意是：

    1. 在書籍市場上不容易買到西班牙文的書籍，所以學習西語的人一直不能增加。

2. 每年投入西語學習人口只有二千人，而且多是臺灣各大學西語系學生。

3. 由西文書籍銷售情形來看，可以得知西語學習仍是有待我們去開發的市場。

4. 一波波移民潮帶動了西語學習熱潮，使得西語學習成為值得開發的市場。

參考答案

1. 分三段：(1)、(3)、(4)

2. 分四段：(2)、(2)、(3)、(1)

3. 分五段：(2)、(1)、(2)、(2)、(3)

練習三　教學指引：

重點：可提醒學生從上下句意及句法的關連性來找答案。

練習三

猜句意練習

本練習目的在訓練你從上下文理解句意，以增進閱讀的理解能力。

以下的短文A和短文B裡有甲、乙、丙、丁、戊，己六個句子沒寫出來，請你根據上下句意，找出正確的句子。

短文A：

學西語要開口並不難，但句法活潑多變的西文要學好卻不容易。一位在臺灣教西語的外國老師直誇臺灣學生的發音不差，背的工夫也好，學習的速度很快，差不多三個禮拜就能開口說話了；但是詞性分陰陽、動詞變化多達六十種的西語文法，＿＿＿＿甲＿＿＿＿。幾乎所有學習者皆認為「閱讀」是增進詞彙及熟悉句構的重要方式，但他們卻也一致＿＿＿＿乙＿＿＿＿。所以，這位外國老師建議初學者最好找一個學校或補習班打好基礎，＿＿＿＿丙＿＿＿＿。和其他學習者比較之下，能接受學院正規課程訓練的西

語系學生顯得幸運多了，至少有比較完備的視聽教材及圖書室，然而除此之外，就學習的大環境而言，西語資訊仍算是十分貧乏，要取得資訊可說是困難重重。

問題：

甲　　2　　：1. 學起來真是耐人尋味、趣味無窮。

　　　　　　　2. 可也是頗叫國內學生「吃足了苦頭」。

　　　　　　　3. 卻是常讓學生覺得很有成就感。

乙　　3　　：1. 同意應該找到合適的學習場所。

　　　　　　　2. 覺得是一種值得接受的挑戰。

　　　　　　　3. 為臺灣接近「沙漠」狀態的學習環境感到無奈。

丙　　1　　：1. 因為上課可以彌補資訊的不足，創造有利的學習環境。

　　　　　　　2. 就能和接受學院正規訓練的西語系學生一較長短

　　　　　　　3. 才不至於學習成效低，找不到工作。

短文B：

近幾年來臺灣語言教材的銷售量明顯增加很多，分析這些外語學習者的學習目的，除了工作上的考慮、留學、移民、旅遊外，其中也不乏單純因興趣的關係學外語。過去國內凡事「一窩蜂」、「湊熱鬧」的心態，常促成許多科系的產生，而一度在語言科系排行榜上敬陪末座的西班牙文，　　丁　　　但這種過分功利的學習態度是很有問題的，語言的學習實無所謂冷門、熱門，端看自己的學習心態是如何。多會一種語言就是多一扇知識的窗，如果太短視近利，抱著熱門心態學語言，一旦熱度退燒後，　　戊　　　，如此缺乏永續經營的態度是不可能學好語言的。如果能抱著認識異國文化的心態來學語言是最好的，這樣才能開闊心胸，豐富自己。除此之外，「興趣」也是學語言能否持續的一個重要因素，一位曾於臺灣幾所大專院校及補習班任教的外籍西語老師便發現：視西語為營養學分的大專生，其學習成效　　己

問題：

丁＿＿＿2＿＿＿ 1. 一直是國內頗受歡迎的熱門科系。

　　　　　　 2. 恐怕要被視為是冷門科系了。

　　　　　　 3. 正努力往熱門科系排行榜上攀升。

戊＿＿＿3＿＿＿ 1. 反而容易忘掉所學，

　　　　　　 2. 就會更加努力學習，以求精進，

　　　　　　 3. 對語言的學習熱誠也將逐漸淡去，

己＿＿＿1＿＿＿ 1. 常不如真正有興趣而主動前來補習班學習的人。

　　　　　　 2. 常比有興趣而到補習班學西語的人還高。

　　　　　　 3. 常輸給有名師指點的補習班學生。

練習四　教學指引：

重點1：強調本練習重點不在解釋詞彙意義。

重點2：給學生約十分鐘看完本文，然後根據學生自己的理解猜測詞彙的可能意義，並將答案寫在題目的右側。

重點3：待學生寫完答案後，教師開始策略的教學運用，不斷提醒學生觀察前後詞彙及上下文意的關係、以理解該詞彙的可能意思，並要求將第二次的理解答案寫在左側，以為策略運用的前後對比。

練習四

猜詞意練習

本練習目的在訓練你從上下文、上下句甚至上下詞彙的關係中去尋找詞彙的意義。

文章：外國人學中文

過去，「中文」對許多外國人來說，是一個古老而遙遠的語言。它象徵著一個古老而璀璨的文明，吸引著少數人的注意，會「學中文」的人多半是

受了中國文化的吸引，要不然就是為了做學術研究工作而學中文，中文的「實用性」似乎極為有限。但近幾年來，情況已略有改觀：由於國際局勢的變動，促使亞洲事務漸受重視，改革開放後的中國大陸被迫加速開放腳步，經濟學家評估中國大陸地廣人眾，深具市場開發潛力，許多商業大城如：上海、漢口、廣州……等發展速度一日千里，這塊擁有十二億說華語人口的經濟大餅，逐漸引來各國爭相競食，想跟中國人做生意，就得會說中國話。也因此「華語」漸漸成為國際語言市場上的新寵兒，「學中文」也將成為各國語言學習的新趨向。

學中文難不難？對外國人來說，大概少有人會回答「不難」。至於「難在哪裡？」卻是因人而異，這自然是因為受到不同母語的影響，因而對中文的接受能力也就各有差異！然而，中國字的難寫是連中國人都不否認的；中國話的聲調變化更是讓外國人頭痛，極少洋人說話時能擺脫洋腔洋調的困擾，而說出一口字正腔圓的國語來。除了這兩大難點之外，中文和其他語言一樣各具有其發音、構詞及語法上的特點，學中文跟學其他的外語一樣，也需要興趣、耐心及持之以恆的毅力，才能把中文學好。

由於歷史的變革，使臺灣海峽兩岸的中國人所使用的語言，因長時間分隔開始有了一些不同，除了所使用的詞彙略有不同及聲調稍有差異外，最大的不同就是「中國字」：大陸使用簡化後的漢字（簡體字）；而臺灣則使用傳統的漢字（繁體字）。無論繁體字或簡體字都各有好處及壞處，很難評定孰優孰劣。

問題：

1. ＿＿3＿＿ 璀璨：⑴傳統　⑵顏色光澤很黑暗　⑶色澤光輝亮麗……（　　）

2. ＿＿1＿＿ 潛力：⑴潛藏的內在能力　⑵潛水的能力　⑶內在的力量……（　　）

3. ＿＿3＿＿ 新寵兒：⑴新鮮有趣的事物　⑵新養的寵物　⑶最近十分受到人們喜愛的新事物……（　　）

4. ＿＿2＿＿ 趨向：⑴走路的方向　⑵時代流行的走向　⑶選擇……（　　）

5. ___1___ 擺脫：⑴克服、排除　⑵把東西脫下來丟掉　⑶擺好已經亂掉的物品⋯⋯（　）

6. ___2___ 爭相競食：⑴一起吵著要吃東西　⑵比喻彼此互相競爭某種東西　⑶彼此比賽吃東西⋯⋯（　）

7. ___3___ 一日千里：⑴一天走好幾公里　⑵比喻速度非常慢　⑶比喻速度非常快⋯⋯（　）

8. ___2___ 洋腔洋調：⑴錯誤的發音跟聲調　⑵外國人說話時的特殊口音　⑶外國歌的曲調⋯⋯（　）

9. ___1___ 地廣人眾：⑴地方大、人民多　⑵場地大、觀眾多　⑶國力十分強大⋯⋯（　）

10. ___3___ 因人而異：⑴大家都不同　⑵大家都一樣　⑶根據個人不同的情況而有不同的結果⋯⋯（　）

11. ___1___ 孰優孰劣：⑴哪個好哪個壞　⑵兩個都好　⑶兩個都不好⋯⋯（　）

12. ___2___ 字正腔圓：⑴寫字很好看　⑵說話咬字發音很標準　⑶中國字很方正、聲調很重要⋯⋯（　）

國家圖書館出版品預行編目資料

華語文閱讀策略之教程發展（第二版）／
信世昌著. -- 初版. -- 臺北市：五南,
2020.05
　　面；　公分
　ISBN 978-957-763-793-2（平裝）

1. 漢語教學　2. 學習方法

802.03　　　　　　　　　　108020771

1XHM　五南當代學術叢刊 049

華語文閱讀策略之教程發展（第二版）

作　　　者 ― 信世昌

審　　　查 ― 五南華語教學學術委員會

發 行 人 ― 楊榮川

總 經 理 ― 楊士清

總 編 輯 ― 楊秀麗

副總編輯 ― 黃惠娟

責任編輯 ― 高雅婷

校　　　對 ― 張耘榕

封面設計 ― 韓大非

出 版 者 ― 五南圖書出版股份有限公司

地　　　址：106台北市大安區和平東路二段339號4樓

電　　　話：(02)2705-5066　　　傳　　真：(02)2706-6100

網　　　址：http://www.wunan.com.tw

電子郵件：wunan@wunan.com.tw

劃撥帳號：01068953

戶　　　名：五南圖書出版股份有限公司

法律顧問　林勝安律師事務所　林勝安律師

出版日期　2020年5月初版一刷

定　　　價　新臺幣380元

經典永恆・名著常在

五十週年的獻禮 —— 經典名著文庫

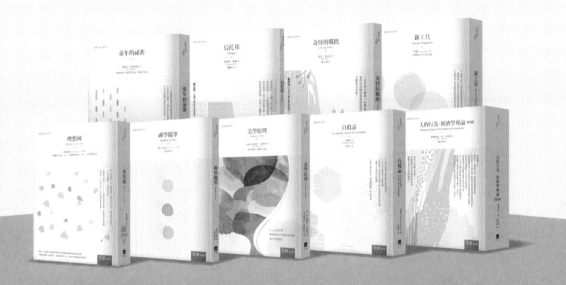

五南，五十年了，半個世紀，人生旅程的一大半，走過來了。

思索著，邁向百年的未來歷程，能為知識界、文化學術界作些什麼？

在速食文化的生態下，有什麼值得讓人雋永品味的？

歷代經典・當今名著，經過時間的洗禮，千錘百鍊，流傳至今，光芒耀人；

不僅使我們能領悟前人的智慧，同時也增深加廣我們思考的深度與視野。

我們決心投入巨資，有計畫的系統梳選，成立「經典名著文庫」，

希望收入古今中外思想性的、充滿睿智與獨見的經典、名著。

這是一項理想性的、永續性的巨大出版工程。

不在意讀者的眾寡，只考慮它的學術價值，力求完整展現先哲思想的軌跡；

為知識界開啟一片智慧之窗，營造一座百花綻放的世界文明公園，

任君遨遊、取菁吸蜜、嘉惠學子！